中國語言文字研究輯刊

三 編

許 錟 輝 主編

第 8 冊

秦漢篆文形體比較研究（下）

連 蔚 勤 著

花木蘭文化出版社

國家圖書館出版品預行編目資料

秦漢篆文形體比較研究（下）／連蔚勤 著 ─ 初版 ─ 新北市：
花木蘭文化出版社，2012〔民 101〕
目 2+194 面；21×29.7 公分
（中國語言文字研究輯刊　三編：第 8 冊）
ISBN：978-986-322-053-4（精裝）
1. 篆書　2. 比較研究

802.08　　　　　　　　　　　　　　　　101015855

ISBN-978-986-322-053-4

中國語言文字研究輯刊
三 編　第 八 冊　　　　　ISBN：978-986-322-053-4

秦漢篆文形體比較研究（下）

作　　　者　連蔚勤
主　　　編　許錟輝
總 編 輯　杜潔祥
出　　　版　花木蘭文化出版社
發 行 所　花木蘭文化出版社
發 行 人　高小娟
聯 絡 地 址　新北市永和區中正路五九五號七樓之三
　　　　　　電話：02-2923-1455／傳眞：02-2923-1452
網　　　址　http://www.huamulan.tw 信箱 sut81518@gmil.com
印　　　刷　普羅文化出版廣告事業
初　　　版　2012 年 9 月
定　　　價　三編 18 冊（精裝）新台幣 40,000 元

秦漢篆文形體比較研究（下）

連蔚勤　著

目次

第五章 兩漢瓦當之篆形探析

第一節 兩漢前期瓦當之篆形探析

所謂瓦當，乃施用於屋簷以防雨水侵襲屋瓦之用。瓦當之起源甚早，並與先民之生活息息相關，其循序漸進之發展，在在表現出先民在實用基礎上追求藝術表現之心理。根據出土文物與文獻之綜合比較與研究，發現瓦當至遲在商代已爲先民所使用，經由西周時期之發展，至戰國時代發展爲第一次高峰，起初乃以素面瓦當與圖形瓦當爲主；至西漢時又發展爲第二次高峰，此期則文字瓦當已占絕大多數，實際情況乃東漢文字瓦當數量極少，幾與西漢不成比例，且秦代是否已有文字瓦當，至今學者仍在爭論中。由前文所述，則欲討論瓦當篆形必須先解決兩項問題：其一，秦代是否已有文字瓦當？其二，如何分期？其依據爲何？

秦代是否有文字瓦當，自宋迄清，歷來不斷具有爭議。清代以前，宋代王闢之《澠水燕談錄》、黃伯思《東觀餘論》、清代程敦《秦漢瓦當文字》、畢沅《秦漢瓦當圖》等皆認爲秦代即有文字瓦當。近代對於秦代是否有瓦當仍有不同看法：陳根遠與朱思紅認爲戰國與秦代地層內皆未發現過文字瓦當，且經由考古之發現，文字瓦當可能起於景帝而普遍於武帝時期。[註1] 吳公勤亦認爲現今被

〔註 1〕參見陳根遠、朱思紅合撰：《屋簷上的藝術──中國古代瓦當》（成都：四川教育出版社，1998 年 7 月），頁 112～113。

認為是秦代瓦當者，由當面布局與製作方法來看，時間不早於西漢中期，所謂「維天降靈延元萬年天下康寧」十二字瓦當，僅在漢代遺址中被發現。[註2] 許仙瑛綜合陳直、劉慶柱、陳根遠、朱思紅、吳公勤等人看法，亦傾向於秦代並無文字瓦當。[註3] 楊平則認為秦代即有瓦當，並就瓦文排列、陶質、鑄造程序、書體等方面考查，認為秦漢兩代之十二字瓦當確有不同。[註4] 焦南峰等更就新出土與文獻記載之瓦當綜合觀察，不僅確定秦代即有文字瓦當，更將這些瓦當分類，並論述其書體特色。[註5] 傅嘉儀由書體風格比對，認為確可分出秦漢文字瓦當之不同，並可見其遞嬗之跡。[註6]

《新編秦漢瓦當圖錄》提出數點，以作為秦漢瓦當之斷代依據，除製法之外，尚包含有以下數點：

一、秦瓦當注重紋飾變化，而漢瓦當則注重文字的變化。這是秦漢兩個時代的主要區別。

二、秦瓦當面積小而不規整，漢瓦當則反之。

三、秦瓦當葵紋特別是雲紋圖案種類繁多，變化多端，秦雲紋瓦當心飾方格、三角、菱形較多，而漢的雲紋瓦當圖案種類減少，當心多為大圓餅，或設雙線界格線通過圓心。

四、秦瓦當圖象寫實，漢瓦當圖象比較抽象。

五、漢代瓦當背面多有一大指窩。瓦當背面的切割痕跡均用手抹平。

六、從漢初起，文字瓦當則大量增加，在西安、咸陽、雍城、華陰等處可見。

〔註2〕 參見吳公勤撰：〈文字瓦當源流考〉，《徐州教育學院學報》第 17 卷第 4 期（2002年 12 月），頁 128、146。

〔註3〕 參見許仙瑛撰：《漢代瓦當研究》（台北：國立台灣大學中國文學研究所博士論文，2005 年 4 月），頁 62～63。以下引用字例時，為求注釋精簡，本論文簡稱《漢當》。

〔註4〕 參見楊平撰：〈淺談秦漢十二字瓦當〉，《文物春秋》1996 年第 4 期（總 24 期）（1996年），頁 86。

〔註5〕 參見焦南峰等撰：〈秦文字瓦當的確認和研究〉，《考古與文物》2000 年第 3 期（2000年 3 月），頁 65～71。

〔註6〕 參見傅嘉儀撰：〈中國瓦當藝術概論〉，《中國瓦當藝術》（上海：上海書店出版社、世紀出版集團，2002 年 8 月）。

　　秦漢瓦當的斷代是一個很複雜的問題，我們僅總結出以上幾點，但它們都不是孤立存在的，還要結合出土地點、地層關係、同出器物等進行分析，才能做出準確的判斷來。〔註7〕

以上一段話雖然非僅指文字瓦當而言，但亦可看出無論是圖像瓦當、圖案瓦當或文字瓦當，欲分出秦漢兩代之瓦當實有其難處，必須結合許多條件考查，始可得出較爲客觀或準確之結果，何況以上條件亦未必一體通用。申云艷則認爲由於秦代國祚短促，故於考古挖掘中並不容易確定秦代地層，因此在該地層出土之瓦當，只能粗略地判定爲秦代或漢初，〔註8〕筆者以爲此說較爲公允，故本節論初期文字瓦當雖以漢初爲範圍，實則將具有爭議之秦代亦包含入內。

　　欲觀察文字瓦當上之瓦文書體演變之跡，其方法是將所有瓦文按時間先後順序排列並分期，以做宏觀之探析，然而欲將瓦當分期卻有其困難。諸如瓦文中具紀年性質之瓦當甚少，無法做準確之斷代；目前所見之瓦當圖片或拓片，皆僅能見當面，且彩色照片不多見，無法就瓦色、地質年代、製法等科學條件做斷代；若欲依文字內容以分期，則不少同文瓦當內容所涵蓋之時間跨度極長，失去分期之作用，如〈長生未央〉、〈長生無極〉、〈千秋萬歲〉等皆具此類情形。或許基於以上種種因素，前輩學者將秦漢瓦當分期者實不多見，如陳直將秦漢瓦當分爲初、中、後三期，初期由漢初至景帝，中期以武帝、昭帝、宣帝爲範圍，後期則爲元帝至王莽，但並未談及東漢；〔註9〕申云艷則是分爲秦至西漢初期、西漢中晚期、東漢時期三期；〔註10〕許仙瑛則分漢代瓦當爲西漢早期、西漢中晚期、西漢晚期與東漢時期。〔註11〕

〔註7〕 陝西省考古研究所秦漢研究室編：《新編秦漢瓦當圖錄》（陝西：三秦出版社，1986年11月），頁11。

〔註8〕 參見申云艷撰：《中國古代瓦當研究》（中國社會科學院研究生院博士論文，2002年5月），頁87。

〔註9〕 參見陳直撰：〈秦漢瓦當概述〉，《文物》1963年第11期（總157期）（1963年11月），頁33。

〔註10〕 參見申云艷撰：《中國古代瓦當研究》，頁87～89。

〔註11〕 參見許仙瑛撰：《漢代瓦當研究》，頁76～97。許仙瑛雖是將文字瓦當分爲四期，但西漢中期與西漢中晚期之界限未做說明，而其東漢時期又包含西漢晚期與東漢，於時代上實有重疊之處，可見欲將文字瓦當做明確分期確實不易。

　　試觀數位學者之分期，在西漢時期皆以武帝做一分界，主要原因多認爲文字瓦當乃是在景帝、武帝時期始大量出現，而將東漢獨自做爲一期，則可能由於東漢時期文字瓦當相對減少之故。許仙瑛提出欲將瓦當做分期斷代所要參考之條件，包括瓦當之製法、陶質、當面之構成、文字內容與瓦文字體五項，但依其討論，以瓦當之製法或當面之構成分期僅能分前晚兩期，若依瓦文內容則至少可分爲五期，如依瓦文之書體則又可分爲三期。筆者肯定許仙瑛所提出對於瓦當分期斷代之各項標準，亦同意欲使用這些條件有其限制，如質料與地質年代之判定等，實非僅靠圖片或拓片即可獲解決；但因不同標準而得出之分期結果不盡相同，將這些條件合而觀之時，反而使分期有其困難，無怪乎前輩學者談論秦漢時期瓦當之分期者寥寥可數，實有其條件上之限制。

　　本論文之探討對象爲秦漢篆形，故擬以書體之變化爲主要分期依據，並輔以瓦文內容、當面構成及前輩學者論述之基礎，試將瓦當做分期，由於瓦當文字多以四字爲主，具紀年性質者甚少，不若刻石、銅器等具有較多紀年者可供分期，是筆者在瓦當分期上之限制。根據筆者之觀察，分期之期數與時間點與前輩學者近似，亦分爲三期，前期以景帝、武帝時期爲下限，中期起自景帝、武帝時期而至成帝、哀帝左右爲限，晚期則起自西漢末以至於東漢，界限雖不明顯，但三期間之篆形發展確有不同之處。

壹、兩漢前期篆體瓦當簡述

　　根據前文所述，兩漢前期文字瓦當並不多見，大約只包含文帝以前之短暫時期（？——西元前 157 年），以瓦文觀之，筆者較能確定者，包含〈竹泉宮當〉、〈來谷宮當〉、〈維天降靈延元萬年天下康寧〉瓦當、〈蘄年宮當〉、〈橐泉宮當〉、〈衛〉字瓦當、〈惟漢三年大并天下〉瓦當、〈長陵東當〉、〈長陵西神〉、〈高祖置當〉、〈齊園宮當〉、〈安邑稠柱〉、〈西廟瓦當〉、〈當王天命〉、〈六畜藩息〉、〈延壽長相思〉、〈千金宜富貴當〉等，數量約在四十面左右，其中有些乃出土於高祖或惠帝陵寢，有些學者將之視爲中期之物，或許是在前期偏中期。另須說明者，兩漢瓦當由於部分瓦文內容時間跨度較長，可能橫跨兩段時期，在無法完全斷代之情形下，筆者僅能選擇將此類瓦當集中於某一時期討論，如〈長生未央〉、〈與天無極〉、〈千秋萬歲〉等自武帝以後可能皆可見，但因多集中於西漢中晚期，故筆者則列於〈兩漢中期瓦當之篆形探析〉一節中討論，非謂東漢以

後即無此類瓦文內容。

貳、瓦當篆形之結構、筆勢比較

　　瓦當文字由於受到當面呈圓形或半圓形之限制，文字外形不得不做調整，有時中央亦有圓形小圈甚至是當心，則文字之變形自然更爲強烈，此爲今人可以想見之情形。此期中，同一文字而有兩字例以上可供比較者，計有宮、當、衛、天、長、陵、西等七組，字例較少。以下說明字例時所引拓片，以傅嘉儀《中國瓦當藝術》爲範圍，此書雖較《秦漢瓦當》晚出，所收瓦當數量略少於《秦漢瓦當》，但加入當時新出土之文物，且拓片較爲清晰；此外，則以許仙瑛《漢代文字瓦當》爲輔，補充新出或漏收瓦當之拓片。

一、不考慮筆勢而結構有所不同者

　　所謂漢承秦制，無論秦代文字瓦當是否存在，西漢初期文字確實有一部分承襲於秦，故筆勢與結構或在某一程度上有所相似，當能窺見秦代小篆之部分眞實樣貌。在瓦文篆形之呈現上，符合此條件者有宮、當、衛、天、長、西等六組，以下試說明之。

　　宮　〈竹泉宮當〉作◎，〈來谷宮當〉作◎，〈蘄年宮當〉作◎，〈橐泉宮當〉作◎，〈齊園宮當〉作◎。〔註12〕前四例與後一例有明顯不同，前四例接近於標準工整之小篆，後一例則「宀」字明顯變形，其下兩口形亦合併成日形，結構有所不同。

　　當　〈竹泉宮當〉作◎，〈來谷宮當〉作◎，〈蘄年宮當〉作◎，〈橐泉宮當〉作◎，〈長陵東當〉作◎、◎。〔註13〕前四例與後兩例略有不同，前四例接近於標準工整之小篆，後兩例則將下半部「田」字變爲「日」字，結構略有不同。

　　衛　〈衛〉字瓦當有作◎、◎、◎、◎等例者，〔註14〕其中以第四例最接近秦代小篆，但中間下半部从「巿」部分仍省略了橫畫，八分有作衛形者，與此相同；第一例則「韋」字上下部分亦皆作「口」形；第二例乃省略「巿」

〔註12〕傅嘉儀編：《中國瓦當藝術》，頁58，圖87；頁60，圖89；頁61，圖90；頁58，圖86；頁509，圖878。以下爲求注釋精簡，本書簡稱《瓦藝》。

〔註13〕《瓦藝》，頁58，圖87；頁60，圖89；頁61，圖90；頁58，圖86；頁513，圖883～884。

〔註14〕《瓦藝》，頁238，圖435；頁239，圖437～438；頁240，圖441。

字僅餘「韋」字，八分中亦有此例作⬚，《隸辨》曰：「碑省帀從韋，今俗因之。」知此爲簡省之形；第三例則「韋」字部件開口全向右。〔註15〕〈衛〉字瓦當十餘例中，構形多變，不完全相同。

　　長　〈長陵東當〉作⬚、⬚，〈長陵西神〉作⬚、⬚、⬚。〔註16〕〈長陵西神〉之第三例與〈長陵東當〉第一例相近，左下角皆似一「山」字形，而〈長陵東當〉第二例與〈長陵西神〉第一、第二例之構形則或略有不同，或更爲奇特，總計五例中可見四種結構。傳抄古文有作⬚形者，〔註17〕其左下部亦作一「山」形，可資參考。「山」字構形差異大、小徐皆曾論及，說已見前。

　　西　〈西廟〉瓦當作⬚，〈長陵西神〉作⬚、⬚、⬚。〔註18〕〈長陵西神〉之篆形皆與秦小篆相同，象形意味濃厚；〈西廟〉瓦當則幾乎已脫盡象形意味，與隸、楷書之形相近，如〈華山廟碑〉作⬚，〔註19〕且結構無由分說，結構明顯不同。

　　由以上數例可見，初期文字瓦當之大多數文字，仍與秦小篆有較高相似度，結構變化之情形不多見，雖瓦文不同之瓦當彼此之間對於同一文字往往有不同之結體，但相同瓦文之瓦當對於同一文字卻又往往有高度相似性，此爲前期文字瓦當特色之一。

二、在相同結構下筆勢有所不同者

　　此期文字瓦當因數量較少，字例實不多見，但筆者仍試在有限資料中比較分析。符合此條件者，有當、衛、長、陵、西五組。

　　當　〈長陵東當〉作⬚、⬚。〔註20〕兩者結構相同，下半部「田」字皆作「日」字，上半部「尚」字左右兩筆，前者彎曲幅度較小，後者較大，筆勢上略有不同。

〔註15〕《隸辨》，卷4，頁28左至29右。

〔註16〕《瓦藝》，頁513，圖883～884；頁510～511，圖879～881。

〔註17〕《傳古》，頁948。

〔註18〕《瓦藝》，頁254，圖467；頁510～511，圖879～881。

〔註19〕《隸辨》，卷1，頁51右。

〔註20〕《瓦藝》，頁513，圖883～884。

　　衛　一組有作⬚、⬚者，〔註21〕結構與秦小篆相似，而「巿」字少上面一横畫，筆勢上則前者用筆較方，尤其中間部件在轉折處近於直線轉折，「行」部除斜畫較有彎曲，直畫則無小篆之隨體詰詘感。另有一組作⬚、⬚、⬚者，〔註22〕中間「韋」字部件有所簡省，第一例中所有筆畫皆由直線構成，十分平直；第二、第三例則在「行」字部分皆有所彎曲，但「韋」字部分又有所不同，第二例在直豎一筆乃由上往下平直書寫，第三例則起筆處向左彎曲，類似後來楷書之壓筆、行書之映帶動作，故此組之三例在筆勢上亦略有不同。

　　長　〈長陵東當〉作⬚，〈長陵西神〉作⬚。〔註23〕二者結構近似，前一例在「弓」形上半部皆作直畫轉折，後一例則略作斜筆，整體看來有呈現三角形之感。

　　陵　〈長陵東當〉作⬚、⬚，〈長陵西神〉作⬚、⬚、⬚。〔註24〕瓦當五例篆形皆近似，亦與秦小篆相似。所不同者在右上部件末筆，有作一横畫者，亦有分開作兩斜筆者，此類情形在其餘書寫材質上亦可見到。

　　西　〈長陵西神〉作⬚、⬚、⬚。〔註25〕瓦文彎曲一筆之起筆處三者皆不相同，第一例順勢進入，第二例起筆較短且很快轉折而下，第三例則有楷書壓筆之勢；此外，下半部件中交叉之三斜畫在第一、第三例中皆作平直之筆，但第二例則明顯有彎曲之意。

　　由以上數例可見，此期之瓦文篆形在相同結構之下，筆勢卻有不同，但相異情況並不明顯，仍有相當程度之相似性。無論在結構或筆勢之條件上，其相似程度之高，亦可能與其施用之處有所關聯。

參、瓦當用途與篆形之關聯

　　如前文所述，瓦當乃應用於屋簷邊緣，具有阻擋雨水滴下之作用，先民在此實用之基礎上由素面發展出各種紋飾，大約在秦末漢初時發展出文字瓦當。文字瓦當依其施用之處及其內容，各家學者有不同之分類，如陳直分爲

〔註21〕　《瓦藝》，頁 240，圖 440～441。

〔註22〕　《瓦藝》，頁 409，圖 721；頁 410，圖 722、724。

〔註23〕　《瓦藝》，頁 513，圖 884；頁 511，圖 811。

〔註24〕　《瓦藝》，頁 513，圖 883～884；頁 510，圖 879；頁 511，圖 880～881。

〔註25〕　《瓦藝》，頁 510，圖 879；頁 511，圖 880～881。

宮殿、官署、祠墓、吉語四類，〔註26〕傅嘉儀分為宮殿官署、祠墓、紀年、吉語、其他五類，〔註27〕陳根遠與朱思紅則分為宮苑、官署、宅舍、祠墓、紀事、其它、吉語七類，〔註28〕可見分類是大同小異，不過宮殿、官署、宅舍、祠墓只是施用之建築物不同，真正依瓦文內容來分類，其實以吉語、紀年、標誌等較為妥當。

此期之文字瓦當由於尚未進入鼎盛期，故雖有各種類別之雛形，但各類內容並不多，大約有紀年、祠墓、吉語、宮殿官署等類。

一、紀年瓦當

有〈惟漢三年大并天下〉瓦當。紀年瓦當原本數量即不多見，其價值在於能給予準確之紀年以供斷代，有時尚能彌補史書記載之不足，可以說是文字瓦當中之標準器，是以這類瓦當彌足珍貴。〈惟漢三年大并天下〉瓦當所記錄者，乃高祖建立漢朝躊躇滿志之情況，可以想見當時氣魄之雄偉，可能為了記錄如此之大事，故製此內容之文字瓦當以記錄之，顯得特別有意義。

二、祠墓瓦當

有〈長陵東當〉、〈長陵西神〉、〈高祖置當〉、〈齊園宮當〉、〈安邑稠柱〉、〈西廟〉等。〈長陵東當〉、〈長陵西神〉、〈高祖置當〉等大多在高祖長陵陵園挖掘而出，故應屬於高祖長陵用瓦，時代當在惠帝或其後；〈齊園宮當〉、〈安邑稠柱〉、〈西廟〉等則有些出土於惠帝陵寢，有些也可能是出自秦末漢初與高祖共同創建天下之文臣武將之墓葬區，有些甚至可能是出自武帝子齊王劉閎之墓，則時代可能至西漢中期。〔註29〕所謂「東」或「西」，或許乃就祠墓建築之方位而言。這些祠墓若非帝王之墓，即為將相之墓，而又施之於陵寢，是以具有莊重肅穆之感，應當可以想見，這些祠墓瓦當之出土，可以幫助後人明確西漢諸帝王將相之陵墓位置，從而與史冊典籍相比較，藉以補充其不足或修正其未妥之處。

〔註26〕參見陳直撰：〈秦漢瓦當概述〉，頁20～31。

〔註27〕參見傅嘉儀撰：〈中國瓦當藝術概論〉，頁碼不詳。

〔註28〕參見陳根遠、朱思紅合撰：《屋簷上的藝術——中國古代瓦當》，頁113。

〔註29〕參見陳根遠、朱思紅合撰：《屋簷上的藝術——中國古代瓦當》，頁162～165。

三、吉語瓦當

　　此類瓦當如〈六畜蕃息〉、〈延壽長相思〉、〈千金宜富貴當〉等。吉語類瓦當在目前出土之文字瓦當中所占數量最多，內容亦最多樣化，且部分瓦文內容更有傳承演變傾向。漢初之吉語類瓦當尚不算多，但由此數面吉語瓦當中仍不難看出，具有希望牲畜生產興旺，先民延年益壽、富貴雙收等意義，充分顯示出先民在農業社會中，期望生活安定充實、長命百歲、富貴顯達之時代背景，這大概亦與秦末漢初以來戰亂頻仍，百姓追求安定和樂之生活有密切關聯，而黃老思想政策之推廣，目的在於與民休息，可能也在一定程度上反映於瓦文中，由此亦可見瓦文與當時生活背景緊密結合之情形。

四、宮殿官署瓦當

　　秦漢時期之宮殿依時間而言，大體可分為兩方面來看：其一是先秦或秦代時已有，而漢代繼續在其基礎上修建使用，即所謂「秦宮漢葺」；其二是漢代始新興營造，這類宮殿以漢武帝時為最多。

　　宮殿類瓦當大體上施之於帝王嬪妃居住之所，官署類瓦當則多施用於高官、衛戍之地，趙力光對於此二類瓦當下有簡要定義，認為「宮殿類（瓦當）：主要是記錄宮殿等建築名稱的文字瓦當。」「官署類（瓦當）：漢代加強中央集權制，設有龐大的官僚機構，皇宮以外官署林立。很多文字瓦當與這些官署有關。」〔註30〕在此期中，宮殿類瓦當如〈蘄年宮當〉、〈來谷宮當〉等屬於此類，官署類瓦當則如〈衛〉字瓦當，通常分布於戍守、護衛重要宮殿官府之守衛機關建築，如《古代瓦當》謂：「西漢時長安城及周圍的主要宮殿均設有衛尉，職掌守護防衛，如長樂衛尉、未央衛尉、建章衛尉等。」〔註31〕就其藝術性而言，瓦當源起之用意在於其實用性，而宮殿官署等皆為政府高層重要機構，自然會在實用之基礎上對瓦當加以施用並美化；而就考古方面而言，則可藉由這些瓦當確定秦漢時代之宮殿遺址所在，從而解決部分史籍失載或具爭論性之議題。

　　由上文之簡要敘述，可見確定為秦末漢初之文字瓦當數量與種類並不多，但由於這些紀年瓦當、祠墓瓦當之施用對象與事件，皆與當時政治背景具有緊密關係，由刻石、銅器等大量運用於上層社會之書寫材質觀之，具有重大意義

〔註30〕趙力光撰：《中國古代瓦當圖典》（北京：文物出版社，1998年1月），頁11、14。
〔註31〕趙叢蒼主編、戈父編撰：《古代瓦當》（北京：中國書店，1997年9月），頁108。

之內容，多以小篆書寫，以代表正式、莊重之象徵，且秦代書體以小篆爲主，漢代在某種程度上繼承了秦代之政治、文化等制度，小篆在漢初之使用必還占有一定程度之比例，因此這一時期所見之瓦當文字，仍以小篆爲主體，此乃瓦當施用場合與書體互相配合之見證。

此一時期之瓦文雖以小篆爲主體，但受到瓦當當面構形之影響，篆形不得不做變化調整，然而瓦當整體爲圓形輪廓，篆形本身卻爲縱長外形，方圓之間實存在衝突，所幸先民發揮其智慧，在某種程度上適度改變小篆之結構與筆畫，而使篆形得存在於瓦當之上，並可能與其餘圖形、紋飾進一步結合。受到字數之影響，當面必須分爲若干等分，先民則將小篆依結構之特性、筆畫之多寡做各種不同之調整，正如前文所見，即使是同一文字，由於施用於不同瓦當，則瓦文通常也做不同形態之呈現，正如林鯤所言，此乃獨特、矛盾之空間調整：

> 漢字爲方塊形的，而瓦當則是圓形。漢代人充分發揮聰明和智慧，採用直線和圓作爲瓦當的基本空間形式，在這方與圓、曲和直的矛盾處理過程中，大膽構思，富於創造性，使對立矛盾的雙方天衣無縫地融合在一起。〔註32〕

秦末漢初之瓦文篆形，在矛盾對立、和諧統一之基礎上，發展出文字裝飾之雛型，不過此時期之瓦文篆形，尚處在較爲規矩之階段，亦即篆形大多與秦小篆相似，但又略有不同，此不同多表現在簡省筆畫和部件方面，即如王書廣所言：

> 秦朝統一全國後，爲顯示身份、地位，文字瓦當應運而生。文字瓦當一般爲圓形和半圓形，文字大多爲陽文，由工藝奴隸製模燒製而成，字體以小篆見常，結構上變化較大，注重了字的大小，疏密，避讓等排序方法。〔註33〕

由瓦當拓片上看，書體確爲小篆，結構雖有所變易，篆形雖有所避讓，但變形尚不明顯，雖有少數如後來銅鏡上可見之裝飾性變形篆體，但仍不多見，是故大多數小篆若獨立視之，仍不難分辨爲何字，應與文字瓦當處於初期階

〔註32〕林鯤撰：〈論漢代建築裝飾中文字瓦當的特色〉，《電影評介》2006年第22期（2006年），頁67。

〔註33〕王書廣撰：〈漫議瓦當書法〉，《中小企業管理與科技》下旬刊2008年第6期（2008年），頁63。

段，變化仍較爲保守有關，僅有少數篆形不易分辨，此類字例將在下一部分
討論。

　　瓦文受到瓦當圓形造形之限制，篆形不得不做調整，此乃整體文字瓦當之
共同趨向，而此期瓦文篆形特徵，除受此因素影響外，亦與施用之場所有關，
此期可能只有上層階級如帝王將相之宮殿、祠廟等處，有其能力與必要來裝飾
以文字瓦當，而此期因承秦代而來，雖在民間古隸已相當盛行，但上層階級與
重要場合仍以小篆爲主體，加上小篆古文字隨體詰詘之特性，能隨當面任意變
化，是以造成此期瓦當文字內涵較少，卻多以與秦小篆相近之書體爲主。

肆、瓦當與《說文》篆形及其前後書體比較

　　可以想見，瓦文篆形受當面造形之限制，篆形變易情況較大，而《說文》
之撰寫動機之一，即在於說明文字之本形、本音、本義，並進而解釋經義，其
篆形必然爲工整之形，是以二者相較之下，就篆形之端正程度而言，勢必有相
當大之差距，然就整體構形與文字演化之觀察，仍具有一定之參考價值。

一、近於《說文》篆形者

　　此期瓦文篆形與秦小篆接近，結體上雖有細微之差異，欲尋得構形與《說
文》相同之形體尚稱容易，筆者尋得之字例計有竹、泉、當、三、六、并、下、
東、西、高、安、王、蕃、息、千、谷、降、元、年、橐等二十餘例，以下試
舉數例以呈現此現象。

　　當　瓦文多見，〈竹泉宮當〉作❖，〈□陵西當〉作❖，〈高祖置當〉作❖，
〈千金宜富貴當〉作❖，《說文》作當。〔註34〕瓦文與《說文》篆形並皆从田
尚聲，唯有「尚」字上部左右兩筆筆勢略有不同，其餘部分皆十分相近，尤以
〈高祖置當〉之「當」字與《說文》最爲接近。

　　下　〈惟漢三年大并天下〉瓦當作❖，《說文》作下。〔註35〕兩者構形相
同，唯瓦文篆形第二筆向右突出處較《說文》更爲明顯，但二者之相似度仍
十分之高。

〔註34〕《瓦藝》，頁59，圖88；頁512，圖882；頁514，圖885；頁434，圖770；大徐
　　　　本，卷13下，頁478。

〔註35〕《瓦藝》，頁716，圖1200；大徐本，卷1上，頁22。

高　〈高祖置當〉作&#xFFFD;，《說文》作髙。〔註36〕瓦文篆形於上部作橫畫，而《說文》作兩斜筆；瓦文中間象建築物之處與上下兩部分相連，篆形合爲一整體，《說文》則斷開作一口形。二者近似度雖高，但《說文》篆形反不如瓦文具象形性。

畜　〈六畜藩息〉作&#xFFFD;、&#xFFFD;，《說文》作畜。〔註37〕瓦文上半部「玄」字作一平直橫畫，《說文》篆形則作兩斜筆，此類差異常見，但篆形十分接近。

萬　〈維天降靈延元萬年天下康寧〉瓦當作&#xFFFD;，《說文》作&#xFFFD;。〔註38〕瓦文與《說文》篆形整體並皆象蝎子之形，象形性頗高，二者僅在中間部件與下半部部件之筆勢上稍有不同，相似度甚高。

二、近於《說文》中之重文者

此期瓦文篆形同於《說文》中之重文者實不多見，筆者僅見一「大」字，試說明之。

大　〈惟漢三年大并天下〉作&#xFFFD;，《說文》作&#xFFFD;。〔註39〕&#xFFFD;乃段注本籀文「大」字之形，用筆較爲圓轉，古文字意味較濃，瓦文篆形雖受當面限制，且用筆較方，但整體仍可見其構形同於段注本籀文。

三、近於戰國文字者

此期之瓦文篆形有不少近於戰國文字，筆者所見計有宮、衛、長、陵、神、高、祖、齊、安、富、貴、來、康等十餘字，以下試舉數例說明之。

宮　〈竹泉宮當〉作&#xFFFD;，〈來谷宮當〉作&#xFFFD;，〈蘄年宮當〉作&#xFFFD;，〈橐泉宮當〉作&#xFFFD;，《說文》作宮。〔註40〕瓦文篆形在「宀」字下皆作兩口形，僅有《說文》於兩口形中加一連接之筆，戰國文字如&#xFFFD;、&#xFFFD;，〔註41〕其形皆與瓦文篆形相似，隸書中則兩形皆有，可見前說。

〔註36〕《瓦藝》，頁514，圖885；大徐本，卷5下，頁188。

〔註37〕《瓦藝》，頁416，圖732～733；大徐本，卷13下，頁478。

〔註38〕《瓦藝》，頁135，圖200；大徐本，卷14下，頁505。

〔註39〕《瓦藝》，頁716，圖1200；段注本，10篇下，頁503上左。

〔註40〕《瓦藝》，頁58，圖87；頁60，圖89；頁61，圖90；頁58，圖86；大徐本，卷7下，頁262。

〔註41〕《戰典》，上冊，頁268。

神　〈長陵西神〉作█、█、█，《說文》作祧。〔註42〕《說文》篆形右半部「申」字猶保留古文字之形，形體見於「申」字下之籀文；〔註43〕瓦文三字例已進一步合併，戰國文字中有作█者，〔註44〕正處於即將合併之過渡階段，而較接近於合併之狀態，瓦文篆形可以說是此形體之進一步演變。

富　〈千金宜富貴當〉作█、█，《說文》作富。〔註45〕《說文》於「宀」字下作「畐」字，然瓦文篆形則於「宀」形下從目從田，偏旁從「宀」與從「宀」可相通，如八分中有作富者，亦有作富者，即是一證。〔註46〕戰國時期之璽印文字有作█形者，此形上半部從「宀」，與瓦文僅一小筆之差別，何琳儀已說明此形見於秦器，〔註47〕可見秦系文字在不同書寫材質上相互影響、傳承之跡，但《說文》之形亦並非無所本，戰國時期陶文有作█形者，〔註48〕《說文》之形明顯與之相近。

四、近於隸、楷書者

瓦當雖屬鑄刻一類，與簡帛之屬手寫一類不同，但仍不免受時代書寫風氣影響，是故瓦當文字雖大多以小篆為主，卻亦有近於隸、楷書者，筆者所見計有神、祖、稠、當、蘄、西、宜等七例，以下舉數例以說明。

神　〈長陵西神〉作█、█、█，〔註49〕左半部「示」字並無大變化，但右半部「申」字已由古文字較濃厚象形意味之形，進一步合併簡化為較簡單之形體，而與今日隸、楷書相近，如古隸作█，八分作█，楷書作█，〔註50〕即是明證。

稠　〈安邑稠柱〉作█，〔註51〕左半部「禾」字篆形猶像小篆，但右半部

〔註42〕《瓦藝》，頁510，圖879；頁511，圖880～881；大徐本，卷1上，頁23。

〔註43〕大徐本，卷14下，頁513。

〔註44〕《戰編》，頁5。

〔註45〕《瓦藝》，頁434，圖770；頁435，圖771；大徐本，卷7下，頁260。

〔註46〕《隸辨》，卷4，頁74右。

〔註47〕《戰典》，上冊，頁127。

〔註48〕《戰典》，上冊，頁127。

〔註49〕《瓦藝》，頁510，圖879；頁511，圖880～881。

〔註50〕《隸典》，頁143上；《隸辨》，卷1，頁61右；《大書源》，中冊，頁1934。

〔註51〕《瓦藝》，頁515，圖886。

「周」字則與隸、楷書十分近似，如八分作禾胃，楷書作稠皆是。〔註52〕

宜 〈千金宜富貴當〉作⬚、⬚，〔註53〕瓦文篆形「宀」字內部構形與古文字不同，然古隸作宜，八分作宜、宜，楷書中亦有作宜者，〔註54〕其構形皆與之相近。

五、較《說文》增繁者

古文字中某些文字構形較爲簡單，至後世有加筆畫或部件以增繁者，瓦文篆形中亦有相較於《說文》而構形較繁者，如「寧」字。

寧 〈維天降靈延元萬年天下康寧〉作⬚、⬚，《說文》作⬚。〔註55〕瓦文篆形與《說文》有兩處不同：其一，瓦文「宀」字下作「止」字，而《說文》作「心」字；其二，瓦文於「皿」字下有一「丁」形，《說文》則無。由此二例可知，瓦文篆形較《說文》爲繁。

六、較《說文》簡化者

簡化是中國文字演變主力之一，瓦當文字受到圓形當面之限制，有些篆形亦不得不做筆勢或結構上之改變，筆勢隨當面弧形而變形，結構則以簡化爲主，此期瓦當文字雖亦有文字將結構做適度簡化者，但未成趨勢，依筆者所見僅有宮、衛、齊三字。

宮 〈竹泉宮當〉作⬚，〈來谷宮當〉作⬚，〈蘄年宮當〉作⬚，〈橐泉宮當〉作⬚、⬚、⬚，《說文》作宮。〔註56〕瓦文篆形近於工整小篆之瓦當「宮」字，「宀」字下幾乎皆作兩口形，皆較《說文》少兩口形中間連接之一筆，但瓦文篆形與戰國時期大多數「宮」字構形相同，《說文》篆形之承襲性反較瓦當爲低，不過隸書中仍是兩形皆有，可見前。

衛 〈衛〉字瓦當有作衛、衛、衛等形者，《說文》作衛。〔註57〕《說文》

〔註52〕《隸辨》，卷2，頁63左；《大書源》，中冊，頁1968。

〔註53〕《瓦藝》，頁434，圖770；頁435，圖771。

〔註54〕《隸典》，頁47下；《隸辨》，卷1，頁19左；《大書源》，上冊，頁732。

〔註55〕《瓦藝》，頁135，圖200；頁136，圖201；大徐本，卷7下，頁260。

〔註56〕《瓦藝》，頁59，圖88；頁60，圖89；頁61，圖90；頁57，圖85；頁58，圖86～87；大徐本，卷7下，頁262。

〔註57〕《瓦藝》，頁239，圖437；頁240，圖440；頁410，圖724；大徐本，卷2下，

釋「衛」字之形曰：「从韋帀从行」，觀瓦文三例，第一例省略「帀」字，第二例省略「帀」字之橫畫，第三例則省略「韋」字下半部，皆較《說文》構形簡省，其簡省之情形可見於《隸辨》，字例已見前。

齊　〈齊園宮當〉作，《說文》作齊。〔註58〕《說文》釋「齊」字之形曰：「禾麥吐穗上平也。象形。」徐鍇注曰：「生而齊者莫若禾麥。二，地也。兩旁在低處也。」瓦文篆形較爲質樸，整體雖不整齊，但構形明顯同於《說文》「齊」字之上半部，而無徐鍇所言「兩旁在低處」之兩筆，構形較《說文》爲簡。

七、位置更動者

瓦當整體爲圓形造形，但中國文字爲方塊造形，而小篆又爲縱長形，爲適應當面空間，瓦文勢必要做變形處理，但在這一時期中，瓦文篆形之變形，多是改換部件，或是在筆畫之筆勢或增減上進行變化，就原有結構而做位置之變換者實爲少見，筆者僅見一例。

靈　〈維天降靈延元萬年天下康寧〉作、，《說文》作靈。〔註59〕「靈」字原从雨，三口形之象形橫式並列，而在瓦文中則作品字形排列，爲稍作變化之一例。

八、不知其所从者

前文提及，篆形原本縱長之外形受到圓形當面之影響，不得不在筆勢或結構上做改變，以取得當面與篆形之協調，因此部分篆形之變形較爲誇大，其發生原因多樣，可能由於瓦當鑄造者之匠心而故意變化，亦可能爲符合當面圓形之造形而不得不做改變，亦可能由於瓦當長期埋藏於地下而導致部分當面受到磨損，於是出現各式各樣之無法說解之篆形，此期篆形固然具有此種特色，但亦尚未達致顛峰，多數文字雖不知其所从，猶可猜測其原形，而亦有部分篆形改變較大，若以單字觀之，實難以確知爲何字者。依筆者所見，計有當、置、宮、邑、天、命、金、泉等八字，以下舉數例說明。

頁78。

〔註58〕《瓦藝》，頁509，圖878：大徐本，卷7上，頁245。

〔註59〕《瓦藝》，頁135，圖200；頁136，圖201；大徐本，卷1上，頁31。

命　〈當王天命〉作![篆形]、![篆形]，〔註60〕兩篆形可謂一模一樣，或因使用於宮殿建築，或因鑄造者爲同一人，而出現此種不同瓦當而篆形十分近似之情形，但其篆形十分特別，缺少上部「人」字兩筆，觀察兩面瓦當，於瓦文四字之間皆有界線，不知是否欲利用瓦當界線以充當「命」字之上部兩筆？若是，則又爲瓦當藝術中之一項新特色；若非，則此篆形亦足以令人印象深刻。

金　〈千金宜富貴當〉作![篆形]、![篆形]，〔註61〕兩字例篆形不相同，但似皆經過簡省，又似有行書、草書之映帶意味，單看此形實難以辨別爲何字而又不知其所從。

泉　〈橐泉宮當〉作![篆形]，〔註62〕此字篆形頗怪，同名瓦文中「泉」字皆作![篆形]形，筆者推測，前一例可能是將三豎畫上部之半圓部分完全連接起來，並改篆形之圓形爲方形，於是成爲此獨特而唯一之形；八分中有作![篆形]形者，〔註63〕似乎是進一步隸化之結果，二者形體或有關聯。

本期文字瓦當尚處於初始階段，故其數量不多。就各文字瓦當之筆勢與結構言之，同文瓦當間之篆形，其筆勢與結構大致相似，但與不同瓦文之瓦當相較時，其結構則有較大之差異，此現象與其餘書寫材質具有明顯不同，它們多是在筆勢變化之基礎上產生篆形上之變異，但在此期瓦文中，結構之變異反而較筆勢爲發達。另有部分同文瓦當，彼此之間結構即有不同，如一系列「衛」字瓦當即是。

秦始皇統一天下後，大修宮室建築，其後漢興代秦，又在其基礎上更加擴建，於是造就武帝以後占地廣大之宮廷建築群。《史記・高祖本紀》記載：

> 蕭丞相營作未央宮，立東闕、北闕、前殿、武庫、太倉。高祖還，見宮闕壯甚，怒，謂蕭何曰：「天下匈匈苦戰數歲，成敗未可知，是何治宮室過度也？」蕭何曰：「天下方未定，故可因遂就宮室。且夫天子以四海爲家，非壯麗無以重威，且無令後世有以加也。」高祖乃說。〔註64〕

由此可見，漢代在高祖時期即已開始修築宮殿，其屋頂必定亦使用瓦當，因此

〔註60〕《瓦藝》，頁714，圖1198；頁715，圖1199。

〔註61〕《瓦藝》，頁434，圖770；頁435，圖771。

〔註62〕《瓦藝》，頁58，圖87。

〔註63〕《隸辨》，卷2，頁7右。

〔註64〕（西漢）司馬遷撰、楊家駱主編：《新校本史記三家注并附編二種》，冊1，頁385～386。

可以推測，文字瓦當可能先施用於宮廷、宗廟等上層達官貴族之建築，而就書體而言，漢代初期雖古隸已於民間流行，宮廷官府等正式場合仍使用小篆爲多，故此期之文字瓦當無論如何分類，幾乎不見平民百姓使用之跡，是故此期之文字瓦當皆以小篆體系爲主。

將此期所有文字瓦當合而觀之，並與《說文》做一比較後，發現篆形與《說文》近似者不在少數，可見瓦文篆形受秦代工整小篆之影響；近於隸、楷書者亦有數例，可能受到漢代民間古隸盛行之影響；至於合於戰國文字及不明來源者亦不少，而較《說文》增加部件與簡省部件者則減少許多，近於《說文》重文及位置有所互換者亦寥寥無幾。

文字瓦當之數量、瓦文篆形之變化及其施用場合，在此期中皆顯得較爲狹窄，然而自武帝時期起，由於開始大量建造大型宮殿群，於是許多文字類型之瓦當順時代而生，於西漢中、晚期蔚爲大宗，成爲我國文字瓦當之鼎盛時期。

第二節　兩漢中期瓦當之篆形探析

壹、兩漢中期篆體瓦當簡述

經由地下出土文物及傳世拓片之統計，已發現文字瓦當在武帝時期突然大量出現，因此前輩學者多以武帝時期作爲瓦當之一大分界，故本文亦以武帝時期作爲前期與中期之分界。漢代部分宮殿是在秦代原有之宮殿基礎上重新修整後再行修建，亦有部分宮殿是在秦代宮殿附近另行建造，著名之宮殿如未央宮、黃山宮、鼎湖宮、甘泉宮、羽陽宮等，都在此期發展而起，此外，如帝王之狩獵場所上林苑、護衛皇宮貴族之守衛機關、提供宮廷糧食所需之糧倉，及施用於上述建築而祈求富貴吉祥之吉語等，亦皆於此期大量產生，故此期可謂爲文字瓦當之興盛期，不僅種類繁多，即使同一瓦文內容，其書體、筆勢、結構亦鮮有相同者，實令後人嘆爲觀止。

現今所見大部分西漢文字瓦當，一大部分出自於武帝茂陵，因此可以推測，昭帝、宣帝時期之文字瓦當數量亦應不少，其後大約至成帝甚至於哀帝時期，不但吉語瓦當可大致依時間先後歸納出系統，民間亦逐漸出現施用文字瓦當之情形，故此期之下限大約可至成帝、哀帝左右，簡言之，本期所涵蓋之時間跨度在景帝至哀帝（西元前 157 年——前 1 年）左右。

依傅嘉儀《中國瓦當藝術》對各瓦當之簡要說明，可確定年代或地點者大致可列之如下：

一、**景帝陽陵**：如〈維天降靈延元萬年天下康寧〉。

二、**武帝茂陵**：如〈屯美流遠〉、〈東〉、〈車〉、〈屯澤流池〉、〈醴泉流庭〉、〈道德順序〉、〈決茫無垠〉、〈咸況承雨〉、〈永承大靈〉、〈光曜坎宇〉、〈永延弘遠〉、〈神氣威寧〉、〈冢枱王堂〉、〈崇蛹嵯峨〉、〈鮮神所食〉、〈加露沼沫〉、〈與民世世天地相方永安中正〉、〈長樂未央〉、〈延年益壽〉、〈長生無極〉、〈湧泉混流〉、〈千秋萬歲〉、〈永奉無疆〉等；此外，如〈漢并天下〉、〈天降單于〉、〈樂哉破胡〉、〈單于和親〉等，則推測可能為武帝擊退匈奴，聲威大振時期所反映之內容。〔註65〕

三、**昭帝母鈎弋夫人雲陵**：如〈長生未央〉、〈嬰桃轉舍〉。

四、**哀帝義陵**：如〈永奉無疆〉。

五、**其它地區**：除中國本土外，尚有部分來自於當時東北方或北方者，如出土於朝鮮之〈樂浪禮官〉、〈樂浪富貴〉瓦當。〔註66〕此外，如上文所提及〈天降單于〉、〈單于和親〉瓦當，則出土於內蒙古包頭之漢代遺址，可見西漢國力曾到達此地。〔註67〕

其餘大致可判斷為此期之物者，尚有〈便〉、〈佐弋〉、〈萬歲〉、〈千秋〉、〈與天〉、〈無極〉、〈延年〉、〈黃山〉、〈禁圃〉、〈華倉〉、〈船室〉、〈上林〉、〈次蜚官當〉、〈長生樂哉〉、〈千秋長安〉、〈千秋萬年〉、〈萬歲萬歲〉、〈吉月照燈〉、〈則

〔註65〕《古代瓦當》曰：「（單于和親）這類瓦當為呼韓邪單于降漢後漢匈關係的歷史見證。」又曰：「（四夷盡服）與此類似的還有『四夷□服』諸瓦。當為西漢中晚期之作品，瓦文內容反映了漢室當時國力強大及與其周圍民族關係的情況。」趙叢蒼主編、戈父編著：《古代瓦當》，頁145。

〔註66〕《漢書・西南夷兩粵朝鮮傳》曰：「元封三年夏，……故遂定朝鮮為真番、臨屯、樂浪、玄菟四郡。」樂浪即在今平壤南郊大同江南岸，可見此時西漢之勢力已達朝鮮半島。（東漢）班固撰、楊家駱主編：《新校本漢書并附編二種》（台北：鼎文書局，1986年10月六版），冊5，卷95，頁3867。

〔註67〕陳根遠、朱思紅曰：「內蒙古包頭漢代遺跡中發現的『天降單于』、『單于和親』等紀事文字瓦當正是漢匈和洽的歷史見證。……系西漢晚期瓦當的典型特徵。」陳根遠、朱思紅合撰：《屋簷上的藝術——中國古代瓦當》，頁173。

寺初宮〉、〈折風闕當〉、〈朝神之宮〉、〈都司空瓦〉、〈京師庾當〉、〈京師倉當〉、〈無極船庫〉、〈孝大后寢〉、〈與天無極〉、〈上林農官〉、〈千秋萬世長樂未央昌〉、〈維天降靈延元萬年天下康寧〉、〈長樂未央〉、〈羽陽千歲〉、〈羽陽千秋〉、〈羽陽萬歲〉、〈羽陽臨渭〉、〈與華無極〉、〈長生未央〉、〈關〉、〈延年益壽〉、〈長生無極〉、〈五穀滿倉〉、〈鼎胡延壽宮〉、〈鼎胡延壽保〉、〈延壽長相思〉、〈蘭池宮當〉、〈棫陽〉、〈有萬憙〉、〈召陵宮當〉、〈永受嘉福〉、〈宮宜子孫〉、〈永奉無疆〉、〈高安萬世〉、〈黃金當璧之堂〉、〈千秋萬歲〉、〈仁義自成〉等，合計在五百面左右。因部分瓦文使用時間跨度較長，其中可能有些已近於西漢晚期或王莽時期，乃此期文字瓦當斷代時較爲困難之處。

　　此外，由瓦文內容較爲大宗之瓦當觀之，如〈長樂未央〉、〈長生未央〉、〈長生無極〉、〈千秋萬歲〉等，尚可見瓦文篆形逐漸由較爲接近秦小篆之結構轉變爲奇特怪異、難以說解之形，由嚴謹趨草率、瓦文辨識度由易而難之過程中，似可將此類較爲大宗之瓦文篆形粗略再分爲兩小期，如〈千秋萬歲〉瓦當：

千秋萬歲　〈千秋萬歲〉吉語瓦當可能爲此期數量最多之瓦當，相傳出自武帝茂陵者有作▨、▨、▨、▨者，有作▨、▨、▨、▨者，〔註68〕雖受當面之影響造型各有不同，且筆勢與結構皆有差異，但「千」、「秋」、「萬」、「歲」四字仍清楚可辨，縱然與秦代工整小篆有段差距，但簡省、變形情況不大。至於推測可能在西漢末、東漢初者，則有作▨、▨、▨、▨者，有作▨、▨、▨、▨者，〔註69〕「秋」、「萬」二字單獨觀察尚可分辨其形體，但已不若前期或此期稍早篆形之穩固，結構亦已趨向於隸書，「千」、「歲」二字則變形極度誇張，二「千」字與後一「歲」字若單獨觀之，實在不易分辨其形，「歲」字幾乎只剩其下半部分。以上以此期早晚兩時期之同文瓦文篆形相比，即可明顯發現其簡省之快速與誇張。

　　上述所舉諸同文瓦當，其篆形多不盡相同，變化多樣。文字以識字便利與書寫快速爲兩大訴求，而其演化規律乃增繁與簡化同時並進，又以簡化爲主要趨勢，若將上述之大量同文瓦文加以排列，使其篆形大致由繁而簡，將可看出西漢自景帝、武帝起，以至於成帝、哀帝時期，瓦文篆形具有時代上之差異。

〔註68〕　《瓦藝》，頁 496，圖 866；頁 547，圖 925。

〔註69〕　《瓦藝》，頁 926，圖 1637～1638。

　　由以上列舉之瓦文內容，由字數上看，變化較前期為多，有一字、兩字、三字、四字、五字、六字、九字、十二字等，已趨近於完備；由書體上看，除傳統沿襲而下之小篆外，較特別者尚有鳥蟲書；由思想上看，前期之黃老思想漸退，儒家思想已表現於此期瓦文中；由內容上看，吉語、標誌建築類之瓦文大量出現。由於在各方面皆有長足之進展，故此期篆形之變化豐富萬分。

貳、瓦當篆形之結構、筆勢比較

　　文字瓦當發展至武帝時期，便已近乎巔峰，雖仍有部分瓦文篆形仍與嚴謹構形之小篆十分相近，但大多數篆形確實已有明顯變形，甚至於有反文、合文等現象，此現象與銅洗上類似於美術字之篆形十分相像，可參看本論文〈兩漢後期銅器之篆形探析〉部分。

　　經由筆者之粗略統計，此期較能確知其大略年代之文字瓦當急速增加至五百面以上，而若再加上其餘可能歸納於此期而未能縮小其年代者，數量當遠遠在此數之上，正由於有如此豐富之文字瓦當，故可資探討之面向必較前期為多。此期篆形對於同一文字有兩字例以上可供比較者，計有山、宮、萬、千、極、延、倉、上、樂、漢、京、承、司、加、昌、羽、壽、蘭、單、奉等近百例，十分豐富，以下則依各條件、現象等一一說明。

一、不考慮筆勢而結構有所不同者

　　上節中已提及，由於瓦文必須受瓦當圓形條件之限制，且當面之紋飾、圖案、線條等，亦對瓦文文字有所影響，而瓦文文字如何安排，亦可能對文字筆勢與結構產生改變，相同瓦文者亦未必會產生相同之文字外形。

　　在本節中，符合此項條件者字例不少，計有空、便、萬、歲、秋、極、年、禁、長、靈、庾、康、寧、陽、鼎、栽、單、嘉、福、與等近四十例，由以下各組字例中，能清楚見及各組篆形受當面影響而變形之情形。

　　便　〈便〉字瓦當有作▨、▨、▨者。（註70）此字瓦文左半部皆从「人」，而右半部中間部件分別从「目」形、「曰」形、「田」形，構形皆不相同。

　　天　〈漢并天下〉作▨，〈與天毋極〉作▨，〈與天無極〉作▨、▨，〈維天降靈延元萬年天下康寧〉作▨，〈與民世世天地相方永安中正〉作▨，〈天降

―――――――――――

〔註70〕《瓦藝》，頁236，圖432；頁237，圖433；頁238，圖434。

單于〉作　。〔註71〕可以發現〈漢并天下〉、〈與天毋極〉、〈與天無極〉第一例等乃同於《說文》段注本籀文「大」之形，而〈與天無極〉第二例、〈維天降靈延元萬年天下康寧〉、〈與民世世天地相方永安中正〉、〈天降單于〉等則同於《說文》小篆之形。「大」字及從「大」之字，此二系統之形體在漢代通常於不同書寫材質上皆會出現，或許漢代並未統一採用何種篆形，故兩種形體同時並行。

　　長　〈長生樂哉〉作　，〈長樂未央〉作　、　、　，〈長生無極〉作　、　。〔註72〕此處所舉數例篆形其下半部構形皆不相同，或作「乚」形，或作「止」形，或作「凵」形，甚或不明其形，其變化多端，數十例「長」字之構形不全然相同。「長」字構形之差異，大、小徐與《隸辨》皆曾論及，說已見前。

　　益　〈延年益壽〉作　、　、　。〔註73〕瓦文內容相同，但篆形所從部件卻分別作三種形體：第一例從「血」字；第二例與今日寫法相同，皆從「皿」字；第三例則可能受當面之影響，而成為從倒「目」之形，十分特別。此期之〈延年益壽〉瓦當「益」字構形大致不出此三種。

　　單　〈天降單于〉作　，〈單于和親〉作　。〔註74〕前者上半部形似兩「古」字形，中間部件內部兩線條交叉，與部分「思」字、「萬」字相似；後者上半部則作兩具圓弧用筆之三角形體，中間部件則作一「曰」形，八分中有作　形者，〔註75〕偏旁從「口」與從「厶」可相通，此例或受此影響。

　　由上文所舉數例可見，此期瓦文篆形不僅構形多變，且其變化往往不明所以，部分篆形之結構既不類同於戰國文字或秦小篆，亦難見於其後興起之隸書與楷書，可謂極盡變化之能事。

二、在相同結構下筆勢有所不同者

　　由上文可見，同一瓦文而結構不同之情況所在多有，且結構之變化往往令人難以想像，而即使此期瓦文結構有如此多之變化，但在相同結構下筆勢有所

〔註71〕《瓦藝》，頁276，圖492；頁375，圖654；頁380，圖668；頁381，圖671；頁351，圖600；頁553，圖933；頁881，圖1555。

〔註72〕《瓦藝》，頁361，圖622；頁353，圖602～603；頁629，圖1061；頁371，圖647～648。

〔註73〕《瓦藝》，頁73，圖110；頁623，圖1048；頁622，圖1045。

〔註74〕《瓦藝》，頁881，圖1555；頁882，圖1556。

〔註75〕《隸辨》，卷2，頁6右。

不同者，字例仍然相當多，且數量超過篆形結構不同者，依筆者所統計，有佐、弋、與、無、黃、倉、當、安、并、船、毋、空、瓦、未、昌、寧、壽、池、受、月等近八十組，亦蔚為大宗，以下亦舉例說明。

歲　〈千秋萬歲〉作 、、，〔註76〕「歲」字《說文》中曰从步戌聲，而「步」字則从止與反止，瓦文此組篆形皆从二止，構形上與《說文》不同；此組字例之三字構形相同，但三字例於右半部「戈」字之筆勢皆不相同，第一例近似於刻石中畫像石上一類之形體，第二例筆畫較為平直，第三例則較為草率。又如〈千秋萬歲〉另一組篆形作 、，〔註77〕此組瓦文構形則同於《說文》，受瓦當造型之影響，此二字例雖皆位於當面左下角部分，但前一例最左邊之一筆隨當面拉長，用筆猶留有圓弧之跡，但後一例則最左邊之一筆縮短筆畫長度而退居於左上角，且整體篆形皆用方筆，轉折甚具力道。「歲」字於瓦文中乃相當重要之文字，不僅出現率高，且構形多變，由於此期瓦文篆形變異十分厲害，不少篆形無法說解其結構，但僅以此二組字例說明，已可見「歲」字於筆勢及結構上之變化。

年　亦可分為兩組觀之，其中一組篆形意味較濃，如〈維天降靈延元萬年天下康寧〉作 、、，〔註78〕此組篆形與秦代工整小篆近於相同，第一例其下半部之長筆大幅扭曲，整體線條柔軟；第二例猶有小篆屈曲回環之姿，但由其下半部長筆觀之，則律動不如第一例；第三例則較為死板，轉折處較接近方筆。另有一組字例較為接近隸書且有所簡省，如〈延年〉半瓦當作 、、，〔註79〕三字例下半部構形已十分接近隸書，且又更為簡省，如八分中有作 、 形者即是。〔註80〕第一例之上半部受當面限制，略向左下擠壓變形，故三橫畫之間距左窄而右寬；第二例之三橫畫以直畫為中軸，向左右兩旁斜下；第三例之三橫畫則全部平行。三字例筆勢全然不同。

林　〈上林〉瓦當作 、、，〈上林農官〉作 、。〔註81〕五字

〔註76〕《瓦藝》，頁827，圖1464；頁828，圖1467；頁830，圖1473。

〔註77〕《瓦藝》，頁388，圖685；頁392，圖696。

〔註78〕《瓦藝》，頁350，圖595～597。

〔註79〕《瓦藝》，頁620，圖1040～1042。

〔註80〕《隸辨》，卷2，頁2左至3右。

〔註81〕《瓦藝》，頁593，圖998；頁596，圖1005～1006；頁600，圖1013～1014。

例構形全同，而可分爲三類：〈上林〉瓦當第一例與〈上林農官〉第一例，「木」字於轉折處皆較圓滑，此爲秦篆之特色；〈上林〉瓦當第二例與〈上林農官〉第二例，則「木」字於轉折處接較近方筆，此爲漢篆之特色；至於〈上林〉第三例全作方筆，則可能已受隸書之影響。此期「林」字篆形筆勢之不同，大體可分爲此三類。

下　〈漢并天下〉作、，〈維天降靈延元萬年天下康寧〉作、。〔註 82〕〈漢并天下〉兩字例皆受當面影響，而使直畫轉而向右延伸，且第一例下半部之橫畫略往上揚，第二例下半部之橫畫則略向下垂；〈維天降靈延元萬年天下康寧〉兩字例皆與秦小篆相似，尤其第一例十分工整，第二例則篆形略成方形，且下半部之橫畫明顯拉長許多。此處所舉四例，筆勢皆不相同。

毋　〈與天毋極〉作、、。〔註 83〕第一例上半部皆作方筆，下半部卻作圓筆，十分特殊，且其上半部橫畫未向左右延伸；第二例則右半邊橫直一筆最後向右延伸，且上半部橫畫皆向左右延伸；第三例則右半邊橫直一筆向下延伸，上半部之橫畫則僅向右邊延伸。〈與天毋極〉瓦文「毋」字筆勢變化甚多，此處僅舉三例以作說明。

由以上數例可見瓦文篆形於相同結構下，筆勢之變化相當豐富，以上字例乃爲說明之便，而舉其較易說解之例，其餘字例中尚包含許多難以用文字表達，及難以理解其變化之字例，可見瓦文筆勢帶動文字形體之演變，在此期確實達致巔峰。

（三）缺刻例

在秦銅器中，筆者亦發現文字疑似有缺刻情形，瓦當中亦有相似情況，依筆者所見，「萬」字瓦文疑似缺刻情形出現次數較多，試以此字例說明。

萬　〈千秋萬歲〉作、、。〔註 84〕此三字例很明顯可見，其構形皆缺少中間一筆豎畫，而瓦文其餘文字與筆畫皆甚爲清楚，此三字例之豎畫極可能於製作瓦文時便已缺刻。

〔註 82〕　《瓦藝》，頁 276，圖 490；頁 277，圖 495；頁 350，圖 596；頁 351，圖 598。

〔註 83〕　《瓦藝》，頁 375，圖 653～655。

〔註 84〕　《瓦藝》，頁 388，圖 684；頁 825，圖 1458；頁 923，圖 1630。

四、反文例

反文例於銅器、璽印、陶器等皆可見，瓦當反文例則大多見於吉語類與似漢賦體之瓦文上，字例亦較銅器爲多。瓦當之反文例一如銅器，亦可分爲「部分反文例」與「全字反文例」兩種。

（一）部分反文例

此期筆者所見之瓦文部分反文例計有昭、庭、蛹、延、湧五例。

昭　〈吉月昭登〉作 🖼。〔註85〕「昭」字從日召聲，「召」字所從之「刀」字開口應向左，瓦文則向右，其餘部分皆作正常書寫之形，故爲部分反文。

蛹　〈崇蛹嵯峨〉作 🖼。此字從虫甬聲，組合位置爲左虫右甬，位置排列不變。「虫」字末筆於小篆中一般先向左彎曲，回繞後將缺口開於右側，瓦文則正好相反；「甬」字內部三橫畫之第一畫一般僅有第二、三筆橫畫之半，且置於右方，瓦文亦正好相反，以「甬」字爲聲符之字，瓦文中尚有「涌」字作 🖼，〔註86〕其「甬」字寫法亦同於「蛹」字，不知是否當時書寫形構即爲如此。

延　〈延年益壽〉作 🖼。〔註87〕「延」字「廴」部內所包之字構形應從「止」字，此處瓦文從反止，而「廴」字仍處原來之構形位置且方向未變，故此字亦爲部分反文。

（二）全字反文例

瓦當中全字反文之例較部分反文之例爲多，計有遠、與、極、食、長、保、轉、世、延、桃等十例。

遠　〈屯美流遠〉作 🖼。〔註88〕「遠」字構形從辵袁聲，篆形左辵右袁，而瓦文篆形則左袁右辵，且由「辵」字及「袁」字下半部觀之，知此二字皆爲相反之形，故知此字爲全字反文例。

長　〈長樂未央〉作 🖼、🖼，〈長生未央〉作 🖼、🖼。〔註89〕無論其構形如何變化，橫畫之開口方向皆應向右，但瓦文此數例則完全相反，將開口向左，

〔註85〕　《瓦藝》，頁937，圖1662。

〔註86〕　《瓦藝》，頁538，圖915；頁539，圖916。

〔註87〕　《瓦藝》，頁552，圖932。

〔註88〕　《瓦藝》，頁541，圖918。

〔註89〕　《瓦藝》，頁358，圖617；頁636，圖1080；頁426，圖571～572。

整體篆形全部反向。

轉　〈嬰桃轉舍〉作⿰。〔註90〕「轉」字應从甫專聲，以左車右專構形，瓦文篆形則左專右車，且由「專」字下之「寸」字字形可知此字爲全字反文例。

五、共筆現象

合文之情形在甲金文時代即可見，其後隨中國文字一字一形之特色而逐漸消失，僅能於部分書寫材質上偶一見之，筆者於此期瓦文中發現一〈萬歲〉瓦當，「萬歲」二字共用一筆畫，拓片作⿰，〔註91〕「萬」字左下角一筆與「歲」字右下角一筆合用，不僅於瓦當中少見，於其它書寫材質中亦少見。

六、特殊篆形

瓦文書體固然以篆形爲大宗，兼及小部分隸書，間或亦有近於楷書之形，然由前期觀察至中期，已不難發現瓦文篆形彼此間並非單一固定之形體，同一瓦文之篆形可謂千變萬化，除習見之所謂秦小篆一脈，尚有鳥蟲書、雙勾、美術字體、璽印字體、增加飾筆等。鳥蟲書如〈永受嘉福〉作⿰、⿰、⿰、⿰，由字面難以釋讀；雙勾者如〈千秋萬歲〉「千」字作⿰，乃爲配合「秋」、「萬」、「歲」等筆畫較多之字而刻意營造之和諧作用；美術字體者如〈千秋萬歲〉殘當，「千」、「秋」二字作⿰、⿰；璽印字體者如〈千秋萬歲〉瓦當作⿰、⿰、⿰、⿰，篆形、筆畫皆作方形；增加飾筆者亦如〈千秋萬歲〉「千」字、「秋」字作⿰、⿰，宛如鳥形。〔註92〕此類篆形如鳥蟲書者，源自於戰國南方楚國可能性最高；雙勾、美術字體、璽印字體、增加飾筆之用法，則是於實用及審美之雙角度下，經由先民所構思而出之篆形變體。無論是鳥蟲書、雙勾、美術字體、璽印字體、增加飾筆，皆或多或少於此期占有特別地位，故《新編秦漢瓦當圖錄》曰：「這些秀麗茵蓚、遒勁蒼茂的瓦當文字，與秦世刻石，漢代碑文並美同風。」〔註93〕相較於前期僅有之近於秦小篆之篆形，此期篆形確要豐富許多。

〔註90〕《瓦藝》，頁415，圖730。

〔註91〕《瓦藝》，頁304，圖531。

〔註92〕《瓦藝》，頁111，圖162；頁496，圖866；頁830，圖1474；頁827，圖1464；頁495，圖865。

〔註93〕陝西省考古研究所秦漢研究室編：《新編秦漢瓦當圖錄》，序頁7。

上述將瓦當中期之瓦文篆形相互比較且加以分類後，可發現其變化之豐富，在瓦當三期之中實居首位，即使與其它書寫材質相較，亦不遑多讓，實是研究中國文字書體演變、美術字體發展、造形藝術之珍貴材料。

由結構上看，已逐漸出現相異於秦代工整小篆之形體，不少篆形結構無法說解；而由筆勢上看，則字例更為豐富，同時出現有秦篆、漢篆及美術化字體，亦逐漸走入多元；其餘特殊形體則有鳥蟲書、雙勾、增加飾筆等，亦說明秦漢兩代之篆形受楚國文字之影響，及其與書法藝術逐漸融合之端倪。

此期瓦文篆形亦有反文例、缺刻例、合文例。反文例之全字反文例與部分反文例皆具備，有些反文例乃是整片瓦當上之瓦文全作反文，亦有僅一字或二字作反文者，顯示部分反文可能是製造工匠刻意為之。缺刻情形雖不易判斷，然上文所舉「萬」字之例，其瓦文清晰，缺刻應無可疑，不知是否如銅器般，可能需要大量生產，因而產生缺漏情形。至於合文例亦少見，可能亦為製造工匠偶一為之之神來之作。

參、瓦當用途與篆形之關聯

在前期中，文字瓦當之數量不多，故分類亦尚處於雛型階段。至武帝時，由於受黃老治術影響，人民休養生息已足，文治武功亦逐漸達於鼎盛，西漢中晚期之帝王中，以武帝最為好大喜功。對內廣修宮廷苑囿，未央宮、長樂宮、黃山宮、上林苑等，其占地之廣袤，建築之華美，超越過去歷朝各代實有過之而無不及，在此龐大建築群中，大量施用瓦當於其上實十分合理。對外則主要對抗來自於北方之匈奴，李廣、李陵、衛青、霍去病等名將之勇猛善戰，使漢朝獲得空前勝利，乃至於呼韓邪單于來降，北方禍患得以消除，為記錄、慶祝此一偉大功業，亦製作不少與此類國家大事有關之瓦當，是以此期文字瓦當數量相當之多。此期文字瓦當於各類型上皆已具有相當數量，故分類上已形完整，以下試就類別與時代之關係論述之。

一、紀年瓦當

上節中已提及，具明確紀年之瓦當於文字瓦當中數量絕少，但部分於歷史上之較大事件，或許可由瓦當中見端倪。如〈漢并天下〉瓦當，《中國瓦當藝術》收有十面，一說應屬西漢前期高祖初創天下之時，另一說則以為應為武帝擊退匈奴，漢朝真正聲威大振之時。筆者由書體演變觀之，其「漢并天下」之「漢」

字與秦小篆全不相似，律動感消失，且簡省筆畫情形嚴重，或屬於西漢中期以後；「并」、「天」、「下」三字仍相當程度上保有秦小篆面貌。至於〈天降單于〉、〈樂栽破胡〉、〈單于和親〉諸瓦當，則大約在漢朝破匈奴之時，故亦應屬西漢中期。此類瓦當皆與西漢國家盛事息息相關，故其瓦文書體近於秦小篆，雖有部分瓦文書體已有近於隸、楷書，或較爲簡率之象，但與其它類瓦當相較，仍屬工整保守者，顯示出宮廷之中仍試圖以篆體鞏固其權威。

二、祠墓瓦當

　　施於祠墓之瓦當於兩漢皆有之，但數量皆不多見，如〈孝大后寢〉是此期中較爲寶貴之一例，雖然如此，仍僅能知曉乃施用於西漢某位或某些太后之陵寢，但並無法確知確切人名。又如〈屯美流遠〉、〈加氣始降〉、〈長樂未央〉、〈長生未央〉、〈嬰桃轉舍〉等，皆出土於西漢諸帝王之陵墓，但吉語成分實較大。〈孝大后寢〉瓦當數量不多，所見者「大」、「后」二字較接近秦小篆，「孝」、「寢」二字則已變形較爲厲害，此類情形與刻石之施用於祠墓有相似之意，不過刻石之文字變化較爲統一。刻石一章談論用途與書體關係時，筆者認爲由於祠墓亦屬莊重威嚴之場合，故文字亦以篆形爲主，瓦當之施用於祠墓推測亦應相同，不過數量太少，難以確認。

三、吉語瓦當

　　吉語瓦當在此期大量興起，蔚爲大宗，尤其以〈與天無極〉、〈長樂未央〉、〈與華無極〉、〈長生未央〉、〔註94〕〈延年益壽〉、〈長生無極〉、〈千秋萬歲〉等爲多，數量由十餘面至近百面者皆有，其中有些還能依出現之時間先後順序發展成爲系統，例如《中國古代瓦當圖典》即將這些吉語瓦當分爲六組系統，〔註95〕能成爲「系統」，除在此系統中含有多種內容相似之瓦文外，瓦文

〔註94〕《古代瓦當》曰：「內容相似的還有『長生無極』、『長樂未央』、『常生無極』、『長生吉利』、『長生樂哉』、『長樂無極』、『長樂康哉』、『長樂萬歲』、『長樂萬世』等瓦，字體變化尤多，篆勢生花，風格疏朗，約有百種以上。」此段話便很可證明瓦文篆形之多樣，即使是同文瓦當，其篆形亦難見相同者，此舉〈長生未央〉瓦當以作說明，可見一斑。趙叢蒼主編、戈父編著：《古代瓦當》，頁154～155。

〔註95〕其六組系統爲「千秋萬歲」類、「長樂未央」類、「延年益壽」類、「長生無極」類、「富貴」類、「億年無疆」類，除「億年無疆」類可能屬於王莽時期外，前五類在此期皆爲大宗。參見趙力光編：《中國古代瓦當圖典》，頁17。

之間甚且有時間先後之順序，例如〈長生未央〉與〈與天無極〉瓦當合而衍生出〈長生無極〉瓦當，〔註96〕其餘如〈萬歲〉、〈延年〉、〈千秋萬世長樂未央昌〉、〈維天降靈延元萬年天下康寧〉、〈羽陽千歲〉、〈高安萬世〉、〈千秋萬世〉等亦皆屬此類。

前期文字瓦當之分類與數量尚不明顯，至此期則可明顯看出，吉語瓦當固然皆以吉祥之語形式存在，但與其施用之處實無法完全分開。從前期之施用於宮廷建築起，施用於建築上之瓦當實際即有很大一部分為吉語瓦當，此即是說，由於瓦當必施之於屋頂，故無論瓦當施之於何種建築，吉語瓦當總是無所不在，如影隨行，更進一步說，「吉語」乃就內容而言，施於「宮廷」、「苑囿」等乃就場合而言。

由吉語瓦當之大量存在，且大部分仍施之於上層建築，可見當時自帝王乃至於高官，無一不想長命富貴，永保命脈，部分學者更認為與漢初經過長時間黃老思想之籠罩有關，是故即使到了武帝乃至其後之時期，此種企求長生富貴之思想，仍然深植於上層社會，而直至西漢末期始漸漸為地方士紳等大地主所沿用，故吉語瓦當之出現，實與先民之心理具有相當大之關係。

四、宮殿官署瓦當

漢初經歷秦末戰亂、楚漢相爭之惡鬥，不少先秦乃至秦代之大型宮殿建築皆毀於戰火，著名之阿房宮即是一例，但西漢朝廷仍繼承部分秦代宮闕，大約由於漢初戰亂初息，經濟凋敝，人民急需休養生息，故重建或擴建宮殿之事尚不興盛。至於武帝時期，由於內政外交皆達於鼎盛，國家經濟實力復甦，故武帝始大量建造宮殿，形成占地廣闊之龐大建築群，未央宮、上林苑、黃山宮等建築如雨後春筍般一一矗立而起，其中大部分建築直使用至西漢末期為止，故陳道義曰：

> 漢武帝即位，年少氣銳，政治上採納董仲舒「罷黜百家，獨尊儒術」的建議，使儒家學說逐步成為漢代的統治思想；經濟上也採取一系列鞏固發展的措施。從此，西漢步入強盛時期：國力強大，疆域遼闊，政治思想，文化藝術全面繁榮，因而美術方面也取得了長足的進步，舉凡建築、雕塑、工藝設計、繪畫書法等都出現了「非壯麗無以重威」的欣欣景象。與此同

〔註96〕參見陳根遠、朱思紅合撰：《屋簷上的藝術──中國古代瓦當》，頁185。

時，武帝一革文景以來恭儉苟簡之風，統治者大多滋長了享樂思想，於是大興土木，修建宮殿陵寢，窮奢極欲。〔註97〕

此類供皇室使用之建築群，其建築之華麗，占地之廣闊實屬必然，而爲求漢室之長存，國祚之永在，宮殿上必施有大量文字瓦當，此類瓦當可大致分爲兩類：其一，須與上文吉語瓦當合而觀之，一方面用以裝飾宮廷建築之華美，一方面又可祈求生命之長遠，實屬一瓦多用之功能；其二，爲記錄宮殿官署名稱之作用，如〈佐弋〉、〈黃山〉、〈禁圃〉、〈上林〉、〈華倉〉、〈船室〉、〈都司空瓦〉、〈京師庾當〉、〈上林農官〉、〈關〉字瓦當、〈鼎胡延壽宮〉等，有些施於苑囿，有些施於關隘，有些施於倉廩，有些施於特殊職司，不一而足，可見在此期中，文字瓦當之分布已相當廣泛，不再如漢初之貧乏。

五、極類漢賦單句瓦當

中國有四大韻文：漢賦、唐詩、宋詞、元曲，「賦」一文體於兩漢蔚爲主流，長篇巨制，極盡鋪陳描述之能事，尤其對於宮廷苑囿之描繪，多誇張至極；而漢賦名家如司馬相如、東方朔、揚雄、班固等，更各有擅場，成爲一代風氣。漢賦之內容大多先敘述描寫對象之優美，至文末始點出其缺點，或期望某人改進，故整篇漢賦大部分內容實爲誇張、虛假之文詞，對應武帝以來文治武功之強盛，將此種類似於漢賦文句之內容刻用於瓦當之上，實「相得益彰」，故諸如〈醴泉流庭〉、〈泱茫無垠〉、〈永延弘遠〉、〈神氣威寧〉一類文詞，便在此期應運而生，實爲文字瓦當三期中最爲特殊之一部分。陳直說：

> 漢瓦文詞，有極類漢賦單句者，如崇蛹嵯峨、加氣始降、加露沼沫、方春蕃萌、清涼有憙、朝陽望嵥等句，氣勢雄健，與司馬相如上林賦相似，亦西漢優秀之文學作品也。〔註98〕

可見這些瓦當作品不僅是用以裝飾宮殿屋頂，更具有可讀性，故陳根遠說：

> 而且這些四字漢賦語瓦當可能是從祠堂橡頭從右向左順次使用，從而由瓦當文字組成一首完整漢賦的，如現在可以見到的一些風格尺寸完全一

〔註97〕陳道義撰：〈漢代文字瓦當與磚文的裝飾意味及其文化闡釋〉，《藝術探索》第 22 卷第 4 期（2008 年 8 月），頁 42。

〔註98〕陳直撰：〈秦漢瓦當概述〉，頁 34。

樣的「與天」、「無極」（還有「千秋」、「萬歲」）瓦應爲連續順次使用一樣。〔註99〕

由這段話則可以知道，當時可能不僅宮殿建築可使用這類瓦當，即如祠堂一類亦可使用，其內容則爲優美文詞，反映西漢武帝以來之強大國力，於實用與裝飾之作用外，更有炫耀之用意。

六、其 它

由於西漢進入中期以後，政治、經濟、學術、社會各方面皆有長足之進展，故瓦文於某種程度上亦反映出此類進展，較爲明顯者如表現出地域色彩者與思想轉變者。

此期反映地域色彩較爲鮮明者，即如出自朝鮮一帶之〈樂浪禮官〉、〈樂琅富貴〉瓦當，爲西漢國力已達朝鮮半島之又一證，篆形略有美術意味。又如〈仁義自成〉、〈維天降靈延元萬年天下康寧〉瓦當，爲少數具儒家思想之瓦當。〈維天降靈延元萬年天下康寧〉瓦當在時代上固然有所爭議，秦代是否有此種瓦文瓦當，至今無法確定，但西漢時代肯定有此種瓦文瓦當，陳根遠即認爲應屬於西漢中期：

> 從文字內容上講，十二字瓦文內容多源自《詩經》《尚書》等儒家經典。秦始皇曾下令「焚書坑儒」，限《詩》《書》藏於國家博士，他人談論《詩》《書》一概處以極刑。既然如此他會張揚地將出於儒經的瓦文置於自己的宮殿之上嗎？再從史書上看，武帝「罷黜百家，獨尊儒術」後，降靈、延元、康寧之類的詞成爲西漢中晚期的時髦語言。〔註100〕

在此至少可以確定，〈維天降靈延元萬年天下康寧〉瓦當至少有一部分是屬於西漢中晚期，且與儒家思想關係密切。由於西漢初期爲休養生息，採用黃老治術，而吉語瓦當中又有許多象徵長壽意義之道家思想，但自武帝「罷黜百家，獨尊儒術」之後，儒家思想亦逐漸抬頭，儒家思想瓦當之出現，或可視爲西漢中期思想之過渡階段，是以道家、儒家思想皆可見及。

儒家思想自從武帝獨尊儒家之後，成爲思想上之主流，至於中晚期則更盛：

〔註99〕陳根遠撰：《瓦當留眞》（瀋陽：遼寧畫報出版社，2002年7月），頁111。

〔註100〕陳根遠撰：《瓦當留眞》，頁105。

西漢末年，奢靡之風更盛，統治者爲標榜儒家孝道，使厚葬流行，這些
風氣給各種裝飾造就了極大的空間氛圍。我們現在所見到的出土文字瓦
當，絕大多數是西漢中後期之物，那些裝飾意味較濃的磚文在這一時期
發現的也不少。〔註101〕

一方面說明儒家思想在此期之風行，另一方面亦說明此期文字瓦當篆形風格之
多樣。

　　兩漢前期由於宮廷建築尚在修復階段，且文字瓦當又僅施用於宮廷苑囿，
漢承秦制，仍以近似於秦小篆之形體爲瓦文之正宗。進入中期之後，雖然瓦文
仍以篆形爲主，但除秦小篆之形體外，出現更多變形，除去因自然因素所造成
之瓦文殘缺或模糊因素，許多篆形開始做造形上之變化，所謂鳥蟲書、美術字
體、簡化、復古、反文等篆形皆可得見，甚且出現更多難以解釋形構之篆形。
造成此類繁富多元篆形之因，乃在於武帝之後廣設宮廷苑囿，不僅需求大增，
在實用基礎上追求美感，亦是人類心理之常態，故文字瓦當雖大多仍施用於官
宦之家，瓦文亦仍以篆形爲正宗，卻於篆形之大基礎上，發展出多元之形體，
於是乎成爲此期瓦文篆形豐富多彩之現象。

　　上文由瓦當間比較瓦文篆形之異同，已可見其變化較前期之大，以下則再
就瓦文與《說文》篆形之比較，以見其可能之來源與篆形之差異。

肆、瓦當與《說文》篆形及其前後書體比較

　　前期之文字瓦當數量雖少，但經過觀察，篆形仍多工整，此期則紛繁多樣，
以下仍以《說文》爲對象做一比較，以從另一角度觀察瓦文篆形之變化。

一、近於《說文》篆形者

　　雖然瓦文篆形在此期猶如進入戰國時期，各種變形篆體逐一竄出，其變化
之多端，實不亞於漢銅器銘文，但仍有許多近似於秦小篆之形體，經由與《說
文》之比對說明，即可見一斑。依筆者所見，符合此條件者計有屯、成、右、
萬、極、倉、生、秋、則、折、庫、決、況、崇、時、元、年、鼎、憙、仁等
約六十例。

〔註101〕陳道義撰：〈漢代文字瓦當與磚文的裝飾意味及其文化闡釋〉，頁42。

　　加　〈加氣始降〉作[圖]、[圖]，〈加露沼沫〉作[圖]，《說文》作[圖]。〔註102〕
瓦文與《說文》皆从力从口，所不同者，〈加露沼沫〉「力」字下方開口略向右，
不同於〈加氣始降〉與《說文》之開口向左，然篆形仍十分相似。

　　千　〈千秋〉瓦當作[圖]，〈千秋萬歲〉作[圖]、[圖]，《說文》作[圖]。〔註103〕「千」
字構形从十从人，兩字形體已合而爲一，〈千秋〉瓦當之形與《說文》如出一轍，
皆拉長左筆，〈千秋萬歲〉之篆形雖左畫較《說文》爲短，但基本構形未變，僅
屬筆勢上之變化。

　　月　〈吉月昭登〉作[圖]，〈□竝□月〉作[圖]，《說文》作[圖]。〔註104〕《說文》
篆形承秦篆縱長之形，瓦文則趨扁，但仍保有篆書盤曲之筆法，構形亦無不同，
二者篆形相似。

　　況　〈咸況承雨〉作[圖]，《說文》作[圖]。〔註105〕瓦文「水」部稍嫌生硬，「兄」
字末筆受當面影響無法完整呈現，但整體構形未變，與《說文》結構並無不同。

　　下　〈漢并天下〉作[圖]、[圖]，〈維天降靈延元萬年天下康寧〉作[圖]、[圖]，
《說文》作[圖]。〔註106〕〈漢并天下〉瓦文篆形受當面影響，彎曲之長筆皆向右
作弧形，而〈維天降靈延元萬年天下康寧〉之瓦文篆形則與《說文》十分相近。
此期「下」字篆形結構皆與《說文》相同，相似度極高。

二、近於《說文》中之重文者

　　此期篆形符合此條件者亦不多見，字例亦與前期相似，筆者所見僅有「折」
字。

　　折　〈折風闕當〉作[圖]，《說文》「折」字有三形，第二形曰「籀文折从艸
在仌中」，第三形曰「篆文折从手」。〔註107〕依《說文》之例，若篆文被置放於
重文，則其字頭當爲古文或籀文，故其第一形亦應爲古文或籀文，形體作[圖]。

────────────

〔註102〕《瓦藝》，頁528，圖905；頁529，圖906；頁544，圖921；大徐本，卷13下，
　　　　頁481。

〔註103〕《瓦藝》，頁300，圖525；頁828，圖1466～1467；大徐本，卷3上，頁88。

〔註104〕《瓦藝》，頁937，圖1662；頁545，圖922；大徐本，卷7上，頁241。

〔註105〕《瓦藝》，頁530，圖907；大徐本，卷11上，頁386。

〔註106〕《瓦藝》，頁276，圖490；頁277，圖495；頁350，圖596；頁351，圖599；大
　　　　徐本，卷1上，頁22。

〔註107〕《瓦藝》，頁265，圖478；大徐本，卷1下，頁49。

瓦文與《說文》篆形左半部皆作縱向排列之草形，構形相同，僅瓦文用筆較方折，而《說文》用筆較圓轉之差異。

三、近於戰國文字者

此期瓦文篆形近於戰國文字者計有朝、孝、宮、庾、所、車、無、長、桑、宜、嬰、歲、室、師、孫、栽、華、思、露、瓦等約三十例。

羽　〈羽陽千歲〉作▨，〈羽陽千秋〉作▨，〈羽陽萬歲〉作▨，〈羽陽臨渭〉作▨，《說文》作▨。〔註108〕羽者即鳥類身上覆蓋之毛，瓦文與《說文》篆形皆有象形意味，但不同之瓦文篆形其構形皆同，而與《說文》相異。戰國文字中有作▨、▨者，傳抄古文亦有作▨者，〔註109〕皆與瓦文篆形相似。觀察戰國時期「羽」字，與瓦文相似者多，而與《說文》相似者少，但小徐本〈疑義篇〉則以《說文》之形爲是，瓦文之形則被視爲「小異」。〔註110〕

雨　〈咸況承雨〉作▨，《說文》作雨。〔註111〕《說文》篆形中之四小橫猶保有象雨滴形之意，但瓦文卻將四小橫連接而成爲兩大橫畫，戰國文字如雲夢秦簡作▨，郭店楚簡作▨，〔註112〕內部四小橫亦皆連接成兩大橫畫，瓦文中從「雨」之形如「露」、「靈」等字亦皆相同，顯示可能在漢代一般寫法皆爲如此。

無　〈無極船庫〉作▨，〈與天無極〉作▨、▨，〈與華無極〉作▨、▨，〈長生無極〉作▨、▨，《說文》作▨。〔註113〕相較之下明顯可見瓦文篆形皆較《說文》少一「亡」字，戰國文字如〈曾樂鐘〉作▨，〈詛楚文‧湫淵文〉作▨，傳抄古文中有作▨者，〔註114〕亦皆無「亡」字，于省吾〈論俗書每合於古文〉中亦說明：「按金文有無之無均作▨，未見從亡者。漢隸有從亡者，漢印皆

〔註108〕《瓦藝》，頁68，圖101；頁69，圖104；頁70，圖107；頁67，圖97；大徐本，卷4上，頁130。

〔註109〕《戰編》，頁226；《傳古》，頁343。

〔註110〕小徐本，卷39，頁371下左至372上右。

〔註111〕《瓦藝》，頁530，圖907；大徐本，卷11下，頁403。

〔註112〕《戰編》，頁765。

〔註113〕《漢當》，頁12；《瓦藝》，頁380，圖666、668；頁487，圖846、848；頁371，圖646、648；大徐本，卷12下，頁444。

〔註114〕《戰典》，上冊，頁612；《考古編》，卷9，頁316；《傳古》，頁1273。

不從亡。」〔註115〕可見《說文》之形爲後世所增，且與隸書關係密切，但大徐本「篆文筆跡相承小異」「無」字下曰：「此（指無「亡」字之無）本蕃廡之廡，李斯借爲有無之無，後人尚其簡便，故皆從之，有無字本從亡。」〔註116〕若依大徐本之說，加「亡」字者乃爲本字。

戰國文字往上追溯則爲金文，金文特色之一乃在某些字形往往有塡實之意，此期亦有少部分瓦文篆形上承此特色，饒有古樸之趣味。

山　〈成山〉瓦當作 、，《說文》作山。〔註117〕金文中如〈毓且丁卣〉作 ，〈召弔山父匜〉作 ，〔註118〕瓦文篆形皆與之甚爲相近。

四、近於隸、楷書者

相較於前期，此期時代相較更晚，故受隸書、楷書之影響亦較深，與之形體相近者亦不少，筆者所見計有神、世、元、天、羽、鼎、庫、胡、降、栽、轉、疆、成等十三組字例。

羽　〈羽陽千歲〉作 ，〈羽陽千秋〉作 ，〈羽陽萬歲〉作 ，〈羽陽臨渭〉作 ，〔註119〕此字於小篆中字形內部各作三筆，但古隸作 ，八分作 ，楷書作 ，〔註120〕瓦文篆形與之較爲接近，此形自戰國時期以來即有之，《隸辨》則認爲乃由《說文》之形隸省而來。〔註121〕

庫　〈無極船庫〉作 ，〔註122〕瓦文篆形與秦小篆、《說文》一系於結構上已很接近，但秦小篆或《說文》之用筆多爲圓筆，瓦文「車」字於轉折處皆作明顯方筆，此與古隸、楷書之結體更爲接近，如古隸作 ，楷書作 ，〔註

〔註115〕于省吾撰：〈論俗書每合於古文〉，《中國語文研究》（香港：中文大學中國文化研究所吳多泰中國語文研究中心，1980年），第5期，頁14。

〔註116〕大徐本，卷15下，頁549。

〔註117〕《瓦藝》，頁674～675，圖1136～1137；大徐本，卷9下，頁325。

〔註118〕容庚編著、張振林、馬國權摹補：《金文編》（北京：中華書局，出版年月不詳，增訂第四版），頁655。以下爲求注釋精簡，本書僅注出書名與頁碼。

〔註119〕《瓦藝》，頁68，圖101；頁69，圖104；頁70，圖107；頁67，圖97。

〔註120〕《隸典》，頁162上；《隸辨》，卷3，頁21左；《大書源》，下冊，頁2140。

〔註121〕《隸辨》，卷3，頁21左。

〔註122〕《漢當》，頁12。

〔註123〕《隸典》，頁59下；《大書源》，上冊，頁909。

123）其差別僅在於楷書用筆較有粗細變化，但此乃受書寫工具影響所致。

　　栽　〈樂栽破胡〉作🔲、🔲，〔註124〕部分筆法與結構仍有篆書之遺留，但其結構與《說文》略有不同，而與古隸、楷書更爲接近，如古隸作**栽**，楷書作**栽**，〔註125〕若將瓦文左下「木」字筆畫取直，則與楷書幾無二致。

　　西漢時期之官府文書往來，或民間百姓之書寫，古隸已經相當盛行，此期瓦當雖大多仍施用於宮殿建築，但絕不可能不受其影響，張春蓉認爲「從整體趨向看，字體的隸化是主要方向，即使在西漢甚至東漢的瓦當文字中，小篆體也仍占一定比重，但其字的形體、結構、筆畫都有明顯的隸化傾向。」〔註126〕其實，此期之瓦文篆形不僅有隸化傾向，楷化之傾向亦業已發生，由上述諸例即可見一斑。

五、較《說文》增繁者

　　此期瓦文篆文形體繁複者亦不多見，筆者僅見車、寧二字。

　　車　〈車〉字瓦當作🔲，《說文》篆文作**車**，籀文作**轈**。〔註127〕《說文》篆文「車」字與今日所寫楷書頗爲相似，瓦文篆形則介於《說文》篆文與籀文之間，或可看作籀文簡省爲篆文之過渡階段。

　　寧　〈維天降靈延元萬年天下康寧〉作🔲、🔲，《說文》作🔲。〔註128〕瓦文篆形除中間部分作「止」形與《說文》作「心」形相異外，下半部又較《說文》多一近似「丁」字之形體。

六、較《說文》簡化者

　　與前期相較，此期在篆形簡化之過程中，有明顯加速之趨勢，許多瓦文篆形之簡省，往往有許多因素混雜其中，有些屬筆畫數之簡省，有些屬部件之簡省，有些乃因長期埋藏地下而受損，以至於有簡省之情形，但亦有爲數更多之篆形，其簡省毫無規律可言，可見此期篆形受到隸變、當面影響程度之深。就

〔註124〕《瓦藝》，頁816，圖1434；頁817，圖1435。

〔註125〕《隸典》，頁96下；《大書源》，中冊，頁1406。

〔註126〕張春蓉撰：〈漫談瓦當的裝飾藝術〉，《安陽大學學報》2000年第4期（總12期）（2004年11月），頁97。

〔註127〕《瓦藝》，頁526，圖903；大徐本，卷14上，頁493～494。

〔註128〕《瓦藝》，頁350，圖597；頁351，圖598；大徐本，卷7下，頁260。

筆者所見，較《說文》簡省且較易說明篆形簡省情況者，計有宮、無、漢、都、德、靈、陽、澤等八例。

漢　〈漢并天下〉作㻌、㻍，《說文》作㻎。〔註129〕部分瓦文於右半部略有變形，但下半部皆無《說文》篆形之「土」形，而瓦文篆形又與楷書較為接近。

無　〈無極船庫〉作㻏，〈與天無極〉作㻐、㻑，〈與華無極〉作㻒、㻓，〈長生無極〉作㻔、㻕，《說文》作㻖。〔註130〕最明顯之處在於《說文》「無」字從「亡」構形，「亡」字夾於篆形中間偏下部分，但瓦文儘管上半部變形情況不完全相同，但所有篆形皆省去「亡」字，似成為此期瓦文約定俗成之共同用法，較《說文》整整少一構形之字，大徐本有其看法，說已見前。

德　〈道德順序〉作㻗，《說文》作㻘。〔註131〕瓦文於右半部「心」字上明顯較《說文》缺少一橫畫，而漢代「德」字篆形幾乎全無此橫畫，八分中有作㻙、㻚者，亦有作㻛、㻜者，《隸辨》以無橫畫者為省形，〔註132〕《說文》之橫畫反顯突兀。

七、位置更動者

為適應當面之圓形造形，瓦文篆形勢必在某些情況要做出構形上之調整，此類調整大多屬於組字部件上位置之更動，在前期中此種情況並不多見，而在此期則數量稍多，計有秋、靈、維、延、和五字。

秋　〈千秋萬世長樂未央昌〉作㻝，〈羽陽千秋〉作㻞，〈千秋萬歲〉作㻟、㻠，《說文》作㻡。〔註133〕《說文》構形左火右禾，筆者所見，僅〈千秋長安〉瓦文有一例與之構形位置相同，其餘皆如此處所舉作左禾右火，且字例多達近百例，可見漢代「秋」字構形可能已如此作，此構形方式亦同於今日之楷書。

〔註129〕《瓦藝》，頁276，圖490、492；大徐本，卷11上，頁380。

〔註130〕《漢當》，頁12；《瓦藝》，頁380，圖666、668；頁487，圖846、848；頁371，圖646、648；大徐本，卷12下，頁444。

〔註131〕《瓦藝》，頁535，圖912；大徐本，卷2下，頁76。

〔註132〕《隸辨》，卷5，頁60左。

〔註133〕《瓦藝》，頁459，圖809；頁70，圖105；頁388，圖685；頁389，圖687；大徐本，卷7上，頁250。

維　〈維天降靈延元萬年天下康寧〉作、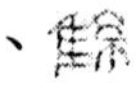，《說文》作。〔註 134〕《說文》構形从糸隹聲，左糸右隹，今日楷書寫法與之相同，瓦文篆形亦多同於《說文》，但亦有作左隹右糸者，組字位置左右相反。

和　〈單于和親〉作，《說文》作。〔註 135〕瓦文篆形已具楷書樣貌，構形上則左禾右口，亦與今日楷書構形相同，但《說文》以左口右禾構形，瓦文位置恰與之相反，前文已見相同情況之字例，而《隸辨》又謂左禾右口之形乃由《說文》隸變而來，〔註 136〕但觀〈單于和親〉瓦當之時代，大約在西漢武帝時期，《說文》成書於東漢和帝時期，時代較晚，瓦文形體未必由《說文》篆形而來。

八、不知其所从者

瓦當和銅器中之銅洗、銅鏡相似，其上之文字形體皆是在實用基礎上由於審美之因素逐漸發展出來，故前期瓦文僅施用於宮殿建築，其文字亦多接近於規整小篆形體，但到此期時，宮殿建築大量增加，各君王爲宣示國力之強盛，府庫之充盈，極可能在瓦文上做各種變化，加之此時一般以毛筆書寫之竹帛文字，早已進入古隸成熟期，受隸書之影響在所難免，而瓦文又爲適應當面之圓弧造形，故瓦文篆形變形與減筆之情形較前期要盛行許多，甚至出現許多不知其簡省規律之情形，由此期之眾多瓦文篆形上，可見篆書逐漸轉化爲隸、楷之過程。此期中難以說解形構之文字，至少有氣、成、便、華、船、園、哉、漢、孝、亟、與、道、序、寧、冢、桑、央、臨、延、義等近三十例。

船　〈船室〉作，〈無極船庫〉作。〔註 137〕船屬水上交通工具，其字應从舟構形，但此兩字例中，前者似「皐」形，後者似「月」形，可能皆因簡筆、黏合而造成類化現象，《隸辨》曰：「《說文》從舟，碑變從月。」〔註 138〕可說明第二例偏旁作「月」之因；右半部當从口構形，但前者作一回環狀，且違反書寫方向，成爲逆筆，後者更作水滴狀或三角狀，古文中从口與从厶可相

〔註 134〕《瓦藝》，頁 350，圖 595～596；大徐本，卷 13 上，頁 457。

〔註 135〕《瓦藝》，頁 882，圖 1556；大徐本，卷 2 上，頁 21。

〔註 136〕《隸辨》，卷 2，頁 22 左。

〔註 137〕《瓦藝》，頁 707，圖 1186；許仙瑛撰：《漢當》，頁 12。

〔註 138〕《隸辨》，卷 2，頁 8 右。

通，此形或由ㄙ形演變而來。

　　亟　〈與天無極〉有作[字形]、[字形]者，﹝註139﹞「亟」同「極」字。「亟」字從口、又、二、人會意，但瓦文左上方卻類似「止」形，其下兩筆亦不知從何變化而來，但做此形者可尋得此二字例，可見西漢時代「亟」字可能即有如此寫法，然其構形與來源皆不明。

　　壽　〈延年益壽〉作[字形]、[字形]，〈鼎胡延壽宮〉作[字形]，〈鼎胡延壽保〉作[字形]。﹝註140﹞在秦小篆與《說文》中形體皆較為繁複，但瓦文此數例篆形皆明顯簡省許多，其簡省後之形體皆十分相似，似有一定之簡省規律，但由瓦文中無法看出，難以確知其演變過程。「壽」字於瓦文中常見，其餘如「萬」、「歲」、「長」等字亦長時期出現於瓦文中，由其篆形之演變可知逐漸趨向於簡單，至於何以演變為後來之形體，卻往往難以說解，此種情形實是瓦文篆形之一大特點。

　　兩漢中期瓦文篆形可以說是文字瓦當發展史上之巔峰時期，各種形體紛雜並出。由出土地點而言，武帝時期於長安城附近大量建造宮殿群，是以中國本土出土許多文字瓦當，除此而外，北方之額濟納河流域及東北之朝鮮地區，亦皆有所出土，可見此時西漢國力之強盛，其勢力已遠及北方與東北部。有別於前期瓦文字數較為單調，此期瓦文字數除以四字者為主之外，一字、兩字、三字、四字、五字、六字、九字、十二字者皆有，種類如紀年、祠墓、吉語、宮殿官署、極類漢賦單句等類皆有之，亦較前期更趨於完備。書體上雖仍以篆書為主，但因審美因素及瓦當造型之影響，亦有鳥蟲書、雙勾、美術字體、璽印字體等變化，而受民間古隸之影響，亦有近於隸書與楷書者，可謂由任何角度切入研究，皆能有豐富之收穫。

　　由結構與筆勢之因素觀之，筆勢之變異仍大於結構。大體而言，此期稍早之篆形結構並不多變，稍晚則越趨簡化，甚至將部分偏旁完全簡省，以至於單獨視之不易辨別為何字。由筆勢觀之，則處於不斷變異之中，即使同一時期或同一瓦文之篆形，亦不容易尋得相同筆勢之篆形，此情形受當面造型、隸變等因素之影響頗多。此期亦出現反文例、缺刻例、合文例等特殊情形，與各書寫材質篆形之發展具相同現象，可能是時代因素使然。

﹝註139﹞《瓦藝》，頁679，圖1145；頁680，圖1146。

﹝註140﹞《瓦藝》，頁622，圖1045；頁623，圖1048；頁661，圖1119；頁662，圖1122。

　　此期由於武帝之好大喜功，故建造大量大型宮殿群，瓦當之需求急速增加，是故在長安城及其宮殿群附近出土大量文字瓦當，這些瓦當之種類有紀年、祠墓、吉語、宮殿官署、極類漢賦單句等，甚至於與道家、儒家思想有關之瓦文亦出現於其上。這些瓦當雖仍施用於上層社會，但由於實用之目的已達到，於是基於審美心理之因素，故瓦文篆形開始出現多元化之變形，此期不僅文字瓦當種類增多且完備，其篆形亦在西漢整體國力強盛後，展現出多元之表現。

　　至於與《說文》相較後，發現此期瓦文篆形雖然出現許多變形，但《說文》篆形與之相似者仍有不少，形近於戰國文字者亦不少，尤其在簡帛中常見，秦簡、楚簡皆有之。相對而言，近於《說文》重文、較之增繁、簡化、變換部件位置等情形較爲少見，但這並不與瓦文篆形呈現變化多端之現象相矛盾，因爲有更多篆形無法說解其構形，甚至難以辨認，因此不知其形構之所從者在此期亦占有相當之分量。

　　西漢晚期之後，由於地主豪強之興起，部分百姓亦有能力施用瓦當，故文字瓦當之使用始往民間移動，但由於受西漢末、東漢初戰亂之影響，西京殘破，遷都洛陽，加之以外來宗教之傳入，瓦當題材又有所變化，文字瓦當數量再度消減，故兩漢後期文字瓦當篆形將又呈現另一番面貌。

第三節　兩漢後期瓦當之篆形探析

壹、兩漢後期篆體瓦當簡述

　　文字瓦當至於西漢末年，在數量上已大爲減少，一方面受外來宗教之影響，另一方面則可能與戰爭有關；受到當時書寫材質與書寫習慣等因素，篆形受到隸、楷書之影響逐漸增大，形體更是趨於誇張之簡省。王莽喜好托古改制，瓦文用語、思想與篆形在某種程度上有別於兩漢，文字瓦當亦不再僅施用於宮廷，西漢末年興起之豪強地主、祠堂墓室亦可使用，於是又將文字瓦當帶入另一階段。

　　由數量上而言，東漢時代之文字瓦當與西漢相比相對銳減，《古代瓦當》曰：「文字瓦當在東漢時也大爲減少，瓦文內容簡單，多爲吉瑞頌禱之辭，字體篆、

隸兼有。」〔註141〕自西漢末年至於東漢，由於瓦文篆形有其特色，故本論文將西漢末年哀帝以後，歷經王莽，至於東漢之一大段時期統括爲兩漢後期（西元前 1 年──西元 220 年）。

判斷爲此期文字瓦當之依據大致有如下數點：

一、具有「長」字之瓦文多改爲「常」字者，應屬王莽時期，因此如〈長樂毋亟常居安〉、〈常生無極〉、〈延壽萬歲常與天久長〉等皆應屬此期。

二、具有「天子」、「億年」詞句者，亦應屬王莽時期。〔註142〕

三、具有姓氏、「冢當」、「冢舍」、「舍當」者，多數屬於地主、豪強之家，以及施用於祠墓者，其時代大約在西漢末、東漢初。

四、除上述較易判斷者外，由中期大量興起之〈長樂未央〉、〈長生無極〉、〈千秋萬歲〉等瓦當，當亦有部分延伸至此期；此外，篆形過於簡省，以至於難以辨識者，以及隸書與楷書意味更濃厚者，亦可能屬於此期。

五、今俄羅斯貝加爾湖出土之〈天子千秋萬歲〉、〈常樂未央〉瓦當，時代在王莽時期，〔註143〕或可證明此期漢代國力仍曾經到達此地。

由字數上看，種類似較中期爲少，但猶有一字、二字、四字、五字、七字、八字等，能確定時代者亦較少；而不同於前兩期，此期之當面不如前兩期，於當面上多分有四界格，且瓦文做有計畫之設計，使之平均分布於當面上，此期部分瓦文常無界格，且瓦文分布亦較零亂，有些甚至以圖案、花紋爲主，瓦文反居於次要甚至於不顯眼位置。

瓦文書體之種類亦較中期爲少，雖基本上仍以篆書爲主，但由篆書衍生而出之鳥蟲書等美術字體，基本上於此期較難見；部分形體較近於隸書或楷書，但有更多形體與中期相似，不易說解字形，其簡省情形不亞於中期。種類上亦較中期減少，基本上以祠墓、標誌與吉語較集中。

〔註141〕趙叢蒼主編、戈父編著：《古代瓦當》，頁 173。

〔註142〕《古代瓦當》於「天子千秋萬歲常樂未央」條下曰：「此類瓦文『長』字作『常』，『天子』二字亦爲瓦文中所初見，應爲王莽時物。」趙叢蒼主編、戈父編著：《古代瓦當》，頁 171。

〔註143〕參見張星逸撰：〈瓦當敘錄〉，收錄於錢君匋等編：《瓦當彙編》（台北：文史哲出版社，1991 年 11 月），頁 8。

貳、瓦當篆形之結構、筆勢比較

　　此期由於文字瓦當數量之減少，加之以受時代判斷條件上之限制，得以收集、觀察之字例數量較少。部分談及漢代文字瓦當者，亦多以西漢爲主，如《周秦漢瓦當》所收之漢代瓦當皆屬西漢，未見有東漢者；〔註144〕楊力民〈中國瓦當藝術〉由西周起分期敘述，至秦代、西漢之後則直接進入隋唐，〔註145〕可見東漢瓦當之收集與論述之不易。筆者試以此有限之資料，將此期文字瓦當之特色做一敘述。

　　依筆者所見，此期之篆形瓦文有相同文字可供比對者，計有冢、當、殷、巨、舍、歲、年、無、樂、毋、居、安、千、秋、壽、與、貴、久、張、竝等，約三十餘組，雖較中期字例短少許多，但猶足夠分析比較。

一、不考慮筆勢而結構有所不同者

　　文字瓦當發展至此期特色大約有二：一是受隸變影響，某些篆形偏旁已十分近似於隸書；二是部分瓦當沒有界格，故瓦文篆形之變化又呈另一種型態。依筆者所見，符合不考慮筆勢而結構有所不同之條件者，計有馬、冢、當、舍、萬、歲、長、極、天、壽、富、貴、久等十三組字例，以下試舉數例以說明此期瓦文篆形與前二期不同之處。

　　當　〈楊氏冢當〉作🔲，〈張氏冢當〉作🔲，〈冢室當完〉作🔲，〈吳尹舍當〉作🔲。〔註146〕「當」字上半部應從「尙」字，瓦文前二例構形相同，第三例則「尙」字上半部已變形，至第四例則「尙」字下半部「口」字變爲一橫線，此外下半部應從「田」字，瓦文亦變爲從「日」，四字例共有三種構形。

　　舍　〈槐氏冢舍〉作🔲，〈吳尹舍當〉作🔲，〈任氏冢舍〉作🔲。〔註147〕後一例雖瓦文篆形有所殘缺，但篆形中部、下部篆書構形猶清晰可見，尤其是中部作向上彎曲之弧形，乃篆書構形特色；前兩例則皆將弧線拉爲平直，第一例中部作「干」形，第二例則作「土」形，而以第二例之構形與今日楷書最爲

〔註144〕參見徐錫臺等編：《周秦漢瓦當》（北京：文物出版社，1988年10月），圖版目錄。

〔註145〕參見楊力民撰：〈中國瓦當藝術〉，《藝術家》第38卷第2期（1994年2月），頁244〜255。

〔註146〕《瓦藝》，頁917，圖1610；頁614，圖1032；頁916，圖1609；許仙瑛撰：《漢代瓦當研究》，頁10。

〔註147〕《瓦藝》，頁669，圖1131；《漢當》，頁10；《瓦藝》，頁706，圖1184。

相近。瓦文篆形三例構形全不相同。

　　壽　〈延壽萬歲常與天久長〉作🔲，〈壽昌萬歲〉作🔲。〔註148〕「壽」字於瓦當中出現機率頗高，且筆畫甚多，並受當面之影響，篆形結構變化之可能性極大。瓦文第一例與工整小篆形體甚爲接近，第二例則已經過相當程度之演化，尤其下半部「口」字、「寸」字之形皆已清楚可見，正處於古文字與今文字之過渡階段，二者結構不同。

　　富　〈富貴萬歲〉有作🔲、🔲、🔲等形者。〔註149〕第一例形體呈長方，猶有小篆之外形，第二、三例則已呈扁方形，當是受隸書之影響。「富」字當從宀、畐構形，「宀」字部分瓦文三例或作橫畫，或作「宀」形，從「宀」與從「冖」可相通，說已見前；「畐」字部分則或簡省最上部橫畫，或「田」字簡省爲「曰」字，或甚至如第一例不成文字，構形皆有所不同。

　　久　〈延壽萬歲常與天久長〉作🔲，〈與天久長〉作🔲。〔註150〕兩者篆形皆頗有變形，且相差甚遠，雖難以說解其構形，但二者結構確實不同。

二、在相同結構下筆勢有所不同者

　　雖然此期字例較少，不少字例在結構上有所不同，但相同結構者亦有多組字例可供比對，經筆者觀察，符合此條件者有金、楊、冢、當、萬、亟、億、無、千、秋、天、樂、氏等，共有十三組字例。

　　楊　〈楊氏冢當〉作🔲，〈巨楊冢當〉作🔲、🔲。〔註151〕此三字例右半部皆從「昜」字，與一般通同於使用「易」字不同。第一例與第二例左半部之「木」字於轉折處皆作圓筆，第三例則作方筆；第一例與第三例右半部「昜」字之下半部皆作方筆，第二例則作圓筆，故三字例構形雖相同，其筆勢則不同。

　　亟　〈長樂無亟常居安〉作🔲、🔲。〔註152〕二者結構極爲相似，前一例之線條較爲平板，後一例之線條則較有粗細變化；亦可能因長期埋藏地底，而使瓦文有些微差距，如前一例之右上方短橫較爲平直，後一例則稍往下垂。以

〔註148〕《瓦藝》，頁344，圖587；《漢當》，頁10。

〔註149〕《瓦藝》，頁833，圖1478；頁835，圖1481～1482。

〔註150〕《瓦藝》，頁344，圖587；頁383，圖673。

〔註151〕《瓦藝》，頁917，圖1610；頁64，圖94；頁65，圖95。

〔註152〕《瓦藝》，頁334，圖576；頁335，圖577。

整體瓦當而言，此例之差距極小，甚為少見。

　　億　　〈億年無疆〉作█、█。〔註153〕兩字例皆从「人」與「意」構形，前一例中「意」字中間「曰」形部分由直線下來分作兩筆，後一例則為一平直線；下半部「心」字在前一例中下部兩筆成封閉形，後一例則作開放形，右邊一筆未拉至左邊與左筆相連。

　　秋　　〈千秋萬歲與天無極〉作█、█。〔註154〕二字例皆从禾與火構形，前一例「禾」字豎筆起筆向左折，整體筆畫連成一氣，且有誇張之傾向，後者則分為兩筆，且受當面影響，橫畫略往右下傾斜。

　　天　　〈千秋萬歲與天無極〉作█，〈延壽萬歲常與天久長〉作█。〔註155〕二者篆形下半部皆同於段注本《說文》籀文「大」字，但明顯可見前一例橫畫大於下部之「大」字，且筆畫較為收斂，後一例則橫畫短於下半部，且筆畫外放，二者確有不同。

三、缺刻例

　　文字瓦當至此期本即有許多形體不明構形，簡省甚多，且可能受磨損之影響，是否在當時即為缺刻，實難以判斷，筆者所見之疑似缺刻之字有萬、當、貴、戴等字。

　　萬　　〈萬歲冢當〉作█。〔註156〕細看篆形，下部中間應有一勾形筆畫，而此字例並無，雖然如此，下半部形體線條屈曲厲害，不知是否瓦文在初造之時刻意為之，以彌補缺少勾形筆畫之空缺處。

　　貴　　〈富貴萬歲〉作█、█、█，《說文》作█。〔註157〕瓦文此三例上半部皆已近楷書之形，但無論形體為篆書或楷書，前兩例中，篆形上部應有一短豎，但此二例卻僅有開頭一小筆。現今楷書「貴」字中間之橫畫，應是由篆書向左右張開之兩筆演變而來，但在前兩例中亦不見此畫。第三例雖見橫畫，但亦無中間短豎。此三例皆無短豎一筆，其缺筆情形實屬可疑。

〔註153〕《瓦藝》，頁519，圖892；頁520，圖893。

〔註154〕《瓦藝》，頁338，圖581；頁339，圖582。

〔註155〕《瓦藝》，頁338，圖581；頁344，圖587。

〔註156〕《瓦藝》，頁915，圖1606。

〔註157〕《瓦藝》，頁833，圖1478；頁835，圖1480～1481；大徐本，卷6下，頁225。

戴 〈戴氏冢當〉作 ![篆形]。〔註158〕瓦文篆形已有部分形體與楷書相近,但「戈」字部分猶未變異,不過瓦文此形卻作「弋」字而非「戈」字,亦即缺少右下一筆,觀整面瓦當,猶有空間可加此筆,不知何故而缺筆。

四、反文例

文字瓦當中期之反文有全文反文與部分反文兩類,在此期則僅有全文反文例,且字例較少,筆者所見僅有馬、氏兩字。

馬 〈馬〉字瓦當作 ![篆形]、![篆形]。〔註159〕瓦文兩字例不僅左右相反,且下半部象馬腿與馬尾形之處,其筆畫數多於一般寫法,璽印中亦有如此現象,後一例之上半部更將中間兩橫畫斷爲四小筆。

氏 〈楊氏〉殘當作 ![篆形]。〔註160〕此字結構與秦小篆頗相似,而整體篆形較爲扁方,當爲受隸書影響之形。「氏」字開口應向右,此字向左,明顯爲反文。

經由上文之觀察與分析,不難發現無論是在結構或筆勢上之差異,抑或其它特殊之造形,其類型與字例皆較中期爲少,然而就字例彼此間之差異而言,其程度仍是不亞與前期與中期,顯示此期文字瓦當篆形間仍有許多造形上之不同,唯數量較少。

參、瓦當用途與篆形之關聯

文字瓦當前期雖字例不多,但分類已具雛形,用途已甚爲明顯;中期則字例繁多,類別完整,用途確切明瞭;至此期則字例又趨於減少,類別不多。由類別與用途上來看,較集中於部分富貴人家或大型冢墓之陵園,其次,吉語瓦當仍占有一定之比例。

一、祠墓瓦當

西漢末年政治日益敗壞,朝廷控制力量減弱,王莽之把持朝政以及東漢初年部分地方豪強之興起,使土地兼併情形嚴重,東漢光武帝劉秀仰賴地方豪強之勢力而起,擊敗群雄,成爲中興之主,因而許多富貴人家、地方權貴趁勢取得一定之社會地位,於是亦有能力建造大型冢墓,乃至於陵園,使得此類建築

〔註158〕《瓦藝》,頁 694,圖 1166。

〔註159〕《瓦藝》,頁 107,圖 154;頁 293,圖 516。

〔註160〕《瓦藝》,頁 295,圖 519。

不再僅限於朝廷高官所用。

　　目前所見許多祠墓瓦當如〈張氏冢當〉、〈殷氏冢當〉、〈蒐氏冢舍〉、〈冢祠堂當〉、〈吳尹舍當〉、〈冢室當完〉、〈萬歲冢當〉等，或稱冢當，或稱冢舍，或稱堂當，或稱舍當，或稱家當等，應當皆施用於墳墓祠堂一類建築。《古代瓦當》於「馬氏殿當」條下說：

> ……但它（指〈馬氏殿當〉）是西漢馬姓官僚地主私人祠墓所用之瓦無疑。
> 內容與此相近似的瓦出土多見，如「楊氏冢當」、「巨楊冢當」、「東楊□□」、「羊車冢當」、「殷氏冢當」、「張是（氏）冢當」、「蒐氏冢當」、「賈氏冢當」、「西延冢當」、「趙君冢當」、「鹿氏冢笛」等等。〔註161〕

又於「神靈冢當」條下說：

> 別有「萬歲冢當」、「治冢當完」、「守祠堂當」、「冢室當完」、「樂昌冢當」、「冢上千萬」、「冢上大當」諸瓦，皆漢代人祠堂或冢墓所用之瓦。〔註162〕

可見施用於冢墓之文字瓦當在當時亦具有相當重要之地位。

　　西漢初年之祠墓建築因處於戰亂之後，或許並不華麗，但進入中期之後，國力強盛，經濟復甦，皇親國戚必能建造出不同於初期之大型冢墓，其文字瓦當自然亦表現出雄渾之氣派，至於此期，巨商、大賈、豪強等人家，亦有能力建造大型冢墓，故其建築之形制及其施用之文字瓦當上之文字，其光彩自然能與皇室爭輝，故宗鳴安說：

> 皇家陵園的表現，自然會影響到那些大臣、豪富、巨商，他們自然也不會甘居其後，他們的陵園修建得自然也宏大氣派。形制大，房屋就多，瓦當的使用也就多。因此，我們今天所建造的「冢當」瓦品種也就多，書寫風格也就多種多樣了。〔註163〕

對於由西漢初期以至於東漢初年，瓦當之使用由皇室、大臣至於一般富貴人家之演變情況，說解得十分清楚。宗鳴安又曰：

〔註161〕趙叢蒼主編、戈父編著：《古代瓦當》，頁151～152。

〔註162〕趙叢蒼主編、戈父編著：《古代瓦當》，頁152。

〔註163〕宗鳴安撰：《漢代文字考釋與欣賞》（西安：陝西人民美術出版社，2004年2月），頁19。

> 這種有文字的「冢當」瓦，不是墓冢的建築所用之瓦，而是墓冢所處的
> 陵園內建築用瓦。陵園中的建築包括：大門、圍牆、祭祀用大堂、守衛
> 者住房等。〔註164〕

此段文字再次說明能夠建造大型陵園祠墓者，非宮廷皇室或富貴人家不能為
之，亦使今人清楚了解瓦當不僅可能可以施用於墓冢建築，亦可施用於凡屬於
陵園內之各種建築，其施用範圍較為廣泛。

　　同於刻石中屬於墓室一類之用法，由於這類場地屬於較為莊重者，瓦當上
之文字應以同於或近於秦代規整小篆為主，是以筆者觀察〈楊氏冢當〉、〈殷氏
冢當〉、〈明氏宮當〉等瓦當上之文字，許多篆形皆屬工整，且結構與秦小篆相
差無幾，這類瓦當或許屬於祠墓瓦當之正統形態；而由於祠墓一類建築亦可具
有裝飾意味，故瓦當文字亦必受有影響，故如早已有多種文字形態之「萬歲」
二字所構成之〈萬歲冢當〉，或篆形刻意有所變化之〈冢室當完〉，亦具有特殊
之篆形形態，因此祠墓瓦當上之篆形乃深受其施用場合之影響。

二、標誌瓦當

　　此類瓦當與上述祠墓瓦當有些許重疊之處，於瓦當上皆刻有姓氏於其上，
不過祠墓瓦當乃專用於陵園祠墓，標誌類瓦當則亦可施用於一般人家，故就某
方面而言，祠墓瓦當可包含於標誌瓦當之中，只是祠墓瓦當之功能性或許更為
突顯。《古代瓦當》中輯入不少此類瓦當，在〈馬〉、〈金〉、〈李〉、〈焦〉等單字
瓦當底下，皆說明此種瓦當「應是私家馬姓房舍或祠堂冢墓所用之物。」「應為
金姓家族房舍或祠堂冢墓用瓦。」「當為李姓家族所用之瓦。」「當為焦姓家族
所用之瓦。」〔註165〕又說：

> 《陝西金石志》、《秦漢瓦當文字》諸書還著錄有「大」、「萬」、「鼎」、「都」、
> 「酉」、「空」、「陸」、「商」、「樂」、「申」等一字瓦當，字體有篆、隸、
> 鳥蟲體等，多為漢代官僚地主的宅舍祠堂或冢墓所用之瓦。〔註166〕

將此時期之一字瓦當之用途有清楚之說明。陳根遠亦曰：

〔註164〕宗鳴安撰：《漢代文字考釋與欣賞》，頁 19。

〔註165〕趙叢蒼主編、戈父編著：《古代瓦當》，頁 111～112。

〔註166〕趙叢蒼主編、戈父編著：《古代瓦當》，頁 112。

漢文字瓦當中，有一些僅及姓氏，如馬、李、焦、陸、金、楊氏、爰氏等，……可能爲私家宅舍用瓦。有些姓氏後加吉祥之語，如「馬氏萬年」、「嚴氏富貴」。更有一些，明言用於宅舍，如馬氏殿當、梁氏殿當、吳氏舍當。〔註167〕

可見祠墓瓦當與標誌宅舍之瓦當間，確實有難以畫分之處。

　　承上，標誌類瓦當之主要用途，即爲能夠標示出該建築之名稱，或使人能夠清楚分辨此建築之歸屬，故此類瓦當雖僅一字，即可明確標示出此戶人家之姓氏。若屬於標誌性質，則想必不會只施用少數幾面，而能夠有此能力在屋頂上使用多面瓦當者，應以大戶人家較爲可能，由此看來，無論是祠墓瓦當或標誌瓦當，皆可顯示富貴人家、豪強貴族在西漢末、東漢初其社會地位提升之情況。

　　與前期、中期之宮殿官署瓦當比較，宮殿官署瓦當施用之對象爲朝廷皇室辦公、遊樂、守衛之所，如〈上林〉瓦當之於上林苑，〈成山〉瓦當之於成山宮，〈華倉〉瓦當之於倉廩，〈衛〉字、〈關〉字瓦當之於與守衛有關之處，完全集中於與朝廷相關之處所，一般百姓似乎尚無能力使用，亦可能於此兩期尚未發現；至於中期末期則可能已有民間百姓開始施用，畢竟由西漢武帝之後，經濟復甦之情形良好，發展至後期已有一段時間，百姓中之富貴人家很可能已有此能力使用瓦當，雖然西漢末至東漢初曾發生過戰事，但豪強大賈等反而趁此機會崛起，使得此期標誌類瓦當多集中於民間。事實上，標誌類瓦當在於呈現民間富貴人家之建築，正與前期、中期宮殿官署類瓦當之呈現朝廷建築群之意相同，故分類名稱雖不同，其用途則一也。不過，傅嘉儀亦曰：

　　由於瓦當作用於不同的建築物，其文字風格也隨之變化。一般而言，官署用瓦書體方正有嚴謹之氣，陵墓用瓦書體華麗富民族之風，私宅用瓦及吉語瓦書體最爲活潑，當面排列富於變化，也最爲美觀。〔註168〕

宮殿官署瓦當在某種程度上確實較具莊嚴之氣，但在此基礎上亦做了不少變形、美化之效果，此在前期宮殿官署類瓦當中可見；用於標誌私宅之瓦當亦有規整之篆形，部分還與秦刻石或《說文》小篆十分相近，亦未必全爲奔放自由之作。整體而言，瓦當文字除秦末漢初時期較少變化外，中期以來皆走向多元

〔註167〕陳根遠撰：《瓦當留眞》，頁85。

〔註168〕傅嘉儀撰：〈中國瓦當藝術概論〉，序頁9。

之路，傅嘉儀所言仍有一定參考價值。

三、吉語瓦當

趨吉避凶、富貴長存、身心如意、永保平安等思想，爲自古以來人人所想望之理想，故凡是能體現先民美好願望之吉祥語，在各期中總能見到，且數量不在少數，常與其它類別之瓦當共存。

此期之吉語瓦當仍承襲前兩期，在內容上多爲期望吉祥、富貴長久之語，除由前一期所繼續傳承下來之〈長生未央〉、〈千秋萬歲〉、〈長生無極〉等之外，如〈常生無極〉、〈長樂毋極常居安〉、〈千秋萬歲與天毋極〉、〈延壽萬歲常與天久長〉、〈大吉五五〉、〈常樂富貴〉、〈富貴萬歲〉等字數較多之吉祥語亦相繼出現，受王莽托古改制之影響，部分傳承自前一期以來之瓦當中具有「長」字者，王莽往往將其改爲「常」字。此外，王莽時期之吉祥語用詞亦更爲誇大，在西漢時期，吉語之內容往往以「千」、「萬」等數字呈現，便足以象徵長遠之時間，但王莽更進一步以「億」字呈現，如〈億年無疆〉；前兩期之瓦當上亦不稱「天子」，但王莽時期瓦當則出現「天子」一詞，如〈天子千秋萬歲常樂〉、〈天子千秋萬歲常樂未央〉等，皆體現出王莽思想中之某些部分。

王莽時期之瓦當篆形亦應是施用於與自身有關之建築上，故也可視之爲宮殿官署類瓦當，施用於朝廷之瓦當文字往往較爲規整，其具有藝術化傾向者多在規整篆形之後發生；再加上王莽復古思想濃厚，此時期之瓦當文字有一部分篆形堪稱規整，與秦代漢初篆形相較，除王莽時期之篆形於轉折處較爲方折外，結構上與秦代漢初幾無二致。

以上三類爲此期文字瓦當之主要類型，經由敘述則不難發現，無論施用於祠墓或宮殿建築，皆屬於莊重之場合，其篆形皆應有某種程度之工整度，但祠墓與標誌類瓦當裝飾性意味更爲濃厚，與刻石中題記一類之篆形作用實有相似之處。至於施用於宮殿建築者，畢竟爲朝廷所用，莊嚴性自不待言，故瓦當篆形雖偶有變化，不若其它類別差異較大。由此看來，本期瓦當篆形實可概略看成藝術傾向較濃厚之篆形與復古之後較爲接近秦代刻石之規整篆形兩大類。

肆、瓦當與《說文》篆形及其前後書體比較

雖然此期能夠確定時代之瓦當數量較前期爲少，但經整理過後，其文字數量仍足以觀察與前兩期異同之處，以下試說明之。

一、近於《說文》篆形者

　　本期具篆形之文字瓦當數量減少之因，除受外來宗教如佛教之影響，使得如蓮花等圖案瓦當再度興起外，亦受隸書之影響，許多文字之結構已脫離小篆，儼然爲隸、楷之結構，但由於王莽復古之因素，仍有部分文字具有濃厚之篆文意味，正可與《說文》篆形做一對照。經筆者觀察，符合此條件者有陸、楊、氏、當、巨、是、車、年、疆、常、生、極、天、明、里、周、壽等十八組字例，以下試看數例。

　　楊　〈楊氏冢當〉作▨，〈巨楊冢當〉作▨，《說文》作▨。〔註169〕瓦文篆形與《說文》近乎相同，差別僅在於用筆方折與圓轉。

　　是　〈張是冢當〉作▨，《說文》作▨。〔註170〕瓦文篆形生動之處，在於末筆向下引而伸之，十分突出篆書特色，大徐本篆形作▨反而較顯生硬，段注本線條之律動性較強，瓦文篆形亦與之較爲相近。

　　常　〈常生無極〉作▨、▨，《說文》作▨。〔註171〕瓦文篆形於轉折處較爲方折，「尚」字上部左右兩筆稍有不同，但篆形仍十分相近。

　　生　〈常生無極〉作▨，《說文》作▨。〔註172〕瓦文篆形與《說文》皆有向上彎曲之筆，篆形十分相像，唯瓦文篆形轉折較方。

　　周　〈周□冢□〉作▨，《說文》作▨。〔註173〕瓦文篆形整體構形皆同於《說文》，「口」字刻法亦完全相同，僅左右兩筆長筆由上筆直而下，較無《說文》篆形之曲線美。

二、近於《說文》中之重文者

　　此期篆形近於《說文》中之重文者有大、焦二字。

　　大　〈五五大吉〉作▨，《說文》段注本作▨。〔註174〕瓦文篆形較段注本籀文「大」字左右兩筆稍長些，但就整體篆形而言，明顯同於籀文之體而不同

〔註169〕《瓦藝》，頁917，圖1610；頁65，圖95；大徐本，卷6上，頁202。

〔註170〕《瓦藝》，頁614，圖1032；段注本，2篇下，頁70右上。

〔註171〕《瓦藝》，頁372，圖650；頁373，圖651；大徐本，卷7下，頁272。

〔註172〕《瓦藝》，頁372，圖650；大徐本，卷6下，頁219。

〔註173〕《瓦藝》，頁615，圖1033；大徐本，卷2上，頁62。

〔註174〕《瓦藝》，頁870，圖1540；段注本，10篇下，頁503上左。

於篆文，瓦文此形於漢代各書寫材質中常見。

　　焦　　〈焦〉字瓦當作▨，《說文》正篆作▨，重文或體作▨。〔註175〕《說文》正篆從三隹而重文從一隹，瓦文篆形雖受當面圓形造形之限制，而使篆形有所變形，但仍可明顯看出從一隹之形。

三、近於戰國文字者

　　本期瓦文篆形近於戰國文字者亦所在多有，但有少部分字形實兼具戰國文字與隸、楷書之特色，這類字形以對稱型文字如車、羊、金等字爲主。本期篆形與戰國文字近似者有馬、李、金、羊、車、完、疆、常、居、千、秋、延、五、昌、無、長、年、安等十九字。

　　金　　〈金〉字瓦當作▨、▨，《說文》篆文作▨，重文作▨。〔註176〕瓦文篆形與《說文》兩字形構形皆不同，戰國文字如〈書也缶〉作▨，包山楚簡有作▨者，〔註177〕瓦文構形皆與之相同。

　　完　　〈冢室當完〉作▨，《說文》作▨。〔註178〕瓦文於「宀」字上猶留有篆形痕跡，但下半部「元」字已無如《說文》之詰詘筆畫，戰國文字中有陶文作▨、▨，「元」字線條亦已趨於平直，雲夢睡虎地秦簡更有作▨者，〔註179〕與瓦文幾乎相同，故瓦文篆形較接近於戰國文字。

　　長　　〈長樂無亟常居安〉作▨，《說文》作▨。〔註180〕瓦文篆形幾乎全由橫畫組成，與《說文》有許多詰詘之筆不同，戰國文字中有作▨、▨、▨者，〔註181〕皆爲形體多作橫筆者，瓦文篆形與之較爲接近。「長」字構形之差異，大、小徐及《隸辨》皆曾論及，說已見前。

四、近於隸、草、楷、行書者

　　瓦當在秦漢時代之眾多書寫材質中，屬藝術性頗高之一種，而儘管在使用瓦

〔註175〕《瓦藝》，頁290，圖513；大徐本，卷10上，頁356。

〔註176〕《瓦藝》，頁288，圖511；頁289，圖512；大徐本，卷14上，頁483。

〔註177〕《戰編》，頁907。

〔註178〕《瓦藝》，頁916，圖1609；大徐本，卷7下，頁260。

〔註179〕《戰典》，下冊，頁1016；《戰編》，頁498。

〔註180〕《瓦藝》，頁335，圖577；大徐本，卷9下，頁333。

〔註181〕《戰典》，上冊，頁684。

當之時代，瓦文形體始終以篆文爲優勢，又仍不免受自先秦以來早已流行之古隸所影響，何況至於西漢末、東漢初，八分已經成熟，簡帛所帶動之行書、草書之勢亦逐漸發展中，故於瓦當文字中當能見及部分具隸、楷、行、草書之形影。

（一）兼具隸、草（行）書者

瓦當上之文字、圖案以刻畫者爲多，欲表現流暢之筆畫帶動美感並不容易，但在結構上可有較爲明顯之發現，如萇字。

萇　〈萇樂萬歲〉作■。〔註182〕「長」字之形於戰國文字中即可見，但上加艸部者並不多見。「艸」字之演變爲兩點與一橫，乃因書寫時帶筆較爲方便，其實起初兩點應是互相映帶，並穿過橫畫，其後隸定或楷定後始成爲現今所見兩點一橫之形，故此字之形體乃具有行書之結構，但未有其連筆意味，此瓦當可能屬於漢代較晚期之作品。

（二）兼具隸、楷書者

隸書至西漢末、東漢初產生蠶頭雁尾後始告成熟，但流行時期並未相當長久，一般認爲至遲在三國時代之鍾繇所書書跡即具楷書之雛型，故部分字形實可能同時具有隸書與楷書之特色。筆者於此期瓦文形體中所見具有此特點者，如舍、羊、車、毋、任、里、王、貴等皆是。

舍　〈嵬氏冢舍〉作■，〈吳尹舍當〉作■。〔註183〕二者於中間部分雖構形稍有不同，但整體字形與古隸及楷書十分相像，古隸有作舍者，形體與〈吳尹舍當〉同，八分有作舍者，楷書亦有作舍者，〔註184〕瓦文篆形皆相像，與《說文》篆形作舍〔註185〕猶有上弧形之筆法相去較遠。

車　〈羊車冢當〉作■。〔註186〕「車」字形體於篆、隸、楷書中本即相近，大約僅在於轉折之處作圓筆或方筆，瓦文此形於轉折處較呈方筆，與古隸作車，八分作車，楷書作車皆相近。〔註187〕

〔註182〕《瓦藝》，頁 360，圖 619。

〔註183〕《瓦藝》，頁 669，圖 1131；許仙瑛撰：《漢當》，頁 10。

〔註184〕《隸典》，頁 170 上；《隸辨》，卷 4，頁 62 左；《大書源》，下冊，頁 2240。

〔註185〕大徐本，卷 5 下，頁 186。

〔註186〕《瓦藝》，頁 913，圖 1604。

〔註187〕《隸典》，頁 201 下；《隸辨》，卷 6，頁 80 右；《大書源》，下冊，頁 2586。

任　〈任氏冢舍〉作[圖]。〔註188〕此瓦當上之瓦文書體演進較不一致，「冢」、「舍」二字較近篆文，「任」、「氏」二字則較近隸、楷之形，如「任」字古隸作[圖]，八分作[圖]，楷書作[圖]，〔註189〕人字偏旁明顯較近於隸、楷書而距離篆書較遠。

五、較《說文》增繁者

由於簡化自中期起即爲趨勢，故欲於此期瓦文中見及形體較爲增繁者實屬不易，筆者僅見一例。

堂　〈冢祠堂當〉作[圖]，《說文》作[圖]。〔註190〕《說文》篆形下半部從「土」字，而瓦文篆形則疑似從「王」字，較《說文》篆形多一橫畫。

六、較《說文》簡化者

此期瓦文篆形於簡化上可謂占盡優勢，簡化之速度十分快速，自中期以來便有明顯加速之情形，而較《說文》簡化且較易看出其形體變化者，筆者見有鬼、冢、當、無、宮五字。

鬼　〈鬼氏冢舍〉作[圖]，《說文》作[圖]。〔註191〕瓦文篆形下半部已離篆書詰詘形體較遠，《說文》篆形下半部「鬼」字右下方作「厶」形，瓦文篆形則簡化爲一小點，此種簡化情形於後世楷書中多有之。

當　〈冢室當完〉作[圖]，〈吳尹舍當〉作[圖]，《說文》作[圖]。〔註192〕前一例中，「尚」字上半部中間一短豎已簡省，後一例中則將「尚」字之「口」字簡省爲一小橫，下半部「田」字亦改換爲「日」字，兩字例皆較《說文》爲簡省。

無　〈億年無疆〉作[圖]、[圖]，〈常生無極〉作[圖]、[圖]，《說文》作[圖]。〔註193〕瓦文數例形體皆同於中期，構形中皆無「亡」字，唯有《說文》構形中有之，故此字形體可謂由中期延續至此期，皆較《說文》構形爲簡，關於「無」字構

〔註188〕《瓦藝》，頁706，圖1184。

〔註189〕《隸典》，頁6上；《隸辨》，卷2，頁67左；《大書源》，上冊，頁134。

〔註190〕《瓦藝》，頁914，圖1605；大徐本，卷13下，頁473。

〔註191〕《瓦藝》，頁669，圖1131；大徐本，卷9上，頁324。

〔註192〕《瓦藝》，頁916，圖1609；許仙瑛撰：《漢當》，頁10；大徐本，卷13下，頁478。

〔註193〕《瓦藝》，頁519，圖892；頁520，圖893；頁372，圖650；頁373，圖651；大徐本，卷12下，頁444。

形大徐本有所說明，說已見前。

七、不知其所从者

瓦文篆形變化之豐富多樣，自中期起便可明顯看出，故許多篆形或為適應當面之布置，或依工匠之意志而隨意變化，使大量篆形不明其變化之跡，此種情形至於此期仍占大多數，依筆者所見即有冢、殷、歲、陽、當、亟、久、長、貴、富、趙、成等十二例，若將許多年代尚不明確者亦加上，字例數目當遠在此數之上。

陽　〈美陽萬當〉作陽。〔註194〕「陽」字左半部本應从「阜」構形，而瓦文从「十」；右半部應从「易」字，而瓦文構形不明。

趙　〈趙君冢當〉作趙。〔註195〕「肖」字下半部「肉」字已失象形之意，須細看始可分辨；至於外側「走」字則變形更厲害，部分筆畫之簡省，使形體不知其所演變之跡。

富　〈富貴萬歲〉作富、富、富。〔註196〕「富」字上應从「宀」字，瓦文三字例皆不从「宀」字，「冖」字、「宀」字古文字形體中相通，故第二、第三例上半部从「冖」尚可理解；但下半部造形或「田」字不完全，甚或不从「田」字，有些還多出兩筆小豎筆，此皆不能明其構形之意。〈尹宙碑〉中有作富形者，《隸辨》認為「富」字先由从「宀」變為从「冖」，且由从「畐」變為上方再增兩點，〔註197〕「富」字此三形皆有此意味，未知是否即如《隸辨》所示之脈絡而來。

西漢末期以後，歷經王莽新朝以至於東漢，雖然能確定年代之瓦當較中期為少，但字例猶可分析，並與前二期比較。由結構與筆勢而言，能較為清楚分辨結構或筆勢不同者字例在於少數，部分字例變形較為劇烈，具有較高之藝術性，亦有部分字例構形已近於或部分近於隸、楷書。同時，此期仍可見缺刻與反文之例，缺刻之因未明，但反文情形顯然為工匠經過刻意經營之結果。

〔註194〕《瓦藝》，頁 72，圖 109。

〔註195〕《瓦藝》，頁 478，圖 833。

〔註196〕《瓦藝》，頁 833，圖 1478；頁 835，圖 1481～1482。

〔註197〕《隸辨》，卷 4，頁 74 右。

　　由用途上看，此期文字瓦當所施用之場所及其象徵意義已大爲減少，且意義較爲單調，多爲代表某戶人家之住宅或祠墓陵園，而有此能力施用如此大量瓦當者，除皇室大臣等之外，唯有富貴人家、豪強士紳等較有可能，故可知此期瓦當之使用已由王公大臣而擴展至有錢有勢之百姓。

　　至於與《說文》篆形比較後，發現與《說文》篆形相近者不少，大概與王莽復古之因有關。在能分辨形體之篆形中，與戰國文字相近者不少；而受隸、楷、行、草書發展之影響，部分篆形則較近於這些形體，與部分書寫材質之發展趨勢相同。簡化仍爲此期之趨勢，尤其有大量字形無由得知其演變之過程，其簡省程度不亞於中期後段。

　　由各家之觀點分析，欲將文字瓦當分期實非易事，筆者試參考諸家及一己之見，將瓦當分爲前、中、後三期，前期爲西漢武帝以前，中期爲武帝至哀帝左右，後期爲哀帝以後。

　　就數量上看，文字瓦當可謂大起大落，前期與後期之數量相較於中期可謂不成比例，但無論何期，由於瓦當圓形制之故，縱長形之小篆欲呈現於當面之上，總必須做出些許調整，於是便有各種篆形之產生。

　　就筆勢與結構而言，因受當面限制而必須改變篆形，因而筆勢常有不同，且由西漢初至東漢末文字之大趨勢爲簡化，因此結構往往有出人意表者，簡省情況多見，甚至單看一字無法辨認者亦有之，且越至東漢末情況越明顯。此外，缺刻、反文、合文等情形亦可見，奇特之處不亞於其它書寫材質。值得一提之處，在於瓦文篆形之形態不僅有近於工整之篆形，甚至有繆篆、鳥蟲書、近於璽印文字者、及復古如金文者，其類別與形態之多樣化，在眾多書寫材質中應爲數一數二。

　　就用途與篆形之關係來看，自前期起，由於瓦當一開始即使用於上層階級，故多見於宮殿官署及朝廷相關機構、王公大臣之家及其陵墓，大約要到西漢末、東漢初，由於戰爭、政治、經濟、社會等因素，瓦當之使用才逐漸使用於地方豪紳、富貴人家等百姓之家，因此可以說，文字瓦當之使用乃是由宮廷而至於民間。

　　至於其類別亦不少，前期中即有紀年、宮殿官署、祠墓、吉語瓦當等，至於中期則極類漢賦單句類及思想類瓦當亦有之，種類越形齊全，可能與武帝以

後國力強盛，因而建築許多大型宮殿，並爲炫耀文治武功有關，直至後期，屬於標誌姓氏名稱之文字瓦當亦較爲大量出現，種類更加完整。

在與《說文》之比較上，雖篆形明顯變形，但形體近於《說文》篆文、重文者仍皆有之，亦有上追金文、戰國文字者，甚至隸、草、行、楷等書體亦對瓦文篆形有所影響，異體字不少。由於大量瓦文篆形無法分辨其由來，因此篆形是否較《說文》增繁或簡化實難以看出，此爲瓦文篆形之獨特之處。

瓦當文字在所有書寫材質中最爲特殊之處，在於其圓形制中必須放入縱長形之小篆，因而產生許多變形，趙力光曰：

> 這些瓦當文字，充分運用線條的變化，剛柔、銳鈍、方圓、曲直交融在一起，在結體上，疏密、揖讓、欹正、虛實有機地結合，注重整體效果，自由奔放，又不出法度，具有書法美和裝飾性。〔註198〕

因此可以說，瓦當亦是在避免屋簷遭受風吹日晒雨淋之實用性上，以及圓形與縱長形幾何圖形之調整中，逐漸發展出與眾不同之美感，而今人除能由形體以觀其美之外，亦可由思想、地理、文獻等角度切入，將越有助於了解瓦當之眞貌。

〔註198〕趙力光撰：《中國古代瓦當圖典》，頁19。

第六章　貨幣、璽印、陶器與簡帛

第一節　秦漢貨幣之篆形探析

壹、秦漢篆體貨幣簡述

　　先民在原始貿易時代並未使用貨幣，或採以物易物形式，或以龜貝等以充當貨幣，其後始發展出各式各樣之錢幣形態，尤其在春秋戰國之時，由於諸侯國各行其政，便有各國之貨幣。以形制而言，有圓幣、布幣、刀幣等；以幣值而言，各國之間又有所不同而難於統一。

　　以秦系而言，早在秦獻公、秦孝公時期即有鑄幣出現，其後又在秦惠文王時將錢幣之形制定爲外圓內方之形，便於攜帶並可以繩繫之，此即後世所謂「孔方兄」，實即半兩錢也。何清谷曰：

> 秦鑄幣固定爲這種（圓形方孔）形制，是經過長期實踐作出的選擇。有實用上的原因：方孔較圓孔用繩子貫串起來比較穩固，晃動小，便於攜帶，可以減輕磨損率；半兩的體積適中，便於流通。[註1]

於是此圓形方孔形制被沿用下來，使用數千年之久，而半兩錢至秦始皇統一天

〔註 1〕何清谷撰：《秦史探索》（台北：蘭臺出版社，2004 年 7 月），頁 308。

下，亦沿襲此一傳統，歷經西漢初期各帝，雖經數次改版，仍以半兩錢為主，此方孔圓形形制甚至外傳至國外，高英民便曰：「方孔圓錢的基本形式還直接影響鄰近的一些國家和地區，特別是日本、朝鮮、越南、印尼、緬甸等國都曾在一個相當長的時間內以它作為主要幣種廣泛流通。」〔註2〕可見此種形制影響之大，遍及當時國內外。

至武帝時，改以五銖錢為主，〔註3〕此後雖亦經多次改版，但直至東漢末年基本未改；在此期間，雖亦有許多細碎名目，尤其王莽時期四次改革，有所謂「五物」、「六名」、「二十八品」等名稱與形制，但通用時期皆甚為短暫。

自秦國始鑄貨幣，初以大篆為主，其後為大篆、小篆相間；到秦始皇統一天下，自然以小篆為主，其後歷經西漢、王莽與東漢，貨幣面文形體未曾改變，皆為小篆，尤其王莽一代，篆形之精美為後世所稱讚；至於東漢末年董卓所鑄錢幣，據說因面文不全，漫漶不清，被譏稱為「無文錢」。〔註4〕

大體而言，秦漢時期之貨幣，實以半兩錢與五銖錢為主體，材質多為青銅。至於以金、銀為幣者則為虛幣，並不通用，據龐雅妮所稱，有天干地支、方位、記重等文字，〔註5〕但拓本少見。雖然由秦至漢貨幣之形態無多大改變，但因其時代與製作過程等因素，使貨幣面文篆形仍有部分差異，以下試討論之。

貳、貨幣篆形之結構、筆勢比較

貨幣文字不同於其它書寫材質上之文字者，在於貨幣常由同一範所鑄刻而出，故數量雖多，文字相同，因此，在秦漢約四百年時期中，貨幣文字亦不過四十餘字，與其它書寫材質相比，確實短少許多，但其筆勢與結構亦有可觀處，特別在缺刻、反文、倒書等情況有其特別之處。

依筆者對此四十餘字之觀察，幾乎每一文字皆有相同字例可供比對，以下則先針對結構不同者進行說明。

〔註2〕高英民撰：《中國古代錢幣》（北京：學苑出版社，2007年10月），頁69～70。

〔註3〕郭彥崗曾統計，西漢由半兩錢進入五銖錢總共經過十次變革。參見郭彥崗撰：《中國歷代貨幣》（北京：商務印書館，1998年11月），頁23～26。

〔註4〕參見楊海濤撰：《古錢幣》（山東科學技術出版社，1998年6月），頁39。

〔註5〕參見龐雅妮撰：〈秦漢時期的黃金貨幣〉，《中國黃金經濟》1999年第5期（1999年），頁50。

一、不考慮筆勢而結構有所不同者

為求貨幣穩定，貨幣文字應力求文字統一，但因版別與鑄造狀況等因素之不同，亦會對筆勢與結構有所影響。依筆者所見，符合不考慮筆勢而結構有所不同之條件者，有十、千、大、五、中、半、壯、兩、直、泉、貨、銖等字，以下試舉數例說明。

十　新莽錢幣〈大泉五十〉有作十、卝形者。〔註6〕前者為小篆一般性寫法，後者直畫多出數條，未見於它處，可能為人為疏失所致。

大　新莽錢幣〈大泉五十〉中結構不同者甚多，如大、大、大等。〔註7〕第一例從《說文》小篆之形，第二例從段注本籀文之形，第三例多一豎畫，可能是訛形。

五　兩漢〈五銖錢〉上之「五」字多作Ⅹ，新莽錢幣〈貨布〉上有作Ⅹ形者。〔註8〕前者為小篆一般性寫法，後者始見於王莽時期，形體特殊。

壯　新莽錢幣〈壯泉四十〉有作壯、壯者。〔註9〕前一例左半部不知從何形體，不過八分中有作壯形者，〔註10〕或可作為參考，後一例則較近於一般所見小篆寫法。

兩　「兩」字異體甚多，如秦漢〈半兩錢〉皆有作兩、兩、兩、兩、兩者。第一種稱「十字兩」，即篆形內部不作兩「入」字而作一「十」字；第二種稱「出頭兩」，中間豎筆向上伸出；第三種稱「點兩」，原「兩」字上部一橫變為一點；第四種稱「帶點十字兩」，不僅內部作十字形，更在十字形空間內加上兩小點，有如飾筆；第五種稱「無人兩」，篆形僅有外圍而內部無文字；其它尚有如兩、兩者，〔註11〕形體多樣。傳抄古文有作兩者，正與「十字兩」同形；亦有作兩、

〔註 6〕 中國錢幣大辭典編纂委員會編：《中國錢幣大辭典》（北京：中華書局 1998 年 9 月），冊 2 秦漢卷，頁 425，圖 4；頁 424，【異書】圖 1。以下為求注釋精簡，本書簡稱《錢典》，冊數與卷數因皆相同，故亦省去。

〔註 7〕 《錢典》，頁 478，圖 1；頁 420，圖 5；頁 424，【異書】圖 1。

〔註 8〕 《錢典》，頁 323，圖 4；頁 465，【通穿】圖 1。

〔註 9〕 《錢典》，頁 457，【壯泉四十】圖 2；頁 468，【不通穿】圖 1。

〔註 10〕 《隸辨》，卷 4，頁 65 右。

〔註 11〕 《錢典》，頁 110，【十字「兩」】、【出頭「兩」】；頁 111，圖 3；頁 271，【帶點十字「兩」】、【無人「兩」】圖 4；頁 205，【「兩」異書】圖 3；頁 272，【「兩」異書】。

者，正與「出頭兩」同形。〔註12〕

二、在相同結構下筆勢有所不同者

貨幣文字因常有改版及人為刻意變化等因素，故縱使大多數篆形結構相同，筆勢仍會有相異情況，依筆者所見，十、千、大、小、五、中、半、平、幼、布、百、兩、泉、黃、銖等字皆有此類情形，試舉數例說明之。

千　新莽錢幣〈大布黃千〉有作 、 者。〔註13〕前一例第二筆轉折為圓轉形，後一例則為方折形。

半　秦漢〈半兩錢〉有作 、 、 者。〔註14〕第一例為一般所見篆形，第二例稱「垂針篆」或「懸針篆」之「半」字，豎畫明顯拉長如細針般，第三例為豎畫較短之「半」字，可見豎畫僅略微突出，幾乎不見其伸出橫畫。

幼　新莽錢幣〈幼泉二十〉作 ，〈幼布三百〉作 。〔註15〕前一例篆形較扁平，右半部「力」字左右兩畫較短，顯得無處伸展；後一例篆形較縱長，右半部「力」字稍有脫離小篆之趨勢，但筆畫舒展流麗。

百　新莽錢幣〈契刀五百〉有作 、 、 、 者。〔註16〕此四字例前後兩形各自相似。第一、二例篆形下半部呈方形，而第一例於橫畫底下作「人」字形筆勢，第二例則為平直橫畫；第三、四例篆形下半部呈盾牌形，且左右兩筆起頭處超過「人」字形部分，第三例篆形下半部略呈弧形，第四例則作尖形。四字例篆形筆勢全不相同。

泉　新莽錢幣〈大泉五十〉作 、 ，〈壯泉四十〉作 。〔註17〕前兩例於轉折處皆作方折，而第一例較為工整，第二例較近似於秦權量詔版之形，刻劃較為簡率；第三例於轉折處則作圓轉形。

〔註12〕《傳古》，頁747。

〔註13〕《錢典》，頁479，【「大」異書】圖2；頁481，【「千」方折】圖1。此兩篆形原呈誇張之縱長形，然因限於排版因素，僅能呈現部分篆形。

〔註14〕《錢典》，頁89，圖7、【垂針】圖2；頁311，圖1。

〔註15〕《錢典》，頁455，【幼泉二十】；頁462，【通穿】圖1。

〔註16〕《錢典》，頁405，圖1～2；頁459，【不通穿】圖1；頁461【異範】。

〔註17〕《錢典》，頁422，【方泉】圖2；頁444，【鉛錢】圖1；頁457，【大字】圖1。

三、缺刻例

缺刻情形在秦漢貨幣篆形中似乎是常見情形，可能與版別或人爲刻劃有關，筆者所見者有十、半、百、兩、泉等字，試舉數例說明。

半　〈半兩錢〉有作■、■者。〔註 18〕前一例缺左上一筆，後一例則上部兩筆皆缺，此類情形甚多，確爲缺刻。

百　〈差布五百〉有作■者，〔註 19〕缺中間一筆，由拓片上看，無任何磨損痕跡，當爲缺刻例。

十　〈大泉五十〉有作■者，〔註 20〕面文篆形僅有橫畫而無豎畫，明顯缺刻。

四、反文例

秦漢貨幣篆形中亦不乏有反文情形，可能亦與版別或人爲刻劃有關，筆者所見有貨、銖二字。

貨　新莽錢幣〈貨泉〉有作■者，〔註 21〕其聲符「化」字之構形「人」字應在左側，此形則在右側，知其爲反文。

銖　〈五銖錢〉有作■者。〔註 22〕「銖」字構形應左金右朱，此形爲左朱右金，知此例爲反文。

五、倒文例

此種情形十分特別，目前筆者未見於其它書寫材質上，面文可見者則有半、兩二字。

半　兩　〈半兩錢〉「半」字有作■者，「兩」字有作■者。〔註 23〕兩字形體皆倒置，是爲倒文。其中「兩」字不僅倒文，構形並缺兩「入」字。

經由上文之分析，可見貨幣面文篆形形體多樣，即使經由鑄刻產生，仍有不同筆勢與結構之造型，而由面文中所顯現之缺刻、反文、倒文等情形，亦不

〔註 18〕　《錢典》，頁 102，圖 10、5。

〔註 19〕　《錢典》，頁 465，【通穿】圖 1。

〔註 20〕　《錢典》，頁 423，【「十」缺筆】圖 1。

〔註 21〕　《錢典》，頁 495，【傳形】圖 2。

〔註 22〕　《錢典》，頁 325，【傳形】圖 1。

〔註 23〕　《錢典》，頁 155，【「半」倒書】圖 2；頁 205，【「兩」倒書】。按：此兩字倒文篆形依拓片所見，並不並存於同一枚錢幣上。

難發現不同版別或鑄造者不同時，可能造成之訛誤。

參、影響貨幣篆形之因素

無論貨幣有多少種形制、多少種品類，其用途理應僅有一種，即作爲購買物品之媒介。物價之穩定、人民之是否願意使用該種錢幣，端視當時之錢幣幣值是否合理，若造成通貨膨脹、人民私鑄情況嚴重，甚或官府與民爭利、搜刮錢財，則貨幣便會失去原有之效用。

在秦漢四百年間，使用之貨幣不外兩種：半兩錢與五銖錢。半兩錢在先秦秦惠文王時即已開始使用，歷經秦代、西漢初年而至武帝時期。武帝時期對於貨幣有過多次變革，其中較爲重要者爲三銖錢之出現，高英民曰：「三銖錢雖歷時短、鑄量少，但其名稱的改變卻是大膽的嘗試，爲後來五銖錢的鑄行開了先河。」〔註 24〕故三銖錢可說是半兩錢與五銖錢之過渡性貨幣。自五銖錢發行之後，沿用至隋唐時期，歷經七百餘年，可見其實用性與重要性。

西漢時期貨幣之使用至新莽時遭到中斷，王莽追求復古，凡事引經據典，又不明幣制，使其執政十數年間幣制大亂，人民無所適從，對於當時之經濟狀況實多有害處，然而就其面文篆形而言，由於錢幣鑄造精良，面文篆形亦精美秀麗，多爲後人所稱讚。由上可知，以秦漢貨幣而言，最重要者莫過於半兩錢、五銖錢與新莽貨幣。

筆者認爲，影響此時期貨幣面文篆形異同之主要因素大致有四：其一爲版別，其二爲私鑄風行，其三受隸書影響，其四爲復古改制。

一、版　別

由先秦秦國至西漢初期盛於半兩錢，其間歷經多次發行，每次發行時其面文篆形總有或多或少相異之處。

以中央政府而言，自秦始皇統一天下起，承襲先秦使用半兩錢，其後有二世之復行錢、西漢初年高祖時期之楡莢錢、呂后時期之八銖半兩、五分錢、文帝時期之四銖半兩等，雖輕重大小皆有不同，但皆屬於半兩錢之範圍，而不同君王、不同時期所發行之貨幣，其版別、範模便有不同，因而造成不同時期之貨幣，其面文文字雖相同，但篆形總有些許差異。以五銖錢而言，武帝時期之

〔註24〕高英民撰：《中國古代錢幣》，頁 73。

郡國五銖「五」字交叉兩筆平直寫法尚明顯，「銖」字左旁之「金」字有呈三角形者，亦有呈箭鏃形者，「朱」字上弧筆有圓弧者，亦有方折者；昭帝時期「五」字交筆彎曲度較大，「銖」字右旁之「朱」字轉折處爲方折，「金」字上部呈三角形。〔註 25〕類似之微小差異尚有不少，而這些版別與範模之差異，正是考察篆形異同、鑑別時代之資。

　　即使處於同一時期，不同地區所鑄行之貨幣，其面文篆形亦有差別，如李俊憲所言：

> 武帝元狩五年春三月，「罷半兩錢，行五銖錢」，還不是由中央專鑄，也就是說西漢中央政府還沒有控制鑄幣權，當時是由郡國鑄行的，所以各地的五銖錢不可能完全一致。〔註 26〕

此處所指「不可能完全一致」，包含錢幣與面文之形體，可見版別對面文篆形之影響，如武帝時期之上林五銖、昭宣時期之五銖錢，其形制與面文皆較爲精良，於秦漢兩代中實較爲少見。

二、私鑄風行

　　就鑄造者而言，其水準之高低亦可能影響面文篆形。秦漢時期，某些階段貨幣皆由中央鑄造，某些階段則中央與民間皆可鑄造。舉例而言，秦代半兩、西漢呂后八銖半兩、武帝上林五銖等，皆由官方鑄造，且上述諸位君王在位時，政治比較穩定，水準較能掌控，縱使所鑄造出之錢幣其輕重大小仍有差異，面文篆形仍有人爲疏失，但一般說來較爲精良，特別如上林五銖，其製作之精良使民間盜鑄者無利可圖。至於如武帝三銖錢、三分錢、董卓小錢等，乃在政局尚未穩定之時，三銖錢、三分錢猶在摸索階段，尚處於半兩錢與五銖錢之過渡時期，董卓小錢則爲圖利而鑄，是故民間私鑄之風盛行，百姓或私鑄減重錢，或拒用官方所發行之錢幣，政令不行，幣值不穩，自然影響貨幣形制、面文篆形之品質。

〔註 25〕 大部分論及秦漢貨幣之書籍，或多或少對於面文篆形皆有敘述，但若將各期篆形統整者則較少見，如《古代貨幣》中即有對兩漢各期五銖錢「五銖」二字之篆形之細微不同處列表比較，可資參考。參見趙叢蒼主編、昭明、馬利清撰：《古代貨幣》（北京：中國書店，1999 年 1 月），頁 135。

〔註 26〕 李俊憲撰：《戰國秦漢貨幣文字研究》（山東大學漢語言文字學博士論文，2008 年），頁 152。

查明輝等人由各種角度探討漢代貨幣私鑄嚴重之情形，發現私鑄現象在兩漢時期皆有，尤其在錢幣改制之時爲然，鑄造者以百姓最多，但亦不乏官員，由地域上看，雖以政治中心私鑄情形較爲嚴重，但邊疆地區私鑄情形亦不少。〔註27〕造成此種風氣盛行之因，多半因有利可圖，此種爭利情形，想必成爲秦漢時期經濟上之一大困擾。

一般說來，文帝之四銖半兩、武帝之上林五銖、宣帝五銖等，其面文篆形皆稱精美，而這些時期中，私鑄之風較其它時期皆大爲減少。

三、受隸書影響

秦漢時代之民間百姓，其習用書體在早期爲古隸，至西漢末、東漢初則爲八分，縱使秦漢時代所使用之錢幣其面文皆爲篆文，但仍不免受民間使用書體之影響。由上文拓片中可見，面文文字雖爲篆文，但仍透露些許隸書痕跡，尤其在某些具特色之面文上更可顯現。例如秦漢半兩錢，「半」、「兩」二字均有圓筆與方筆兩種；武帝後之五銖錢，「銖」字右旁「朱」字之上下弧筆亦有圓轉與方折之不同；王莽以復古爲理想，其貨幣面文多爲精美秀麗之篆文，但〈大布黃千〉之「黃」、「千」二字，〈中泉三十〉之「中」字，〈大泉五十〉之「泉」字等，亦有作方折形體者。李俊憲亦說明秦半兩錢面文篆形風格演變「從發展趨勢上說，是由圓轉弧形的大篆變爲筆畫方折的小篆，最後發展到亦篆亦隸，篆隸結合，融匯爲一體。」文帝四銖半兩錢則「文字雖爲小篆，而字短方折，已具有漢隸氣韻。」〔註28〕韓建業、王浩亦曰：「（八銖半兩）錢文扁平，筆畫轉折方正，有隸書風格。」「（四銖半兩）文字爲篆書，有隸書筆意，清晰方正，筆畫方折。」〔註29〕沈奇喜亦稱「西漢初，主要行『半兩』錢，雖仍爲小篆，但已具漢隸風韵。」〔註30〕可見，無論官府如何將篆書定爲官方正式書體，受隸書影響仍是在所難免，此種情形亦存在於刻石、銅器、瓦當、璽印、陶器等

〔註27〕 參見查明輝等撰：〈漢代貨幣私鑄探討〉，《五邑大學學報（社會科學版）》第 8 卷第 1 期（2006 年 2 月），頁 51～52。

〔註28〕 參見李俊憲撰：《戰國秦漢貨幣文字研究》，頁 219、147。

〔註29〕 參見韓建業、王浩編撰：《中國古代錢幣》（北京：北京大學出版社，2007 年 6 月），頁 68、70。

〔註30〕 沈奇喜撰：〈貨幣文字書法藝術考〉，《江西師範大學學報（哲學社會科學版）》第 38 卷第 6 期（2005 年 11 月），頁 67。

其它書寫材質中，其結構爲篆書，但筆勢或筆法上已雜入或多或少之隸書意味，於是，在貨幣文字上可見有與秦刻石近乎相同之工整篆形，亦可見有如受隸書影響較深之部分銅器、瓦當、璽印、陶器篆形。

四、復古改制

如上文所述，因先民之使用、書體自然之演進等因素，隸書影響篆書甚至取代篆形乃勢之所趨，而王莽起於西漢末，卻因其飽讀經書，受儒家思想薰陶甚巨，進而凡事必引經據典而後行，產生復古之心態。其表現較強烈者，尤其在官名、地名等之設立與改稱上，錢幣亦不能幸免，一併改制。不僅形制改變，部分貨幣形制回復如先秦所使用之刀幣或布幣，篆形亦不同於秦漢半兩錢與五銖錢上之模樣，其修長秀麗、纖細工整之外形，與秦漢時代其它貨幣面文篆形全然不同。

何清谷對於秦代貨幣之輕重情形，有其綜合性之說法：

> 由於原料時有不足，中央鑄和委託地方鑄的差別，銅範、石範、泥範的不同，鑄錢工人技術水平的高低，各個時期官方財政狀況的差異，防不勝防的盜鑄等等，銅錢在多次鑄造過程中輕重經常變化。[註31]

其實不僅是輕重之變化，對於錢幣大小、面文篆形亦皆會產生相異之處，此處所言雖指秦代，相信兩漢亦有相似之處。經由以上之分析，可知貨幣文字字例雖不多，且書體多爲篆形，但構成篆形微小差異之因卻相當複雜，與當時政治、經濟、社會、文化背景等具有緊密之聯繫。

肆、貨幣與《說文》篆形及其前後書體比較

貨幣文字字例較少，縱然不同時期之面文篆形總有微小差異，但其類型較其它書寫材質單純，經由以下之說明便可知曉。

一、近於《說文》篆形者

由於秦漢貨幣文字多爲篆文，武帝以前較常使用之半兩錢，乃由先秦秦國一脈相承而來；武帝以後較流通之五銖錢，直至東漢中晚期改變亦不大；兩漢間王莽所發行之錢幣，又因其好古，故亦使用篆文。因此可說，秦漢時代貨幣文字不僅爲篆文，且大多與《說文》篆形近似，以下舉數例以說明。

〔註31〕何清谷撰：《秦史探索》，頁325。

刀　〈一刀平五千〉作█，《說文》作刀。〔註 32〕兩者形體除筆勢稍有不同外，形體可謂完全相同。

大　〈大布黃千〉作█，《說文》作大。〔註 33〕面文篆形筆畫較爲方折，不似段注本之圓轉，但其構形相同。

五　〈四銖半兩〉作█，《說文》作𠄎。〔註 34〕面文篆形雖有些偏斜，但形體確實與《說文》如出一轍。

差　〈差布五百〉作█，《說文》作█。〔註 35〕兩者構形完全相同，面文篆形縱長，較《說文》更有小篆特色。

國　新莽金銀幣中有〈國寶金匱直萬〉作█，《說文》作國。〔註 36〕「國」字受限於空間，形體成扁方，但其小篆圓弧用筆仍在，雖有部分筆畫似模糊或缺刻，但形體確與《說文》相近。

二、近於《說文》中之重文者

貨幣篆形中文字本即不多，但猶有同於《說文》中之籀文者，筆者見有大、四兩字。

大　前文已見過數例，如〈大泉五十〉中有█之形，《說文》段注本籀文作█。〔註 37〕兩者構形相同，面文形體不僅較爲扁平，筆畫兩側尚有向上翹起之筆，似爲裝飾作用。

四　〈壯泉四十〉作█，〈序布四百〉作█，《說文》籀文作█。〔註 38〕面文與《說文》同作四橫筆，形體相同。

三、近於戰國文字者

先秦時期之秦國即已發行半兩錢，故可推側「半兩」二字可能與戰國文字之篆形有所相關，此外，王莽錢幣中亦不乏有精美之篆形，此時期之錢幣亦有

〔註32〕《錢典》，頁 405，圖 2；大徐本，卷 4 下，頁 154。

〔註33〕《錢典》，頁 479，【「大」異書】圖 2；段注本，10 篇下，頁 496。

〔註34〕《錢典》，頁 302，【穿「上」五字】；大徐本，卷 14 下，頁 504。

〔註35〕《錢典》，頁 465，【通穿】圖 1；大徐本，卷 5 上，頁 168。

〔註36〕《錢典》，頁 637，【國寶金匱直萬】；大徐本，卷 6 下，頁 222。

〔註37〕《錢典》，頁 420，圖 5；段注本，10 篇下，頁 503。

〔註38〕《錢典》，頁 457，【壯泉四十】圖 1；頁 463，【通穿】；大徐本，卷 14 下，頁 503。

多字與戰國文字有所相承，依筆者所見，面文篆形近於戰國文字者有千、平、兩、黃、寶等五字。

　　千　王莽錢幣中有作![圖]者，中間僅作一點而不作一橫，戰國文字中有![圖]、![圖]等形，〔註39〕面文皆與之有相像之處。

　　兩　依前文所述，「兩」字有多種形體，其中「十字兩」於戰國文字中可見，如平宮鼎作![圖]，王子中府鼎作![圖]，與秦漢面文篆形作![圖]相同。〔註40〕

　　黃　〈大布黃千〉中作![圖]，雲夢睡虎地秦簡〈秦律〉中有作![圖]者，〔註41〕構形皆相同，唯前者篆形較縱長。

　　面文篆形除有來源於戰國文字者外，亦有來源於甲金文者，此種情形亦見於瓦當篆形，於面文篆文中則為「中」字。

　　中　新莽錢幣〈中布六百〉作![圖]，《說文》篆文作![圖]，古文作![圖]，籀文作![圖]。〔註42〕面文篆形全不同於《說文》，〈中山王![圖]鼎〉有作![圖]、![圖]形者，傳抄古文有作![圖]、![圖]者，形體可謂完全相同，甚至在八分中亦有相承此古形作![圖]者。〔註43〕「中」字旁之橫畫有各作一筆者，有各作兩筆者，亦有作飄動狀者，皆象旗幟被風吹動之形，故面文篆形較《說文》更古樸，更近於古文字象形形體。

四、近於隸、楷書者

　　雖然面文書體皆為篆書，但亦有部分文字以今日角度觀察，與隸、楷書亦甚為相像者，如中、平、百、寅、匱等字。

　　平　〈一刀平五千〉作![圖]。〔註44〕面文此形體較為簡率，不甚工整，近似於秦權量詔版之形。《說文》作![圖]，二者篆形相差甚多，而古隸有作![圖]者，八分有作![圖]、![圖]者，楷書有作![圖]者，〔註45〕皆與面文較為相近。

　　寅　漢代有不流通市面之錢幣曰金餅，其底面常有文字或符號，其中有文

〔註39〕《錢典》，頁481，【「千」方折】圖1；《戰典》，下冊，頁1141。

〔註40〕《戰編》，頁538；《戰典》，上冊，頁693；《錢典》，頁110，【十字「兩」】。

〔註41〕《錢典》，頁479，【「大」異書】圖2；《戰編》，頁899。

〔註42〕《錢典》，頁466，圖1；大徐本，卷1上，頁33。

〔註43〕《金文編》，頁29；《傳古》，頁37；《隸辨》，卷1，頁1左。

〔註44〕《錢典》，頁399，圖2。

〔註45〕大徐本，卷5上，頁172；《隸典》，頁59上；《隸辨》，卷2，頁40右；《大書源》，上冊，頁883。

字作⬛者，《說文》作⬛。〔註46〕二者形體雖相近，但細看猶可見《說文》「宀」部底下之形體，其中豎與最後分開之兩筆並未斷開，而面文形體則已斷開，且其形體較爲方折，古隸中有作⬛者，八分中有作⬛者，楷書則作寅，〔註47〕除「宀」字兩旁直畫長短略有不同外，其餘形體皆與面文相似。

　　⬛　〈國寶金匱直萬〉作⬛。〔註48〕「貴」字於小篆中其上部形體分開，與面文不同，面文篆形雖仍有圓轉形體，但其構形已近似於隸、楷書，如隸書作⬛，楷書作⬛者即是。〔註49〕

五、較《說文》增繁者

　　面文篆形中較《說文》增繁者和其餘書寫材質相同，字例皆較少，筆者所見即前文所舉十、大兩字。

　　十　〈大泉五十〉有作⬛形者，《說文》作十。〔註50〕「十」之篆形爲單純之兩筆交叉而成，面文篆形則多數畫直筆，其餘書寫材質上亦未見有此狀況者。

　　大　〈大泉五十〉作⬛，段注本籀文作⬛。〔註51〕「大」字本即象人之形，人僅有雙手雙腿，但面文「大」字卻爲雙手三腿，顯然較《說文》多一筆畫。

　　以上兩例雖皆較《說文》篆形形體稍繁，但極可能是人爲誤刻所致。

六、較《說文》簡化者

　　面文中篆形較《說文》簡化者較增繁者稍多，筆者見有半、百、兩、直、泉、國、寶等七字。

　　直　〈國寶金匱直萬〉作⬛，《說文》作直。〔註52〕兩者篆形雖有不同，但相較之下，可見面文篆形上部較《說文》少一直畫，下部作一平直橫畫亦較《說文》彎曲線條爲簡。

〔註46〕《錢典》，頁631，圖6；大徐本，卷14下，頁511。

〔註47〕《隸典》，頁49上；《隸辨》，卷1，頁64右；《大書源》，上冊，頁754。

〔註48〕《錢典》，頁637，【國寶金匱直萬】。

〔註49〕《隸辨》，卷4，頁7左；《大書源》，上冊，頁365。

〔註50〕《錢典》，頁424，【異書】圖1；大徐本，卷3上，頁88。

〔註51〕《錢典》，頁424，【異書】圖2；段注本，10篇下，頁503。

〔註52〕《錢典》，頁637，【國寶金匱直萬】；大徐本，卷12下，頁444。

　　泉　〈大泉五十〉作▨，《說文》作𣳲。〔註53〕面形受限於空間，形體較扁。《說文》篆形中央橫畫下有一豎，面文則無，屬筆畫上之簡省。

　　寶　〈國寶金匱直萬〉作▨，《說文》作𡪑。〔註54〕面文篆形受限於空間，形體較《說文》為扁平；構形上《說文》下部从「貝」字，面文似有簡省而不見「貝」字末兩筆，屬筆畫間之簡省，傳抄古文有作▨、▨者，〔註55〕「貝」字象形性仍在，亦不見末兩筆；此外，面文外部从「冖」字，《說文》从「宀」字，及面文內部右上方似从「王」字，大約皆屬形體相近之通用或改換部件之例。

七、不知其所從者

　　面文篆形之一大特點，即具有許多缺刻或簡省情形，且多不見於其餘書寫材質，上追戰國文字亦難尋其相似之例，如「十」之作▨，「大」之作▨，「五」之作▨，「直」之作▨等，成為當時獨自之特色，《中國錢幣大辭典》認為此類情形「多為人工誤刻範母所形成」，〔註56〕高英民亦以五銖錢為對象曰：

> 形制特殊者，諸如合背、傳形、疊字等，是制範及鑄造時因發生誤差而造成的；錢文特殊者，諸如「五」字錢、「銖」字錢、「五五」錢、「銖銖」錢，上下對讀錢等，是制範時因錢文漏刻或錯刻而造成的。〔註57〕

在過去之時代中，不僅維持幣值不易，私鑄之風盛行，鑄造技術亦有所牽動，故錢幣雖為國家重要物品，仍不免有錯刻情形，在其它書寫材質中所出現之缺刻、反文情形，大概亦有一部分因素與貨幣同為無心之過。

　　本節以秦漢時期貨幣為對象，考察貨幣面文篆形之異同，面文篆形文字雖不多，但分析結果並不單調。由筆勢上說，大致分為圓轉與方折兩類；由結構上說，大約是由於缺刻所造成。較為特別之處，乃是面文篆形有倒書者，此種情形不見於其它書寫材質。由秦至東漢，面文篆形基本上相差不多，唯有王莽時期之貨幣面文篆形，其形體尤其精美，形體變化較多者亦在此期。至於形成面文篆形不同

〔註53〕　《錢典》，頁424，【異讀】圖1；大徐本，卷11下，頁401。

〔註54〕　《錢典》，頁637，【國寶金匱直萬】；大徐本，卷7下，頁261。

〔註55〕　《傳古》，頁716。

〔註56〕　《錢典》，頁424，【異書】圖1～2；頁465，【通穿】圖1；頁637，【國寶金匱直萬】。《錢典》「大泉五十・異書」條，頁424。

〔註57〕　高英民撰：《中國古代錢幣》，頁79。

之因，大約在於版別相異，私鑄風氣鼎盛，受隸書之影響，以及王莽復古等。

　　秦代半兩錢由於自戰國秦國起即已使用，故文字亦一脈相承，由大篆而至小篆，於是傳承於兩漢，故秦漢兩代之貨幣面文篆形與《說文》相近者不少；部分篆形與戰國文字有所承襲，更爲特別者，亦有篆形近於金文者，大約與王莽復古有關。面文較《說文》增繁或簡化者皆有之，但其增繁實因人爲疏失所致，與文字演化無關；簡化在貨幣面文篆形上仍爲主要趨勢，或許與私鑄有關，亦可能受隸、楷書之影響，而有篆形較爲簡率者。

　　從秦代以至於東漢，今人可見面文篆形圓轉與方折兩種筆法拉鋸之情形，亦可見王莽錢幣上精美絕倫之懸針篆，故面文文字數量雖不多，其書法藝術卻亦有可觀。

第二節　秦漢璽印之篆形探析（含封泥）

壹、秦漢篆體璽印簡述

　　自遠古時代以迄於今，所有書寫材質使用千年而不墜者，璽印爲其一，其重要性與特殊性可見一斑。

　　璽印之使用由來已久，文獻記載中，《周禮・職金》曰：「受其入征者，辨其物之媺惡與其數量，楬而璽之。」〔註58〕又《左傳・襄公二十九年》曰：「季武子取卞，使公冶問，璽書追而與之。」〔註59〕可見至遲在春秋時代即有璽印之使用。璽印之異名甚多，初無使用對象之限制，自秦始皇統一天下後，僅皇帝之印可稱「璽」，其餘皆稱「印」，至漢代又因官職不同而有稱「章」者。

　　過去在出土璽印尚未豐富之前，對於區分先秦、秦代與漢代璽印有其難處，常將許多秦代以後之璽印視爲先秦之物，金懷英於編纂《秦漢印典》時，猶認爲欲將古代璽印分期其難度相當之高，他認爲私印之情況是：

> 如戰國後期秦國和秦朝之間、秦和漢初之間的私印在文字、佈局形式方面均未發生很大的變化，繼漢之後的三國和兩晉的大多私印和佈局方面依然以漢法爲之，類似於如此的一系列歷史性的客觀因素，使處於這種

〔註58〕 《周禮》，收錄於《十三經注疏》（台北：藝文印書館，1997 年 8 月），冊 3，頁 542
　　　 上左。

〔註59〕 傳（周）左丘明撰：《左傳》，收錄於《十三經注疏》，冊 6，頁 665 下右。

時代中的相當數量的印章不只在過去、今天甚至將來都無法被確切斷代。〔註60〕

　　然而隨地下出土文物之增多，特別是一九九五年於西安市北郊漢長安城以北之相家巷村內，發現約五千方之璽印，使璽印之分期成為可能，並越加精細，至目前為止，將秦漢璽印分期者，如曹錦炎《古代璽印》大致分為秦代、西漢前期、中期、晚期、新莽、東漢共六期，〔註61〕葉其峰《古璽印通論》分官印為五期，〔註62〕徐海斌《秦漢璽印封泥字體研究》則分為五期。〔註63〕

　　由於傳世與地下出土之璽印數量日益增加，經由前輩學者之努力，對於分期之標準已有共識，大致說來可以印面有無界格、鑄刻或鑿刻、與同時期其它書寫材質上文字之比對、朱白文、印文讀法、施用對象、材質、鈕式、刀法等因素加以綜合判斷，可對璽印之斷代有所幫助。以上標準十分複雜，再加上有些標準時有例外，例如私印之限制較官印為寬、刀法與材質之配合等，秦、西漢、新莽、東漢四政權雖各有其規定，似可作為斷代依據，但又可能互相干擾，例如對於殉葬印施用對象，西漢與東漢便有不同。〔註64〕儘管如此，整體說來，璽印能夠分期對於今日而言是不爭之事實。

　　經常與璽印相提並論者尚有封泥一類，因其就形制上而言，介於瓦當與璽印之間，若就用途而言，則與璽印更為接近。孫慰祖曰：「封泥又稱作『泥封』，

〔註60〕金懷英編：《秦漢印典》（上海：上海書畫出版社，1997 年 6 月），前言頁 1。

〔註61〕曹錦炎所分西漢之三期亦以官印為主，前期以高祖至景帝為範圍，中期為武帝時期，晚期則以昭帝至孺子嬰為限。參見曹錦炎撰：《古代璽印》（北京：文物出版社，2002 年 7 月），頁 73。

〔註62〕參見葉其峰撰：《古璽印通論》（北京：紫禁城出版社，2003 年 8 月），頁 72～77、84～96。

〔註63〕參見徐海斌撰：《秦漢璽印封泥字體研究》（南昌大學碩士論文，2005 年），頁 14～27。

〔註64〕葉其峰曰：「西漢可以實用官印殉葬的有兩種人：Ⅰ.皇太后、皇太太后。……Ⅱ.皇帝特別寵信的大臣。……東漢時期殉葬印範圍放寬，《後漢書‧禮儀志》：『諸侯王、列侯、始封貴人、公主薨』，『皆令贈印綬。』殉葬範圍擴大到所有王侯、公主及始封寵妾。」如此一來，則去除《後漢書》所新增之人，其餘對象屬西漢或東漢，則還需由其它條件加以分別才行。葉其峰撰：《古璽印與古璽印鑒定》（北京：文物出版社，1997 年 10 月），頁 8～9。

是古代抑印於泥，用以封緘的遺跡。它是古代使用印章，從而起到信驗作用的過程中所形成的主要憑記之一。」〔註65〕亦即封泥乃施用於重要文件之封口，使他人不得將封口開啟，而具有保密之作用。目前筆者所知對於秦漢封泥做分期者亦不多見，孫慰祖將秦漢封泥分為秦代、西漢早期、西漢中期、西漢晚期、新莽、東漢前期與東漢後期共七期，乃以字體、界格及泥背形態等條件與各時代璽印相比對而得出斷代依據；〔註66〕前文所提徐海斌則是將璽印與封泥合而論之，分為秦、西漢早期、西漢中晚期、新莽與東漢時期共五期，乃是在前輩學者之基礎上結合秦漢文字演變之規律所做之分期。〔註67〕或許可以說，璽印與封泥之分期乃互相影響之一體兩面。

筆者限於學力、經驗以及目前出版書籍上等主客觀之限制，此部分擬不予分期，統而論之，至於影響篆形之主要因素，則於下文中討論。

貳、璽印篆形之結構、筆勢比較

璽印雖僅存在於方寸之間，但由於篆刻者刀法、布局、材質等因素之影響，仍有許多印文篆形存有不少差異。筆者針對所掌握之資料加以觀察分析，獲得許多印文間篆形筆勢或結構上之差異，經筆者統計，同一文字有兩例以上可供比對者，計有野、陵、烏、任、女、田、宜、廣、虞、宰、農、單、者、家、祭、于、靳、敬、通、齊等約三百七十組，數量頗大，提供筆者足夠之字例以做分析。

一、不考慮筆勢而結構有所不同者

印文為布局之故，偶有改變文字結構之情形，此種情形成為璽印中值得鑑賞之一部分，依筆者所見，符合此條件者，計有馬、胡、明、金、竝、昌、臧、亭、蘭、縣、蘇、長、丘、王、蕾、朝、功、郎、野、符等近百例，數量亦相當多。

昌　〈吳昌印〉作，〈上昌農長〉作，〈昌武君印〉作。〔註68〕前二例皆從日從曰構形，但後一例則從日從口構形。「曰」有言說之義，「口」則為

〔註65〕孫慰祖撰：《封泥：發現與研究》（上海：世紀出版集團、上海書店出版社，2002年11月），頁2～3。

〔註66〕參見孫慰祖撰：《封泥：發現與研究》，頁95～130。

〔註67〕參見徐海斌撰：《秦漢璽印封泥字體研究》，頁14～27。

〔註68〕浙江古籍出版社編：《官印・私印　秦——南北朝》（杭州：浙江古籍出版社，2007年4月），頁26、131、5。以下為求注釋精簡，本書簡稱《官印》。

言說之器官，二者或可相通。第一例中，「曰」字左右兩筆向上突出，將「曰」字包覆其中，傳抄古文亦有 ⊎ 形，〔註69〕除用筆有方圓之差別外，形體可謂完全相同。

　　將　〈章馬廄將〉作 ▨，〈左馬廄將〉作 ▨，〈掃難將軍章〉作 ▨、〈橫野將軍章〉作 ▨。〔註70〕前二例「寸」字上方从「肉」字，後兩字則稍有變形，其構形與「曰」、「甘」等字無異，恐為倉促刻劃而致有訛誤之嫌。〔註71〕

　　野　〈宜野鄉印〉作 ▨，〈橫野將軍章〉作 ▨，〈朱野臣〉印作 ▨。〔註72〕此三例結構皆不相同。第一例將「土」字移至右下角，僅留「田」字於左上角，使左下角空出留白空間；第二例以「土」字承載上部，構成重心穩定之篆形，八分中有作 墅、墅 形者，〔註73〕或為古文字之遺留；第三例因刻劃較為草率，右半部筆畫黏連，「土」字右移，而「田」字加大，與第一例不同之處，在於其不留空間。

　　金　〈金鄉國丞〉作 ▨，〈格金私印〉作 ▨。〔註74〕前者之形體較常見，如八分中有作 金 者，〔註75〕形體近乎相同，後者則不知其構形之所由來，但二者篆形明顯不同。

　　蘇　〈蘇步勝〉印作 ▨，〈蘇勃私印〉作 ▨，〈蘇益壽〉印作 ▨，〈蘇通私印〉作 ▨。〔註76〕前二例之結構為「艸」字下左為「禾」字，右為「魚」字，但後二例則相反，成為左為「魚」字，右為「禾」字，兩組字例之構形正好對調；八分中有作 穌 者，亦有作 蘇 者，二者構形亦正好相反。〔註77〕

〔註69〕　《傳古》，頁646。

〔註70〕　《官印》，頁7、50～51。

〔註71〕　《璽印源流》曰：「將軍印在漢官印中是別具風格的一種。將軍印往往在行軍中急於使用，直接以刀在印面刻畫而成，故天趣橫生，奇妙不可思議，所謂『急就章』者，就是指這一類印。」錢君匋、葉潞淵合撰；錢君匋、舒文揚增補：《璽印源流》（北京：北京出版社，1998年4月），頁35。

〔註72〕　《官印》，頁9、50、120。

〔註73〕　《隸辨》，卷3，頁52左。

〔註74〕　《官印》，頁30、148。

〔註75〕　《隸辨》，卷2，頁69右。

〔註76〕　《官印》，頁130、166、129、150。

〔註77〕　《隸辨》，卷1，頁47右。

二、在相同結構下筆勢有所不同者

上文中結構彼此不相同者已有近百例之多，但印文篆形筆勢不同者則占更多數，依筆者所見，計有府、邸、皇、光、言、帝、少、當、敬、丁、董、官、民、咸、故、綏、常、天、萬、焦等一百八十餘例，約占可比對組數之半，數量之大十分驚人，以下試舉數例說明之。

　　印　　〈北鄉之印〉作■，〈安陵令印〉作■，〈僮令之印〉作■，封泥〈御府丞印〉作■。〔註78〕數例之差別在於末筆。第一例中，其末筆僅至一半處即往下引去；第二例中，末筆平直拉至最後；第三例不僅將末筆拉至最後，且又向下引去；第四例則末筆約至四分之三處停止。「印」字之各種寫法，被認爲是秦漢印分期斷代之重要依據之一，葉其峰認爲，末筆尾端下垂者主要流行於秦、西漢、新莽與東漢早期，而末筆平直者則主要流行於東漢中晚期及魏晉南北朝。〔註79〕

　　楊　　〈楊志〉印作■，〈楊明〉印作■，〈楊蒲私印〉作■。〔註80〕其右半部「易」字下半部數筆斜畫筆勢各不相同，第一例彼此間並不平行而各有所往；第二例各筆先向左下，再向下引伸；第三例則不作任何變化，平直伸出。

　　行　　〈文帝行璽〉作■，〈吳行私印〉作■，封泥〈行車〉印作■。〔註81〕三字例皆有小篆對稱之特色。第一例用筆較爲方折工整，第二例則多圓轉筆法，第三例介於前兩例之間，筆畫較第一例爲彎曲柔軟，而又較第二例爲勁健，三者筆勢顯然皆不相同。

　　齊　　〈齊調〉印作■，〈上官齊印〉作■，〈齊安之印〉作■。〔註82〕此三例外包兩筆長度、方向皆不相同。第一例篆形縱長，兩豎筆由圓弧形彎曲而下；

〔註78〕《官印》，頁9、27、1。

〔註79〕葉其峰在《古璽印與古璽印鑒定》中指出「鉨」、「印」、「丞」、「尉」、「令」、「長」等六字，具有鑑別國別時代與真僞之依據，十分值得參考。參見葉其峰撰：《古璽印與古璽印鑒定》，頁47～48。

〔註80〕《官印》，頁110、125、148。

〔註81〕中國美術全集編輯委員會編：《中國美術全集書法篆刻編　7　璽印篆刻》（台北：錦繡出版社有限公司，1988年8月），圖版說明頁6，以下爲求注釋精簡，本書簡稱《美璽》；《官印》，頁144；傅嘉儀編撰：《秦封泥彙攷》（上海：上海世紀出版股份有限公司上海書店出版社，2007年8月），頁251，圖1553，以下爲求注釋精簡，本書簡稱《秦封》。

〔註82〕《官印》，頁128、132、142。

第二例篆形較爲正方，方筆亦多，兩豎筆較短；第三例則篆形亦顯正方，但兩豎畫亦平直，與第二例向兩邊斜去不同。

　　利　〈周賢日利〉作[印]，〈肖利印〉作[印]，〈利出〉印作[印]。〔註83〕前一例左半部「禾」字最上部筆畫以相當之長度伸長至印面最左邊，且由上而下做一長筆；後二例則僅有一向左傾之小出頭筆畫，此類寫法較常見。

三、缺刻例

　　缺刻情形印文少見，筆者所見僅有一例。

　　馬　〈左馬廄將〉作[印]。〔註84〕此印文於馬頭部分缺少中間一豎畫，疑似缺刻。

四、反文例

　　諸多璽印中，篆刻者常因印面布局編排之需要，而將文字略作變化，較常見者爲增筆與減筆，反文則少見，筆者在所掌握之資料中見有一字。

　　武　〈昌武君印〉作[印]。〔註85〕印文篆形與一般寫法之「武」字相對照，即可發現爲反文。此印其餘三字皆爲正文，僅此字爲反文，較爲特別。

參、影響璽印篆形之因素

　　璽印自先秦以來即有之，且其用途較今日要多元複雜許多，陳根遠、陽冰將璽印之用途分爲七大類：等級與權力的象徵、封簡文書或其它物品、鈐印器皿物勒工名、戳印金幣、佩帶以辟邪祈祥、殉葬、烙馬烙木等，〔註86〕這些璽印之用途大致在秦漢時代猶然可見，唯有戳印金幣一項，主要流行於戰國楚國。至於封泥之用途，根據前文所述乃用以封檢物品，尤其是以文件與貨品爲對象，作用較爲單純。雖然璽印之用途如此廣泛，然而並非每種用途皆會影響印文篆形之變化，筆者認爲，影響印文篆形之變化者，主要在於時代、官私印、材質等因素，以下試就此數種因素，討論對璽印篆形變化之影響。

〔註83〕《官印》，頁130、132、170。

〔註84〕《官印》，頁7。

〔註85〕《官印》，頁5。

〔註86〕參見陳根遠、陽冰合撰：《方寸之間見世界——中國古代璽印篆刻漫筆》（成都：四川教育出版社，1998年7月），頁23～28。

一、時　代

先秦時代，猶如許愼於《說文·敘》中所言是「言語異聲，文字異形」，璽印在書體之應用上即已紛繁多樣，舉凡金文、小篆，乃至於由小篆變形衍生而出之鳥蟲書、繆篆等，其應用皆十分自由，〔註87〕直至秦始皇統一天下，以政令統一各項制度，「書同文」之政策亦在其中，於是文字初步獲得統一，施用於璽印上之書體一概以小篆爲主體，由秦而起歷經兩漢以至於今日，小篆一系成爲璽印書體中之主流地位，未曾有過變動。

文字之演進須經長時間之觀察始能見其變化，一般而言，將秦代至漢初（武帝以前）視爲同一時期，主要在於漢初文化尚未發展出其獨有之特徵，武帝之後始表現出漢代特有之文化。前輩學者對於璽印印文風格，以分四期者較多，亦較能明顯見出其間差異，多數介紹璽印之專著或專文皆可參考。以下試舉數例說明。

秦代璽印中如〈南宮尙浴〉「浴」字作▓，〈樂陶右尉〉「樂」字作▓，封泥〈中廏〉印作▓，西漢初期者如文景之際〈淺門〉印「門」字作▓，封泥〈琅邪左鹽〉「琅」字作▓，〔註88〕雖皆爲小篆形體，但或重心偏斜，或筆畫方折，與秦代朝廷所重視之刻石工整篆形猶有差距。

武帝至西漢末，爲漢代璽印篆刻藝術到達最高峰之時期，如〈湘成侯相〉「成」字作▓，〈淮陽王璽〉「陽」字作▓，〈黃義印〉「印」字作▓等，〔註89〕可明顯看出篆形較前期端正許多，且筆畫較爲厚實，頗有威嚴肅穆之感；對封泥而言則風格改變之情況較不明顯，如〈居室丞印〉「居」字作▓，〈齊內官丞〉「齊」字作▓，〔註90〕其筆畫粗細一如秦代漢初，印文亦無占滿印面現象，與璽印逐漸有所不同。

新莽時期因受復古影響，無論在印面字數、編排、篆形等方面，都明顯與西漢有所不同，如〈設屛農尉章〉「尉」字作▓，〈庶樂則宰印〉「則」字作▓等，

〔註87〕 參見陳根遠、陽冰合撰：《方寸之間見世界——中國古代璽印篆刻漫筆》，頁33。

〔註88〕 《美璽》，圖版說明頁5；吳哲夫總編輯、袁游主編：《中華五千年文物集刊璽印篇》（台北：中華五千年文物集刊編輯委員會，1985年5月），頁64，以下爲求注釋精簡，本書簡稱《中璽》；《秦封》，頁34，圖220；頁61，圖〈齊　西漢　琅邪左鹽〉。

〔註89〕 《美璽》，圖版說明頁6～7；《中璽》，頁191。

〔註90〕 《秦封》，頁79，圖〈上　西漢　居室丞印〉；頁93，圖〈續　西漢　齊內官丞〉。

〔註 91〕篆形復明顯呈瘦長形，與秦刻石篆形多數如出一轍。儘管在璽印方面新莽時期之印文有其特色，但封泥上之篆形並無多大差別，如〈豫章南昌連率〉「連」字作，〈湯官飲鹽章〉「鹽」字作，〔註 92〕即是例證。

東漢時期基本上到後半期，才出現屬於自我之風格，如〈琅邪相印章〉「相」字作，〈殷仲之印〉「殷」字作，〔註 93〕第一例尚稱工整，第二例則已明顯受隸書影響而筆畫多作方折，且刻劃不甚整齊。觀東漢封泥〈重泉丞印〉「泉」字作，〈美陽丞印〉「陽」字作，〔註 94〕篆形之工整度正介於兩方璽印印文篆形之間，與秦至新莽篆形風格並無不同。

由以上四段時期確實可見篆形在工整程度、筆畫粗細、形體方正與否等因素上有所差異，當然，若如徐海斌之分為五期，曹錦炎之分為六期，分期越細，越能見其逐漸演變之跡，不過就筆者之分析篆形而言，分期越細，有時反而有不可盡分之情形。由上所舉數例與前輩學者之分期，可見時代先後之因素，對於印文篆形之分期確有幫助，此情形同於本論文所述刻石、銅器、瓦當等書寫材質，然而若就封泥而言，時代之影響幾乎不起作用，其篆形有相當穩定之情形。

二、官私印

璽印還可分為官印與私印兩種，官印印文之要求較為嚴格，對於印文篆形之規範較為嚴謹，相對於官印，私印要求不如官印嚴格，故篆形之呈現便相對較為多元。對於秦漢官印說解較為詳細者，大約以王人聰、葉其峰所論最為詳盡，皆有專文列舉代表性璽印做為斷代之標準，其主要判斷依據大約有書體、界格、印面讀法等，可資參照；尚輝《璽印》對於漢官印制亦有根據《漢舊儀》所整理之表格，一目瞭然。〔註 95〕

對於秦代官印書體之特點，前輩學者多認為與當時權量詔版上之文字相同，依筆者所見，秦官印上之小篆，其工整程度大致介於權量詔版與刻石之間，

〔註91〕《美璽》，圖版說明頁 10。

〔註92〕孫慰祖撰：《封泥：發現與研究》，頁 119，圖 180、184。

〔註93〕《美璽》，圖版說明頁 7；《中璽》，頁 41。

〔註94〕《秦封》，頁 182，〈封　東漢　重泉丞印〉；頁 196，〈封　東漢　美陽丞印〉。

〔註95〕參見尚輝撰：《璽印》（貴陽：貴州人民美術出版社，1998 年 10 月），頁 89。

〔註96〕而又較偏於前者，部分學者認爲，秦印印面上之所以有界格，是爲了使印面文字稍微規範，而不至於如權量詔版上之文字錯落不齊，但反觀秦刻石，其刻劃面積大，且文字亦不少，卻並無界格施於其上，整體章法並無蕪亂之感，反是漢刻石中如〈袁安碑〉等東漢刻石上，仍有施以界格者，可見以此而謂秦印上之界格乃爲規範文字所設，似有不妥。

漢代官印方面，由於其形制與風格於景帝以前大體承襲秦代，故此時爲秦印轉換爲漢印特色之過渡期；至武帝而至西漢末，乃是漢印風格確立之時期，自此以後，儘管歷經新莽與東漢，因審美因素之不同，對線條、布局等要求有所不同，但愈趨工整精美乃其趨勢，特別是武帝至西漢末之博大寬厚，以及新莽時期之精細秀麗，至今仍爲鑑賞家所稱道。前文提及，東漢璽印至後期始有自我風格展現，可能與西漢末東漢初歷經戰亂，而文字亦未嚴格規範有關。東漢初期，馬援曾上書光武帝，述說官印制作之草率，《後漢書・馬援列傳》引《東觀記》曰：

> 援上書：「臣所假伏波將軍印，書『伏』字，『犬』外嚮。城皋令印，『皋』字爲『白』下『羊』；丞印『四』下『羊』；尉印『白』下『人』，『人』下『羊』。即一縣長吏，印文不同，恐天下不正者多。符印所以爲信也，所宜齊同。」〔註97〕

可見在東漢前期，官印無論在形制或文字上皆未有規範，大約自馬援上書後，官印之形制與文字形態始固定下來，而此時之印文已是隸書意味更爲濃厚之篆形，不同於西漢與新莽，〔註98〕故可謂漢代官印篆形圓轉之體態直至東漢後期乃因隸書之影響而明顯消退。〔註99〕官印中比較特別者是將軍印與殉葬印，《璽

〔註96〕王人聰認爲秦印「印文字體與秦權量、詔版、刻石風格相同。」《璽印源流》亦曰：「秦及漢初的印，大都古勁蒼秀，參差有致，頗似《泰山》、《瑯琊》諸石刻。」是少數將璽印與刻石篆形聯結者，筆者基本同意其看法。參見王人聰撰：〈秦官印考述〉，收錄於《古璽印與古文字論集》（香港：香港中文大學文物館，2000年），頁53；錢君匋、葉潞淵合撰；錢君匋、舒文揚增補：《璽印源流》，頁35。

〔註97〕（南朝宋）范曄撰、楊家駱主編：《新校本後漢書并附編十三種》（台北：鼎文書局，1987年1月第五版），冊2，卷24，頁839。

〔註98〕參見葉其峰撰：《古璽印通論》，頁95。

〔註99〕葉其峰曰：「東漢初期官印文字與西漢中後期相近，東漢中期以後，時代特點才逐漸明顯。這時印文篆法受隸書影響，筆畫多取直勢，轉角方折，字體更趨方正，

印源流》曰：

> 將軍印在漢官印中是別具風格的一種。將軍印往往在行軍中急於使用，
> 直接以刀在印面刻畫而成，故天趣橫生，奇妙不可思議，所謂『急就章』
> 者，就是指這一類印。〔註100〕

姑且不論「急就章」應如何解釋，此處所謂「天趣橫生」，實亦與秦權量詔版相
似，只是已略受印面範圍限制，已有規整化傾向。至於殉葬印篆形亦較草率，
可能是爲避免屍體腐臭，急於下葬，故無暇顧及其精細程度。

　　秦私印於篆形之變化上要較官印豐富許多，部分篆形仍受先秦以來古文字
之影響，而有先秦古文入印之情形，亦有受當時古隸之影響，而使篆形部分偏
旁已近於或同於古隸者，凡此在秦官印中甚少見及，因此，葉其峰謂「秦姓名
印和官印一樣，亦受到秦統一政策的影響，無論印式，還是文字風格都顯單一，
戰國那種不拘一格的現象消失了。」〔註101〕此應僅是對於秦官印之相對而言，
其實就目前所見戰國晚期秦國、秦代乃至於楚漢相爭時期之私印，其印文篆形
之類別與風格皆極接近，可以看作同一時期，王人聰便曰：

> 王國維就曾指出如戰國晚期的秦新郪虎符，除了其中的「甲」、「兵」、
> 「在」、「凡」等少數幾個字外，其餘的全同於小篆。又如 1975 年秋發掘
> 的江陵鳳凰山第 70 號墓，此墓的年代屬秦昭襄王時期，墓中出土了兩方
> 玉印，其中印甲一方的印文「泠賢」，字體也完全和小篆相同。〔註102〕

又曰：

> 印文字體屬小篆的範疇，與秦權量、詔版的篆體風格一致，……但在戰
> 國晚期的個別秦印中，卻出現了破壞篆書結構的簡率寫法，形成一種古
> 隸體，如文中所舉的「泠賢」印乙即是。〔註103〕

而甚少西漢印文之圓轉體態。」亦即在此之前，由西漢乃至於東漢初期，可謂漢
代璽印篆刻藝術最爲顛峰之時期。對於秦漢官印分期特點之描述，可參此處。參
見葉其峰撰：《古璽印與古璽印鑒定》，頁 46。

〔註100〕錢君匋、葉潞淵合撰；錢君匋、舒文揚增補：《璽印源流》，頁 49。

〔註101〕葉其峰撰：《古璽印通論》，頁 172。

〔註102〕王人聰撰：〈考古發現所見秦私印述略〉，收錄於《古璽印與古文字論集》，頁 73。

〔註103〕王人聰撰：〈考古發現所見秦私印述略〉，收錄於《古璽印與古文字論集》，頁 76。

可見在這時期之印文中，有形體簡省者，有規整不苟者，亦有受古隸影響者，其變化較官印爲大，下文所舉字例可以印證。

漢私印亦是在秦私印上發展出來，尤其在篆形與形制上較秦代又有所發展，受古隸影響之篆形已難見到，基本上已脫離先秦之影響，篆形向小篆集中，另有少數之變形篆體。依葉其峰所言，漢代私印篆形大體上有小篆、繆篆、摹印篆等，〔註104〕更進一步說，王人聰分析西漢時期之私印，認爲在武帝之前，印文篆形仍有與戰國古璽文字接近者，到武帝之後才與官印一樣，發展出具盤旋迴繞態勢之漢印風格。〔註105〕漢私印雖然已發展出各種具藝術性之篆形，但亦有較爲簡率者，如東漢末年之道教印即是，陳根遠、陽冰曰：

> 由於當時（東漢末年）道教在廣大貧苦農民中頗有市場，對這類道教以爲可以避邪的神奇之印需求很大。於是當時有人專門從事鑄造銷售之事，印章文字都成批做好，道民可隨意選購，繫佩於身上。由於製造者和佩用者的文化水平都很低，這類印章較同期官私印都粗糙一些，常有減損妄增甚至謬誤之筆。〔註106〕

這類因時代因素而產生之私印，其篆形亦有別於上述藝術性較強者，卻亦曾在東漢末年造成一股風潮。

秦官印之篆形尚未達到工整程度，確爲不爭之事實，如〈右司空印〉「司」字作，封泥〈上家馬丞〉「家」字作，〈喪尉〉印「尉」字作，封泥〈西

〔註104〕印文篆形以小篆爲主體應已爲學術界共識，而許多學者將由小篆所衍生出之變體篆形稱爲鳥蟲書、繆篆、摹印篆等，如許慎於《說文・敘》於「秦書八體」中即提有「蟲書」和「摹印」，於「新莽六書」中則提有「繆篆」和「鳥蟲書」，對於這些名詞之內容，前輩學者多有討論，各有看法，迄今尚無定論，如葉其峰在《古璽印與古璽印鑒定》中分漢印書體有小篆、鳥蟲書、繆篆與摹印篆，但至其撰寫《古璽印通論》時，則又僅分爲小篆、繆篆與摹印篆，而觀他在《古璽印與古璽印鑒定》中所選鳥蟲書璽印拓片，則又置於繆篆一類中，可見其分類之不易，故本文不生枝節，仍保守將這些不易分別之形體視爲秦漢時代之「美術字」。參見段注本，15 篇上，頁 766 上右、769 上右；葉其峰撰：《古璽印與古璽印鑒定》，頁 63～64；葉其峰撰：《古璽印通論》，頁 179～182。

〔註105〕參見王人聰撰：〈西漢私印初探〉，收錄於《古璽印與古文字論集》，頁 111～115。

〔註106〕陳根遠、陽冰合撰：《方寸之間見世界——中國古代璽印篆刻漫筆》，頁 117。

鹽〉印「西」字作⊗。〔註107〕前二例明顯較為工整規範，近於刻石，後二例則與權量詔版相近，甚至具有古樸之感，可見在秦官印中，篆形風格並非只有近於權量詔版之一種。

西漢早期官印仍沿襲秦代，故篆形有工整者，有不工整者，工整者如〈上林郎池〉「林」字作🀫，其不工整者如著名之長沙馬王堆出土〈軑侯之印〉「侯」字作🀫，〔註108〕可看出西漢初期官印猶未產生自我風格。武帝以後，大量渾厚寬博之篆形已然產生，趨向方正外形、填滿印面、盤曲迴旋之變形、美術篆形隨處可見，如〈未央廄丞〉「央」字作🀫，〈左馮翊丞〉「馮」字作🀫，〈防鄉家丞〉「家」字作🀫等，〔註109〕皆是典型漢印之例。新莽官印亦有其獨到特色，因復古之故，篆形復歸瘦長，鐫刻精美，如〈校尉之印章〉「之」字作🀫，〔註110〕儼然為秦刻石之翻版。至東漢後期，受隸書影響，且亂事漸起，印文篆形草率、方折之風再起，如〈琅邪相印章〉「邪」字作🀫，〔註111〕皆與西漢及新莽時期不同。整體而言，秦漢時代官印風格較易分別。以官印條件觀察封泥，西漢早期如〈臨菑守印〉「守」字作🀫，西漢中晚期如〈同心國丞〉「心」字作🀫，新莽時期如〈盈睦子印章〉「子」字作🀫，東漢時期如〈朝鮮右尉〉「尉」字作🀫等，〔註112〕可以發現篆形風格幾近相似，與璽印各期具有明顯特色顯然不同。

秦私印在很大程度上仍受有先秦遺風，且其用途較多，除姓名印外，為數較多者即所謂成語印，根據葉其峰之分類，秦漢時期之成語印，其表達內容包含個人修養、生活安定、男女情愛、吉祥語等，吉祥語中還有些與銅鏡銘文及瓦當文字內容雷同，正可互相呼應，反映出該時代之思想特點。〔註113〕秦代成語印包含吉語和箴言兩大類，由於種類較多，用途不同，加以秦代國祚較短，

〔註107〕《美璽》，圖版說明頁 5～6；《秦封》，頁 45，圖 297、頁 61，圖 409。

〔註108〕錢君匋、葉潞淵合撰；錢君匋、舒文揚增補：《璽印源流》，頁 35；葉其峰撰：《古璽印通論》，頁 86。

〔註109〕《美璽》，圖版說明頁 8；葉其峰撰：《古璽印通論》，頁 88。

〔註110〕《中璽》，頁 76。

〔註111〕《美璽》，圖版說明頁 7。

〔註112〕孫慰祖撰：《封泥：發現與研究》，頁 103，圖 106；頁 116，圖 173；頁 120，圖 186；頁 127，圖 211。

〔註113〕葉其峰撰：《古璽印通論》，頁 182～185。

自我風格尚未發展完備，其印文篆形自然呈現多樣風貌。前文所提及之〈泠賢〉印乙中之「泠」字作█，〈江去疾〉印「疾」字作█（疒），〈富貴〉印「富」字作█，〈萬歲〉印「萬」字作█，封泥〈王童〉印「王」字作█，〈鄧印〉印「鄧」字作█，〔註114〕屬於篆形較為草率者，亦即所謂近於權量詔版之一類；至於〈泠賢〉印甲「泠」字作█（泠），〈楊贏〉印「楊」字作█，〈上官郢〉印「上」字作█，〈王盼〉印「盼」字作█，封泥〈步嬰〉印「嬰」字作█，〈司馬歇〉印「司」字作█，〔註115〕則屬於篆形較為規整者，亦即所謂近於刻石之一類。就篆形而言，秦官私印間之差別似乎不大，但若由形制上來看，兩方〈泠賢〉、〈江去疾〉、〈萬歲〉、〈王童〉、〈步嬰〉、〈司馬歇〉等印為正方形，〈富貴〉、〈王盼〉、〈鄧印〉印等作長方形，〈楊贏〉為橢圓形，是以「楊」字左上與右上部略呈弧狀，〈上官郢〉為圓形，是以處於右上角之「上」字不得不作傾斜處理，其形制之多樣遠超越秦官印，而形制與篆形之配對組合又較官印為繁複，若欲理清形制與篆形間之關係，亦為一繁複浩大之工程。

至於兩漢私印對篆形之影響，於形制上未出秦私印之範圍，但篆形之樣貌有所增益。其篆形作規整之狀者，如〈蘇循信印〉「蘇」字作█，〈成護印信〉「成」字作█，新莽印中亦有〈高鮪之印信〉「之」字作█，〈中精外誠〉「外」字作█等，〔註116〕其位置、篆形皆擺放十分整齊，與〈詛楚文〉、秦刻石、〈袁安碑〉等可謂為同一系統。其篆形作簡率之狀者，如〈壹心慎事〉「壹」字作█，〈民樂〉印「樂」字作█，〈淺門〉印「淺」字作█等，〔註117〕形體或有簡省，或位置傾斜，或刻劃草率，與秦權量詔版實屬一系。又如〈巨蔡千萬〉「巨」字作█，〈薄戎奴〉印「奴」字作█，〈武意〉印「武」字作█等，〔註118〕或類似刻石上之篆額，或如後世所謂繆篆、鳥蟲書等美術字體，不一而足，其精采豐富最有可觀者亦往往在此。由上文所舉諸例可見，秦漢私印篆形可謂較官印變化多樣。

〔註114〕《美璽》，圖版說明頁 16；王人聰撰：〈考古發現所見秦私印述略〉，頁 75；《秦封》，頁 237，圖 1466～1467。

〔註115〕《美璽》，圖版說明頁 16～17；王人聰撰：〈考古發現所見秦私印述略〉，頁 73；《秦封》，頁 238，圖 1471；頁 244，圖 1502。

〔註116〕《美璽》，圖版說明頁 21、27；葉其峰撰：《古璽印通論》，頁 184。

〔註117〕葉其峰撰：《古璽印通論》，頁 184；《中璽》，頁 64。

〔註118〕《美璽》，圖版說明頁 22～23。

三、材　質

　　璽印之使用自秦始皇將「璽」與「印」之使用者身分加以區別後，至西漢武帝又對不同等級官職之印章做嚴格之規定，材質亦爲其中之一，於是形成以玉爲最高級，其次又續以金、銀、銅等金屬，再次者尚有石質與木質者，〔註119〕至於其餘貴重金屬玉石尚有瑪瑙、琉璃、琥珀等，質料之多樣亦可謂盛極一時。葉其峰曰：「（漢印）改變了秦印質材單一的局面，向多樣化發展，隨民所好，朝廷無任何限制。目前所見，除銅質外，還有玉、琉璃、木、石、銀等，質材之廣，前所未有。」〔註120〕王人聰之說明更爲詳細，談論秦私印時曰：

　　　　秦私印的質地目前所見有銅、玉、陶三種，以銅印佔絕大多數。

談論漢官印時則曰：

　　　　漢承秦制，並略有增益，規定只有皇帝和皇后的璽印，才可用玉製作。……官印的質地絕大部分爲銅，少數爲金、銀、玉或銅鎏金，石質官印則爲殉葬的明器。

提及漢私印時又曰：

　　　　漢代私印的數量大大超過官印，在全部漢印中佔絕大多數。……質地有金、玉、銀、銅、琉璃、水晶、瑪瑙、琥珀、骨、綠松石、木、滑石等。
　　　　〔註121〕

以上三段短語，分別將秦漢兩代官私印所使用之材質種類，以及與官職、用途做一簡要之聯繫與說明，對於了解官職、材質與用途間之關係甚有幫助，同時更可知曉在秦漢時代，幾乎所有可刻劃之物皆可用於製作璽印。

　　不同材質之金屬，其硬度不同，產量多寡與品質好壞亦不同。眾多材質中，古人將玉比擬爲君子，賦予玉許多美德，因此逐漸引伸將玉作爲最高權

〔註119〕根據陳連勇之說法，骨質類包含有象牙、獸骨、犀角、牛角等，竹木類包含有黃揚木、竹節、竹根、果核等，可見在漢代幾乎較爲堅硬材質者皆可鑄刻爲璽印。參見王光鎬主編、陳連勇撰：《古璽印》（台北：藝術圖書公司，1994年12月），頁19。

〔註120〕葉其峰撰：《古璽印通論》，頁173。

〔註121〕王人聰撰：〈中國璽印的起源與發展〉，收錄於《古璽印與古文字論集》，頁8～9。

力之代表。〔註122〕以玉爲材質，除具有各種美德及權力地位之象徵外，其作爲璽印，亦因其刀法特殊，所篆刻出之篆形具有獨特之面貌。如著名之〈皇后之璽〉「皇」字作 █，線條勻稱乾淨，篆形工整程度絕不亞於刻石；〈淮陽王璽〉「王」字作 █，起收筆俐落之切痕今猶得見；另一方著名印〈緁伃妾娋〉「妾」字作 █，以其質地之堅硬而能作此纖細流麗之鳥蟲書線條，亦不得不爲後人所讚嘆。〔註123〕正因以玉爲印能呈現出眾多且獨特之篆形與刀法，故能成爲古今用印者之喜愛。

除以玉爲材質外，以金、銀、銅、琉璃、水晶等爲材質者，亦多爲人喜愛，如〈文帝行璽〉以金爲質，「文」字作 █；〈廣漢大將軍章〉以銀爲質，「大」字作 █；〈中私府長李封字君游〉以銅爲質，「君」字作 █；〈祭雎〉印以琉璃爲質，「雎」字作 █ 等，〔註124〕皆能表現線條自然彎曲之美感，起收筆之溫潤，筆畫交插處之圓融，走筆時線條之流暢，皆難以讓人想像爲金屬所刻製，可見秦漢時期玉石金屬之篆刻藝術，已到達極高之境地，無怪乎後世篆刻家總以印法乎漢爲口號。封泥則與瓦當有相似之限制，因無法見及泥背，故對於判斷封泥之時代與文字之斷代便有其困難，此爲筆者分析上之限制。

以上分別就璽印之時代性、官私印之差別及材質等因素，討論不同因素對於印面篆形之影響，可明顯發現影響璽印分期及其篆形差異之因素頗爲複雜。相較於璽印，封泥之情形較爲單純，依筆者觀察，大約有以下幾點特徵：第一，由秦至東漢，書體亦以小篆爲主，雖自西漢中期以後，篆形亦有摹印篆之趨勢，但並不明顯，篆形多十分相像；第二，篆形變化較少，不少在璽印上可見之變化，在封泥中不易見到，篆形之呈現較爲規矩；第三，封泥筆畫多較纖細，且偶有筆畫抖動或結構稍不整齊之現象，不似璽印篆文在武帝之後占滿印面，筆畫流利平直。因此，雖然璽印與封泥關係密切，仍有其差異之處。

肆、璽印與《說文》篆形及其前後書體比較

璽印數量相當多，由戰國晚期至於東漢末，篆刻者創造出許多不同形體之篆形，以下再與《說文》對比，旁及封泥，以見其變化之多樣。

〔註122〕王人聰撰：〈漢代玉印簡論〉，收錄於《古璽印與古文字論集》，頁139。

〔註123〕《美璽》，圖版說明頁6、22～23。

〔註124〕《美璽》，圖版說明頁6～7、22～23。

一、近於《說文》篆形者

印文篆形雖被限制於方寸印面上，部分篆形為求協調於印面上，須對印文篆形做調整，但仍有很大一部分與《說文》篆形相似，以下試舉數例說明。

司　〈右司空印〉作█，〈後將軍軍司馬〉作█，《說文》作司。〔註125〕印文兩篆形皆與《說文》相似，其差別僅在於篆形之縱長、筆法之方折。

左　〈左中將馬〉作█，〈左將軍軍司馬〉作█，封泥〈左司空印〉作█，《說文》作█。〔註126〕印文三篆形亦皆與《說文》相似，其差別僅在於篆形之寬窄與轉折之方圓。

杜　〈杜昌里印〉作█，〈杜樂之印〉作█，封泥〈杜丞之印〉作█，《說文》作█。〔註127〕印文三篆形與《說文》甚為相像，其差別僅在於轉折處之方圓與否。

江　〈浙江都水〉作█，封泥〈江右鹽丞〉作█，《說文》作█。〔註128〕印文篆形右邊「工」字雖占滿印文空間，整體仍與《說文》相近；封泥則與《說文》相似，左邊之「水」字與右邊之「工」字有形體長短之落差。

召　〈召亭之印〉作█，《說文》作█。〔註129〕此印為漢初之印，印文篆形尚有受古隸影響之古樸意味，筆勢與《說文》篆形小異，但相似程度仍高。

二、近於《說文》中之重文者

印文文字雖多，但同於《說文》古文、籀文者並不多見，筆者僅見有宜、大、璽三字。

宜　〈宜民合眾〉作█，《說文》篆文作█，古文作█。〔註130〕印文篆文从多，顯然與古文字形相合。

大　〈大師軍壘壁前和門丞〉作█，〈朔寧王大后璽〉作█，封泥〈大官

〔註125〕《官印》，頁5、51；大徐本，卷9上，頁319。

〔註126〕《官印》，頁7、51；《秦封》，頁80，圖541；大徐本，卷5上，頁168。

〔註127〕《官印》，頁59、154；《秦封》，頁188，圖1262；大徐本，卷6上，頁200。

〔註128〕《官印》，頁10；《秦封》，頁62，圖413；大徐本，卷11上，頁379。

〔註129〕《官印》，頁12；大徐本，卷2上，頁61。

〔註130〕《官印》，頁114；大徐本，卷7下，頁261。

丞印〉作⿰，《說文》籀文作⿰。〔註131〕印文三篆形皆與段注本籀文「大」字形體相同，尤其是第一例，上部圓轉之筆與《說文》形體如出一轍。筆者所見印文「大」字中，作古文「大」形者僅有一例。

　　璽　〈朔寧王大后璽〉作⿰，《說文》篆文作⿰，籀文作⿰。〔註132〕《說文》篆文从土，籀文从玉，印文篆形同於籀文，然而其形體上半部有所簡省。

三、近於金文者

　　由於璽印分期之困難，部分秦代璽印可能包含戰國晚期，故此處筆者不與戰國文字比對，而向上一層與金文做對比，以探其形體之來源。依筆者所見，篆形源於金文者較其它書寫材質稍多，如中、御、烏、王、朋、行等皆是。

　　御　〈趙御〉印作⿰，〈御梭〉印作⿰，封泥〈御府丞印〉作⿰，《說文》作⿰。〔註133〕《說文》篆形明顯工整，且篆形中間兩形體已連結合併，印文篆形仍舊分開，金文中如〈洹子孟姜壺〉作⿰，〈攻吳王監〉作⿰，〔註134〕其形體不緊密現象，印文篆形與之相同。

　　王　〈王倬〉印作⿰，〈王□〉印作⿰，《說文》作王。〔註135〕印文兩篆形於第二、第三筆橫畫間皆有一小點或小短橫，《說文》則無。金文中如〈秦王鐘〉作⿰，〔註136〕印文形體正與其相似，古文字中形體原作一點者，往往有演變爲短橫者，八分中有作王、王形者，或即金文形體之遺留。〔註137〕

　　朋　〈任朋〉印作⿰，《說文》以「鳳」字古文爲假借，形體作⿰。〔註138〕印文篆形與《說文》形體明顯不相似。金文中如〈牁刞尊〉作⿰，〈衛盉〉作⿰，傳抄古文亦有作⿰者，〔註139〕用筆雖有方圓之異，但皆與印文篆形較爲相近。

〔註131〕《官印》，頁 38、49；《秦封》，頁 260，圖 1582；段注本，10 篇下，頁 503 上左。

〔註132〕《官印》，頁 49；大徐本，卷 13 下，頁 474。

〔註133〕《官印》，頁 107、109；《秦封》，頁 123，圖 845；大徐本，卷 2 下，頁 77。

〔註134〕《金文編》，頁 115。

〔註135〕《官印》，頁 111；大徐本，卷 1 上，頁 25。

〔註136〕《金文編》，頁 20。

〔註137〕《隸辨》，卷 2，頁 33 左。

〔註138〕《官印》，頁 105；大徐本，卷 4 上，頁 137。

〔註139〕《金文編》，頁 439；《傳古》，頁 361。

四、近於隸、楷書者

　　璽印篆形由根本上分析，實爲篆隸相融之書體，故印文中偶會發現與隸、楷書較爲相近者，陳星平曰：

> 漢印上的篆字稱之爲摹印篆，是一種爲了入印而產生的篆書，其實也就是篆書與隸書相融的結果，是當時正處於隸書時代中所寫出來的篆書，是文字演變上的自然應用法則，加上爲了配合方形印章的形制而制成的。漢篆之所以平方正直，正是融入了隸書簡化篆書的特點之後而產生的。〔註140〕

受璽印形制之限制，以及隸書以較有規律之方式與篆書融合，使璽印上之篆形獨特於其它書寫材質上之篆形。筆者所見較近於隸、楷書者，約有民、禁、留、胡、西、皇、示、于、瑣、可、意、賀、羊、遷、譚等字。

　　示　〈示爛〉印作 ▨ 。〔註141〕印文此形無小篆之縱長形體，反向橫向擴張，古隸有作 示 者，八分有作 示 者，楷書中有作 示 者，〔註142〕形體皆十分近似。

　　皇　〈高皇上帝之印〉作 ▨ 。〔註143〕此篆形十分工整，古隸中有作 皇 者，八分中有作 皇 者，楷書中有作 皇 者，〔註144〕印文各橫畫長短一致，古隸與楷書則互有長短，二者各具其獨特藝術感。

　　遷　〈王遷之印〉作 ▨ 。〔註145〕《說文》「遷」字重文有从手从西者，印文此篆形上半部「西」字即明顯已由小篆之形演變爲隸、楷書之形，古隸作 遷 者，八分作 遷，楷書作 遷，〔註146〕印文篆形十分接近於八分與楷書。

五、較《說文》增繁者

　　印文較《說文》增繁之情況並不多見，筆者所見僅有「易」字。

〔註140〕陳星平撰：《中國文字與篆刻藝術》（台北：文津出版社有限公司，2005 年 9 月），頁 335。

〔註141〕《官印》，頁 106。

〔註142〕《隸典》，頁 142 上；《隸辨》，卷 4，頁 12 右；《大書源》，中冊，頁 1923。

〔註143〕《官印》，頁 60。

〔註144〕《隸典》，頁 136 下；《隸辨》，卷 2，頁 37 左；《大書源》，中冊，頁 1854。

〔註145〕《官印》，頁 141。

〔註146〕《隸典》，頁 207 下；《隸辨》，卷 2，頁 4 左；《大書源》，下冊，頁 2679。

易　〈石易之印〉作▨，《說文》作易。〔註147〕印文篆形實爲「昜」字，古代文字中時有將「易」與「昜」二偏旁通用者，《隸辨》即指出「昜」字因譌變而與「易」字相混，〔註148〕依實例觀之，以「易」代「昜」者多，以「昜」代「易」者少，此處將「昜」作「易」甚爲特別。

六、較《說文》簡化者

印面僅有方寸空間，爲使印文之間能適應於印面，將印文篆形予以簡省，亦是方法之一，依筆者所見，此類情況多發生在筆畫較多或受隸變影響較大之篆形上，如宮、秦、陽、善、春、都、郵、璽、壽、夏、羌、張、奉、競、壹、慶等皆是。

都　〈都田〉印作▨，〈廬都〉印作▨，〈郭廣都印〉作▨，《說文》作▨。〔註149〕印文左半部「者」字筆畫明顯皆較《說文》有省併情形，第二、三例在右半部「邑」字中亦有所省略。

璽　〈朔寧王大后璽〉作▨，《說文》籀文作▨。〔註150〕籀文形體上半部從二爻，印文篆形僅從二爻之上半部，簡省一半形體。

奉　〈奉禮單印〉作▨，〈朱奉德印〉作▨，《說文》作▨。〔註151〕印文篆形往往在上部或中部簡省。印文第一例在上部筆畫數與中部「廾」字之構形上皆有所省略，第二例則保有「廾」字篆形而簡省上部形體。

七、位置更動者

爲使印面文字能互相適應，印文篆形有時需要改動形體結構，依筆者所見，與《說文》構形位置不同者有軑、朝、焦、蘇、功、隨等字。

軑　〈公軑胥〉印作▨，《說文》作軑。〔註152〕《說文》篆形以左車右大構形，印文篆形則改爲上大下車構形，以適應印面之安排。

〔註147〕《官印》，頁 141；大徐本，卷 9 下，頁 338。

〔註148〕《隸辨》，卷 6，頁 60 左。

〔註149〕《官印》，頁 37、123、136；大徐本，卷 6 下，頁 226。

〔註150〕《官印》，頁 49；大徐本，卷 13 下，頁 474。

〔註151〕《官印》，頁 34、137；大徐本，卷 3 上，頁 99。

〔註152〕《官印》，頁 112；大徐本，卷 14 上，頁 495。

蘇　〈蘇步勝〉印作▨，〈蘇勃私印〉作▨，《說文》作▨。〔註153〕三字例皆从艸从穌，《說文》之構形中「穌」字爲左魚右禾，印文兩字例則爲左禾右魚，左右正相反，「穌」字與「和」字構形左右對調之情形，於字例中常見。

功　〈張功生〉印作▨，《說文》作▨。〔註154〕《說文》篆形組字型態爲左工右力之左右結構，印文篆形則改左右結構爲上下結構，而成爲上工下力之組合方式。

八、不知其所从者

印文篆形中某些形體頗怪異，以下亦試舉數例以明之。

園　〈順陵園丞〉作▨。〔註155〕印文篆形內部「袁」字構形奇特，筆者未知此形體之所由來。

高　〈高便上印〉作▨。〔註156〕此形體除下半部之「口」形與習見篆形相同外，其餘部分之形體不知如何說解，筆者所見亦僅此一例，不知其演變之跡。

本節以秦漢璽印爲對象並旁及封泥，討論印文彼此間及其與《說文》篆形之異同與變化。在數以千百計之璽印與封泥中，結構與筆勢相異者情形非常多，可見各篆刻者之匠心獨運，少數缺刻與反文之例，亦爲璽印篆形及其鑑賞增添樂趣。

由於影響璽印斷代之因素相當多，筆者以與篆形變化較密切相關之時代、官私印、材質等因素探討。大致而言，時代較早之篆形，古樸意味越重；時代較晚者則越趨工整；官印大約是受朝廷限制，其篆形變化較私印爲少；材質則因官階等級之不同而有異，不同材質於刻劃時，其刀法、筆法等亦對篆形有所影響。至於封泥則相對單純，篆形屬於較規整之小篆，筆畫較爲纖細，結構變化亦較少，整體而言總有古樸之感。

在與《說文》之比較中，不少篆形與《說文》形體相近，至於同於古文、籀文、金文、隸書、楷書者亦不乏其例；因受印面面積較少之因素，部分篆形有簡省或改動構形位置之情形。大體說來，印文篆形雖融入有隸書之特點，但

〔註153〕《官印》，頁130、166；大徐本，卷1下，頁36。

〔註154〕《官印》，頁120；大徐本，卷13下，頁480。

〔註155〕《官印》，頁53。

〔註156〕《官印》，頁138。

篆書之意味仍相當濃厚。

　　縱然秦漢璽印多如繁星，無法做全面性之深入探索，但誠如谷松章所言：

> 在適應形式方面，漢印選擇了方整的字形，規整的線條，穩重的格局，
> 在字形上變圓爲方、以方代圓，在線條上則方挺中富於豐富的變化。由
> 於線條方挺，工具特色也表現得很突出，不論鑄鑿琢磨，製作特色極爲
> 明顯。事實上，製作特色影響到漢印文字的每個細節，使它們表現出區
> 別於書寫的特徵，對形式的適應能力及可塑性都大大增強，從而使漢印
> 文字成爲專爲印章「量體裁衣」的傑作。〔註157〕

無論是秦代或漢代璽印，皆在實用性極強之基礎上追求美觀，變化其篆形，無
論筆畫之粗細或結構之勻稱，除有篆刻家對整體布局之考量，亦有對於書法藝
術之追求，是故能於秦漢時代具有篆形之書寫材質中獨具一格。

第三節　秦漢陶器之篆形探析（含磚、瓦、漆器）

　　目前所確知最古老之中國文字爲甲骨文，然而以書寫材質而言，陶器之使
用較龜甲獸骨更早，陶器上所刻劃之形體是否爲文字，縱使目前學術界仍無定
論，但陶文之存在已相當長久，則是無可否認之事實。

壹、秦漢篆體陶器簡述

　　秦漢時代所遺留下來之陶器數量相當多，不僅可作日用品使用，亦可作爲
陪葬器具。秦漢時期許多陶器上多刻劃有文字，但這些文字中卻有一大部分既
無篆書之結構，亦無篆書之筆法，自然無法歸類於篆書；但另外仍有一部分全
部或部分具有篆書之結構，其筆法、筆勢正與秦權量詔版上之篆形風格相同，
自當屬於同一類型，亦正是本節所要探討之範圍。

　　秦漢兩代所發現之陶文，就形體而言十分豐富，不同於其他書寫材質上之
文字，除篆文外則多受隸書、楷書影響，亦有不少金文參雜其中；不過就秦漢
兩代之篆形而言，大約只有較爲工整與簡率兩類，欲細分秦漢兩代之陶文篆形
似不容易，筆者亦未見有此類著作與分法。目前所見劃分秦漢陶器，多以官名、

〔註157〕谷松章撰：《中國篆刻創作解讀　漢印卷》（鄭州：河南美術出版社，2001 年 8 月），
　　　　頁 12。

辭例等作爲判別依據，對於字形之討論甚爲少見，故筆者本節亦不予分期，就整體而論之；陶文中有一部分爲陶印，內容爲秦始皇與二世頒行天下之權量詔版內容，由於多數前輩學者多附於銅器中討論，故此處亦不再贅述。本節所討論之篆形來源以《秦代陶文》與《陶文圖錄》爲範圍，此外，磚文部分亦附於此節討論，而以《關中秦漢陶錄》所錄拓片爲範圍。

貳、陶器篆形之結構、筆勢比較

秦漢陶文數量豐富，經筆者之所見與統計，同一文字有重複字例可供比對者，計有丁、五、己、係、夫、孫、右、封、道、尙、頗、諸、麗、帝、未、楊、缶、或、八、斗等約一百五十組字例，數量之多不亞於銅器與瓦當，形態亦多變化，不愧爲先於甲骨文之文化遺產。

一、不考慮筆勢而結構有所不同者

陶文以刻劃者多，印記者少，故大量文字在筆畫上常有簡省，或組字部件之位置有所變動，故偶能見及結構不同之篆形；由於多數陶文篆形較爲簡率，故本小節分析字例時，以較爲明確能判別其結構者爲主。依筆者所見，約有寺、得、慶、貴、缶、廿、壹、宮、壯、園、遊、萬、大、封、歐、杜、嘉、安、富、四等約二十餘字例，以下試說明之。

　　得　陶俑〈宮得〉有作🅰、🅱者。〔註158〕前者右下部從「又」字，後者則從「寸」字，「又」字與「寸」字互通，於陶文中並非孤例。傳抄古文有作🅲、🅳者，〔註159〕正是前者從「又」字，後者從「寸」字，各有所承。

　　貴　瓦文〈司貴〉有作🅰（貴）者，陶印〈宜□富貴〉有作🅱者。〔註160〕陶印之構形於中間部分較瓦文多出左右兩筆，相同情形可見於璽印中，此二例顯然處於篆書向隸書過渡之時期，下半部「貝」字猶有篆書圓轉之筆，而上半部轉折處已成方筆。

〔註158〕袁仲一撰：《秦代陶文》（西安：三秦出版社，1987年5月），頁188，圖232；頁190，圖243。以下爲求注釋精簡，本書簡稱《秦陶》。

〔註159〕《傳古》，頁180。

〔註160〕《秦陶》，頁331，圖1122；王恩田編撰：《陶文圖錄》（濟南：齊魯書社，2006年6月），冊6，頁2459，圖8.115.3，以下爲求注釋精簡，本書簡稱《陶錄》，因冊數皆相同，故亦省略。

廿　陶文中有作■者，瓦文中有作■者。〔註161〕兩篆形之差別在於下半部是否有一橫畫連接兩豎畫，以「廿」字而言，當以後者爲是，前者若無辭例，恐被誤認爲「卄」字，《隸辨》於〈孔龢碑〉下按語即曰：「《說文》：『廿，二十并也。』諸碑皆以爲二十字，今俗作卄非。」〔註162〕可見作卄形者非孤例。

嘉　瓦文〈嘉〉作■（嘉），〈咸高里嘉〉作■。〔註163〕前一例拓片較爲模糊，其下半部「力」字與「口」字並列，後一例則「力」字排列於「口」字下方，差別極爲明顯。

成　瓦文、陶文形體多樣，〈咸成陽石〉瓦文作■，其他尚有作■、■者。〔註164〕三瓦文在篆形內部之結構皆不相同，以第一例最爲常見，說已見前，而第三例甚至有缺筆情形。

二、在相同結構下筆勢有所不同者

陶文多數爲刻劃文字，故篆形多半簡率，許多結構相同之字，其筆勢往往相差甚遠，因此符合此條件者，字例不在少數，依筆者所見計有甘、大、民、道、貨、斗、櫟、彊、壹、四、水、木、長、建、卜、七、九、夫、史、司等一百一十餘組字例，以下試舉數例以說明。

七　陶俑有作■、■者。〔註165〕前一例直畫向右傾斜，後一例直畫向左傾斜，除此之外，其橫畫尚微有挑勢，有些成熟隸書中「雁尾」之意味。

東　此字例陶文、瓦文中常見，瓦文有作■者，陶文〈東〉有作■、■者。〔註166〕三字例於下半部皆已有隸、楷化傾向。瓦文、陶文上半部向上彎曲之兩筆，於第一例中開口漸大，其餘兩例較爲平均；又下半部兩筆其長度、開口度亦皆不完全相同。整體而言，此字近三十餘例中筆勢多不相同。

李　陶文有作■者，漆文有作■者。〔註167〕陶文於轉折處較爲方折，重心

〔註161〕《秦陶》，頁335，圖1152；頁173，圖178。

〔註162〕《隸辨》，卷5，頁65左。

〔註163〕《秦陶》，頁254，圖575；頁370，圖1418。

〔註164〕《秦陶》，頁354，圖1291；頁371，圖1425、1427。

〔註165〕《秦陶》，頁156，圖104；頁157，圖110。

〔註166〕《秦陶》，頁228，圖479；《陶錄》，頁2402，圖8.58.1、8.58.2。

〔註167〕《陶錄》，頁2402，圖8.26.4；張龍文撰：《中國古代書法藝術》（台北：臺灣中華書局，1969年2月），頁194。

亦有所偏移；漆文則轉折處較爲圓轉，與其餘文字排列整齊，形體端整。

　　斗　陶文〈廿斗〉有作▓者，其餘尚有作▓、▓者。〔註168〕第一、二例轉折方折，第三例則較爲圓轉；前兩例上半部整體爲一筆，但第三例有斷開情形；第一例之篆形形體較爲方正，後兩例則較爲傾斜，尤以第二例爲甚；第三例末筆較短，第二例末筆則既長且具有弧度。

　　缶　〈呂氏缶〉作▓，〈王氏缶〉作▓。〔註169〕前一例之上半部作圓弧之筆，後一例則作具頓挫之方折之筆，一圓一方顯示出不同之意趣。

三、缺刻例

　　陶文、瓦文中由於有不少因刻劃而造成筆畫數或增或減之情形，有時筆畫有重疊情況，欲眞正選取出具有缺刻情形之陶文、瓦文並非易事，依筆者所見，僅有一字。

　　成　陶文有作▓者，〈隱成呂氏缶〉則作▓。〔註170〕前一例中，其內部構形固然與習見篆形不同，但外包之「戈」字缺少一筆，十分明顯；後一例則缺少兩筆，簡省更多。

　　依筆者推測，陶文、瓦文中缺筆之情形應不只此例，但因陶、瓦文常刻劃不清，不敢妄加判斷，僅以此字呈現，以示陶、瓦文之確有缺刻情形。

四、反文例

　　篆形反文之情形於銅器、瓦當、貨幣文字上皆可見，陶、瓦文中亦不乏字例，依筆者所見，即有係、得、司、眛、頗、頻、欵、匠、咸、巨、戎、卜、部、陽等十六例，其中除「陽」字爲部分反文外，其餘皆爲全字反文。

（一）部分反文例

　　此類情形較少，筆者僅見一例。

　　陽　〈逐陽長富□〉作▓。〔註171〕「陽」字左半部「阜」字於小篆中豎畫應在左，此例則在右，但「易」字仍維持原本形體，故爲部分反文。

〔註168〕《陶錄》，頁2402，圖8.26.4；《秦陶》，頁378，圖1461；頁386，圖1484。

〔註169〕《秦陶》，頁386，圖1484；頁387，圖1485。

〔註170〕《秦陶》，頁371，圖1427；頁386，圖1484。

〔註171〕《陶錄》，頁2554，圖8.210.2。

（二）全字反文例

此類情形較多，試舉數例說明之。

咸　〈咸新安盻〉作■。〔註172〕「咸」字構形應「口」字在左，「戈」字在右，此篆形左右相反，故爲反文。

巨　〈巨吳〉作■，〈巨田〉作■。〔註173〕「巨」字「口」形部分原向右，此二例皆向左，故爲反文。

卜　〈卜〉中篆形作■。〔註174〕「卜」字橫筆應在豎畫之右，此篆形在左，知其爲反文。

五、橫置、斜置例

文字橫列不見於其它書寫材質，而僅見於陶器，十分罕見，筆者所見有二、三、四等三字，皆爲數字。

二　陶俑中有作■（川）者。〔註175〕「二」字之篆文兩橫畫原應平放且長度相等，此例已受隸、楷書影響，呈現上短下長現象，且明顯向左橫置九十度。

三　陶俑中有作■者。〔註176〕「三」字之篆文三橫畫原應平放且長度相等，此例以中間之橫畫較長，上方之橫畫不但較短，且偏斜至左側，並明顯橫置九十度。

四　陶俑中有作■（川）、■（川）者。〔註177〕此兩字例皆作《說文》籀文之形，依《說文》形體應爲四橫畫平放且長度相等，但陶文中前一例爲直放，後一例爲斜放，長度皆不完全相等，甚且有偏斜扭曲現象，形體甚爲特別。

參、影響陶器篆形之因素

陶器在遠古時代，即被作爲實用品使用，其上往往刻劃有圖案或符號，此類圖案或符號是否爲文字，雖至今日仍有所爭議，然其使用期限之長，乃其他書寫材質所未能比擬。至於陶文之分類，前輩學者多僅對秦代做考察，依袁仲

〔註172〕《秦陶》，頁 367，圖 1393。

〔註173〕《陶錄》，頁 2366，圖 8.22.1，頁 2383，圖 8.39.3。

〔註174〕《陶錄》，頁 2363，圖 8.19.4。

〔註175〕《秦陶》，頁 133，圖 14。

〔註176〕《秦陶》，頁 134，圖 20。

〔註177〕《秦陶》，頁 135，圖 25，頁 176，圖 195。

一之分類，有來源於陶俑、陶馬身上之文字，亦有墓誌瓦文與磚瓦、陶器上之文字與其他等四大類，各大類底下細分小類，〔註178〕劉秋蘭則將各小類析出，將陶文之內容分為數字、工名、使用單位、位置字、官名爵名、紀年、記容、製造地等，〔註179〕漢代陶文之來源、分類與內容大概與此相去不遠。秦漢時代漆器上之文字，亦有不少與陶文內容相同，如用為漆器作坊之標記、工匠名等，〔註180〕可能當初在製造之時，漆器與陶器常同時鑄造。

影響陶器篆形彼此間有所不同之因，依筆者所見，刻工之素質、製作方式之不同，及受其他書體之影響等，皆足以造成篆形之差異。

一、刻工之素質

秦始皇兼併天下後，對全國各地發布政令，於是有權量詔版銘文之產生，此類銘文欲發送至全國各地，則所需刻工必不在少數，或許加以政令推行之急迫，刻工刻劃文字之速度必定快速，欲求快速，則字形多不能工整，故權量詔版上之文字不同於刻石，多半為簡率之體。陶文亦有相同之情形，由現今出土實物觀之，有許多陪葬用品與日常用品，此外尚有施用於宮廷建築或陵園建築之磚瓦，如此大量之陶器磚瓦，於現今看來數量尚且如此豐富，於當時想必更為興盛，因此製造此類器物時，必定徵集不少製作陶器之工匠，這些工匠之素質應該不至於完全一致，在銅器一章敘述銅鏡時，筆者亦曾說明部分製作銅鏡之工匠，其素質可能不高，因此有些銅鏡銘文出現錯訛字，有些銘文則語句未完或語意不全，凡此皆可證明秦漢時代工匠素質不一之情形，此類情形不僅可發現於銅器、瓦當上，亦可見於陶器上，可見為當時普遍之現象，更可見當時製作器物時所動員之人力，對於當時製造器物手工業之發達，亦可有些許瞭解。〔註181〕

〔註178〕《秦陶》，頁11～12。

〔註179〕參見劉秋蘭撰：《秦代陶文研究》（台北：國立臺灣師範大學國文研究所碩士論文，1994年6月），頁96～99。

〔註180〕參見胡偉慶撰：《溢彩流光——中國古代漆器巡禮》（成都：四川教育出版社，1998年7月），頁111～114、146～152；洪石撰：《戰國秦漢漆器研究》（北京：文物出版社，2006年8月），頁145～159。

〔註181〕袁仲一在〈秦陶俑上的文字〉與〈秦代陶文在古文字學上的意義〉兩節中皆有提及刻工之來源及其對陶文字體之影響，可資參考。參見袁仲一撰：《秦代陶文》，

二、製作之方式

現今所見陶文有一部分以刻劃爲之，此類篆形通常較爲草率，一般而言，若文字書寫正確，尚容易通讀陶器上之文字，但既爲刻劃，有時可能有刻劃不明之情形，以人類心理推之，多半會再刻劃一至數畫，欲使筆畫較爲深刻，而往往造成增筆或筆畫重疊現象，對於識別文字徒增困擾；有時若刻劃方向未能確實掌握，文字往往歪扭偏斜，亦是造成篆形草率之因；有時甚至在製作器物之時，因材質未乾便加以刻劃，因而造成篆形草率之情形亦有之。篆文身爲當時常用書體之一，其形體往往不似書寫於刻石、簡帛時之圓轉流暢，陶文、瓦文、磚文筆畫多方折，筆畫數或增或減，組字部件位置不定等，皆爲時常發生之情形，故以刻劃方式爲之，篆形往往簡率潦草。

另有一部分陶器、磚瓦上之篆形相對較爲整齊穩重，此乃屬於打印而成之印記或戳記，例如秦詔版中有少部分以陶爲之者，其製作方式乃以詔版文章中之每四字爲一組先製作爲一方塊，再將每一方塊組合而成，故較爲費時費工，但篆形較爲工整。漢代部分磚石上亦有較爲工整之篆形，部分近似於璽印，另亦有近似於刻石中之題記文字者，如〈長樂未央磚〉、〈萬世無極畫磚〉等即是。

劉秋蘭在敘述由陶俑、陶馬身上所發現之陶文時，曾說明：

> 宮字類、大字類、右字類陶工是屬於中央官署製陶作坊的工人，其他類陶工分屬來源於地方製陶作坊和中央官署製陶作坊。來源於宮廷官署製陶作坊的陶工的題名，多爲印記，爲較規整的小篆，部位多在陶俑衣下擺的底部，較隱蔽。來源於地方製陶作坊的陶工的題名，基本上均是刻文，字較草率，部位不一致。〔註182〕

此段文字不僅能說明前文製陶工匠來源與素質之問題，對於秦代陶文中有工整與簡率兩種篆形，亦能給予說明。由此推測，漢代陶器磚瓦上之篆文亦可能有工整與簡率兩種篆形，僅需針對同一文字之篆形加以比對便可知曉，故陶、磚、瓦文篆形製作、產生之方式，亦爲造成篆形差異較大之因。

頁 13～26、86。

〔註182〕劉秋蘭撰：《秦代陶文研究》，頁 90。

三、隸書之影響

秦漢時期陶、磚、瓦器上之文字，其來源相當廣泛，以篆文爲基準點，向上追溯至少可見有金文、籀文與戰國文字之形體，往下亦可見有撇、捺筆法之隸、楷書形體。在其它書寫材質中，秦漢篆形或多或少皆受有戰國文字之影響，陶、磚、瓦文自然亦不例外，不過，由戰國文字至小篆，除非構形有較大變化，一般而言形體差異不大；但因此時古隸早已盛行，故許多篆文之形體趨於簡化，筆法亦近於隸書，少部分形體甚至如簡帛墨跡般具有粗細變化，甚爲少見，漆文之進展似較陶文更爲快速，漆器文字之製作方式雖有烙印、刻劃與書寫等，但似乎較早進入隸書系統，筆者所見漆文之摹本或拓片，多已如簡帛上之文字屬隸書系統，且具粗細變化。〔註183〕至於筆畫數較少之文字，其篆形亦往往與楷書有雷同之處，楷書於此時尚未見端倪，自然不可能受楷書影響，但由於隸書與楷書之差異僅在於蠶頭雁尾等特殊筆法之有無，故在較爲簡率之寫法中，往往亦有相似於楷書者。

王莽時期在許多書寫材質上，其文字多有復古現象，故常以小篆爲使用書體，舉凡刻石、銅器、瓦當、貨幣、璽印皆然，其中有些篆形與兩漢相似而更加精美，有些則在兩漢已大受隸書影響之際，王莽仍力求復古，總之，王莽時期總以小篆爲代表。陶文則不然，在新莽時期所發現之陶文中，其書體往往有撇、捺之筆法，且部分文字蠶頭雁尾已相當明顯，幾乎已脫離小篆之結構與筆法，可見陶文幾乎不受王莽復古之影響，且大大加速隸書之發展，一方面證明具波挑之隸書在西漢末便已成形，一方面亦提供由小篆演變爲隸書之研究材料。〔註184〕

綜合而言，秦漢時期之陶、磚、瓦上文字，其書體類型最多，時間跨度亦最長，篆形深受影響可以想見，不少前輩學者認爲此時期之陶、磚、瓦上文字書體皆爲小篆，今日觀之未必如此。

肆、陶器與《說文》篆形及其前後書體比較

秦漢陶器文字繁多，依前文所述，形體有較爲規整者，有較爲簡率者，其較爲規整者，篆形多與《說文》相近，其較爲簡率者，篆形多與隸、楷書相近，

〔註183〕參見洪石撰：《戰國秦漢漆器研究》，頁145～159。

〔註184〕參見史家珍、婁金山合撰：〈新莽墓朱書陶文的書法藝術〉，《中原文物》1998年第3期（1998年），頁73～76。

以下仍依各類型加以舉例說明。

一、近於《說文》篆形者

　　陶器文字數量繁多，於眾多字例中與《說文》篆形相近者，筆者見有左、示、果、水、極、氏、古、酉、鼎、工、爲、處、晝、生、有、牛、當、倉、衛、初等近五十例，以下試看數例。

　　鼎　〈□□至鼎正君〉作▨，《說文》作鼎。〔註185〕兩者篆形皆甚爲工整，其稍不同者，陶文「目」形上部略圓而《說文》爲平直線條，下部象「三足兩耳」處陶文部分筆畫相連，《說文》則分開，但整體而言，兩者篆形十分相近。

　　未　〈長樂未央〉磚作▨，〈長生未央〉磚作▨，《說文》作▨。〔註186〕陶文兩字例形體皆較《說文》稍寬，但整體篆形十分相近，陶文第二例起收筆處有加重現象，與銅鏡中某些篆形相同。

　　左　瓦文中有作▨者，陶文有作▨者，《說文》作▨。〔註187〕瓦文、陶文與《說文》篆形皆十分近似，其差別僅在於用筆圓轉與方折及筆畫之長短。

　　示　瓦文作▨，《說文》作▨。〔註188〕瓦文篆形較爲方正，筆畫較粗，下部三筆亦不若《說文》篆形之長，但整體外形相似。

　　果　陶文作▨，《說文》作▨。〔註189〕兩者上半部象果實形之處十分相像，下半部「木」字兩弧形，陶文、《說文》各有圓轉與方折處，整體看來兩者相似度亦高。

二、近於《說文》中之重文者

　　陶、磚、瓦文中亦保留有部分形體近於《說文》中之重文者，且有較少見於其它書寫材質之文字，依筆者所見，即有癸、善、示、宜、四、大、其等七字。

〔註185〕《陶錄》，頁2554，圖8.210.1；大徐本，卷7上，頁246。

〔註186〕陳直撰集：《關中秦漢陶錄》（北京：中華書局，2006年2月），下冊，頁546、553；大徐本，卷14下，頁513。

〔註187〕《秦陶》，頁243，圖493；《陶錄》，頁2496，圖8.152.3；大徐本，卷5上，頁168。

〔註188〕《秦陶》，頁326，圖1087；大徐本，卷1上，頁22。

〔註189〕《秦陶》，頁363，圖1365；大徐本，卷6上，頁204。

示　瓦文作██（⊓）、██（⊓）,《說文》篆文作⊓,古文作⊓。〔註190〕《說文》篆文與古文之不同,在於篆文上部為兩橫畫,古文上部為一橫畫,瓦文兩形體皆僅有一橫畫,與傳抄古文作⊓、⊓同,〔註191〕皆與《說文》古文較為相近。

宜　瓦文作██,《說文》篆文作██,古文作██。〔註192〕《說文》釋篆形曰:「从宀之下,一之上,多省聲。」則古文从「多」字不省,瓦文與之相近。

四　陶俑中有作██（川）、██（⫻）、██（彡）者,《說文》篆文作██,籀文作██。〔註193〕陶文之形體有橫置、有斜置,但皆以四橫畫構成,知其與《說文》籀文為同一形體。

三、近於金文者

誠如諸多前輩學者所言,秦國文字與秦代文字實一脈相承,無法完全分割,此種情形亦可見於銅器、璽印、簡帛之中。本論文所使用之秦代陶文拓片來源,即袁仲一之《秦代陶文》亦有相同情形,其所收拓片,實則亦包含秦國陶文,在此情形之下,或許已有戰國文字參雜其中,如「大」字之作██,「宮」字之作██、██,皆見於筆者於其它主題中所舉,故此處不以戰國文字為上承對象來討論,而以金文為對象,以觀金文之存在於秦漢陶器篆形中之情形。依筆者所見,金文之存在於秦漢篆文中者,有孫、行、山、魚等字。

孫　〈封宗邑瓦書〉作██（██）,《說文》作██。〔註194〕《說文》之篆形與金文有段差距,已是十分規整之形體,金文尚保留商周時期銅器上之寫法,〈宅簋〉作██,〈頌鼎〉作██,傳抄古文有作██者,〔註195〕瓦書與金文形體可謂如出一轍,傳抄古文之形體亦近於瓦書。

行　陶文有作██、██者,《說文》作██。〔註196〕《說文》篆形線條彎曲,象形意味進一步簡化,金文中如〈虢季子白盤〉作██、〈沖子鼎〉作██,傳抄古文

〔註190〕《秦陶》,頁217,圖424、426;大徐本,卷1上,頁22。

〔註191〕《傳古》,頁7。

〔註192〕《秦陶》,頁345,圖1230;大徐本,卷7下,頁261。

〔註193〕《秦陶》,頁135,圖25;頁176,圖195;《陶錄》,頁2474,圖8.130.4;大徐本,卷14下,頁503。

〔註194〕《秦陶》,頁432,圖1610;大徐本,卷12下,頁449。

〔註195〕《金文編》,頁852;《傳古》,頁1290。

〔註196〕《秦陶》,頁205,圖356～357;大徐本,卷2下,頁77。

有⿱形，〔註197〕陶文除下半部作直線外，其餘部分與金文及傳抄古文相似程度甚於《說文》，陶文形體明顯與金文及傳抄古文具有傳承關係。

山　〈麗山飤官〉之壺蓋作⿲（⿲）、⿲（⿲），《說文》作山。〔註198〕《說文》篆形不加任何飾筆，金文中則有〈毓且丁卣〉作⿱，〈召弔山父匜〉作⿱，〔註199〕陶文篆形與之相似。

此外，《秦代陶文》中亦舉例有部分異體字，其中有與古文字相近者，亦有不明構形者，亦可資參考。〔註200〕

四、近於隸、楷書者

陶、磚、瓦文受古隸之影響，不少文字以小篆為結構，但筆畫方折，與秦代權量、詔版文字書體近似，顯然受古隸影響極深，古隸因尚未形成蠶頭雁尾，故形體有時與楷書雷同，便造成陶文、瓦文之篆形近似於隸、楷書之情形。依筆者所見，約有七、中、本、完、北、門、扶、豆、國、千、長、屬、司、量、後、小、民、禾、午、多等近百例。

不　墓志瓦文〈不更〉中有作⿱（不）形者，〔註201〕形體無小篆隨體詰詘之感，線條平直，原來在橫畫下之「口」形範圍亦不見，和現今楷書可謂完全相同，楷書作不，〔註202〕可證瓦文與之相似。

禾　陶俑有作⿱形者，〔註203〕原來象稻穗形體部分已演變為單純之線條，下半部「木」部之弧線亦消失，而為平直化線條，古隸中有作禾者，八分作禾，楷書中有作禾者，〔註204〕陶文形體皆與之相近。

百　陶文〈常飲食百口宜子孫〉有作百者，〔註205〕筆畫方折，形體與隸、楷書完全相同，相同形體者不僅此一例；古隸作百，八分作百，楷書作百，

〔註197〕《金文編》，頁 120；《傳古》，頁 184。

〔註198〕《秦陶》，頁 382，圖 1466；頁 383，圖 1468；大徐本，卷 9 下，頁 325。

〔註199〕《金文編》，頁 655。

〔註200〕《秦陶》，頁 86。

〔註201〕《秦陶》，頁 229，圖 480。

〔註202〕《大書源》，上冊，頁 19。

〔註203〕《秦陶》，頁 217，圖 425。

〔註204〕《隸典》，頁 144 上；《隸辨》，卷 6，頁 43 右；《大書源》，中冊，頁 1953。

〔註205〕《陶錄》，頁 2430，圖 8.86.1。

〔註206〕近乎完全相同。

　　另需一提者，前輩學者常謂陶文上多有行書甚至於草書之形體，亦有認爲楷書已肇始於此者。瓦文篆形之有形似於楷書者已見上例，且實例多有，不必置疑；陶文有行書之體存在亦是事實，特別在漢代以後，許多陶器上皆可見成熟行書，但由於本論文所探討之對象爲篆形，故並非筆者於此處不討論帶行書意味之形體，而是筆者未見有篆、行二書體同時存在於陶器上者，在此做一說明。

五、較《說文》簡化者

　　陶、磚、瓦器上之文字形體，以刻劃方式爲之者所在多有，因以刻劃方式爲之，線條纖細，加之已經歷千百年時間，陶、磚、瓦器上常有其餘磨損線條，或原有文字形體因磨損而消失，形體難辨者多從此出，因此，前輩學者亦指出秦漢時代之陶文，其形體筆畫亦常有增減現象，袁仲一即指出秦代陶文「字的筆畫的多少大體已經固定，但是也有隨意增減的現象存在。」〔註207〕觀其下所舉字例，確實具有構形或筆畫數不一之現象，但其形體何所從，則實難以判別，劉秋蘭亦曾對秦代陶文形體之簡化現象列舉數例，亦可資參考。〔註208〕總體而言，筆者亦同意陶文篆形任意增減之情形十分普遍，尤以簡省更爲普遍，但因許多文字無法說解其構形，此處僅舉較爲明顯之例，以說明其簡省之情形。

　　慶　陶文中有作█（慶）者，《說文》作█。〔註209〕「慶」字依《說文》釋爲从心从口从鹿省，陶文構形即無「心」字，傳抄古文有█形，八分亦有█形，〔註210〕皆明顯較《說文》爲簡省。

　　陽　陶文中有作█、█者，《說文》作█。〔註211〕前一例中，陶文左半部「𨸏」字形體已進一步簡省，與隸、楷書寫法相近；後一例中，「𨸏」字形體基本未變，但右半部「昜」字有連筆現象，將兩筆畫連接在一起。兩字例各有特色，亦皆與《說文》篆形不同。

〔註206〕《隸典》，頁 136 下；《隸辨》，卷 5，頁 40 左；《大書源》，中冊，頁 1848。

〔註207〕《秦陶》，頁 87。

〔註208〕劉秋蘭撰：《秦代陶文研究》，頁 101。

〔註209〕《秦陶》，頁 199，圖 316；大徐本，卷 10 下，頁 371。

〔註210〕《傳古》，頁 1047；《隸辨》，卷 4，頁 68 右。

〔註211〕《秦陶》，頁 199，圖 313；《陶錄》，頁 2463，圖 8.119.3；大徐本，卷 14 下，頁 499。

無　〈萬世無極〉磚作▨（▨），《說文》作▨。〔註212〕《說文》篆形中央有一「亡」字以表其音，磚文則無，此種情形亦見於瓦當篆形，可見爲當時一般使用之寫法，大徐本對「無」字構形有其看法，說已見前。

六、不知其所从者

前文已提及，陶、磚、瓦器上之文字，可能受各種因素之影響，而導致難以分析其形體，筆者亦不敢妄下判斷，亦僅試舉數例以表明陶、磚、瓦文上有此類難以說解之篆形。

癸　瓦文〈芷陽癸〉有作▨者，並有數例，《說文》篆形作▨，籀文作▨，〔註213〕瓦文篆形與《說文》不同，觀其形體，似由籀文之形簡省而來。

師　陶文〈師卯〉有作▨者，〔註214〕左方形體過於簡省，數筆相連，有行書意味，但未見有其它相似字例，行書中似亦無如此寫法。

武　瓦文有作▨者，〔註215〕「武」字構形乃从止从戈，此字形下部不知爲何形體，又似有飾筆，不知其構形之所从。

陶文是目前中國文字中所能見及可能爲最古老之文字，由於其源遠流長，而帶來與其它書寫材質上篆形不同之特色。以陶、磚、瓦文綜合觀之，今日所能見及之文字數量不在少數，雖然其中多有重複，但其結構與筆勢卻總有相異之處，特別是筆勢，幾乎難以尋得完全相同之寫法；同時，由於其刻劃之隨意性，亦出現不少缺刻、反文、橫置乃至於斜置之例，特別是後兩種情形基本上不見於其它書寫材質上，成爲陶文之一大特色。

陶、磚、瓦器篆形之另一特色，在於其來源與影響之多元。秦漢時代由於需要大量陶器，故無論中央或地方之製陶工業皆相當興盛，來自全國各地之工匠共同製造器物，刻劃文字之結果，因各人書寫習慣之影響，造成許多不同形體之篆文。器物於製作過程中，有些是打印，有些爲刻劃，印記上之篆形多較爲工整，刻劃者則較爲簡率，故就製造方式而言，便形成篆形具工整與簡率兩大類。此外，此時在簡帛上之古隸體已相當盛行，此類以篆文爲

〔註212〕陳直撰集：《關中秦漢陶錄》，下冊，頁547；大徐本，卷12下，頁444。

〔註213〕《秦陶》，頁344，圖1222；大徐本，卷14下，頁509。

〔註214〕《陶錄》，頁2378，圖8.34.4

〔註215〕《秦陶》，頁230，圖481。

結構而以古隸爲線條之形體，亦多見於秦銅器之權量詔版上，可互相參看；更爲特別之處，在於陶、瓦文上有較多之金文形體，形成幾乎由古至今各種書體並存之情形，其書體種類之多，時間跨度之長，當是秦漢時代所有書寫材質中最廣最長者。

在與《說文》之比對上，由於陶文有一大部分爲刻劃之形式，以及有磨損之可能，以致在比對上產生許多困難。基本上，同於或近於《說文》篆形者不在少數，尤其以印記一類工整篆形爲然，與古文、籀文之比對亦有在其它書寫材質上較少見之字例；上追金文古文字，形體偶有相同者，下見隸楷今文字，亦往往有相合處，可見古文字之遺存與今文字之銜接。由於上述因素所造成之比對性困難，在增繁、簡省乃至於不知所从之形體部分，僅能依筆者所見較爲確定者舉例說明，而無法作全面性之觀察與討論。

陶、磚、瓦器存在時間跨度長，特別是陶器，王恩田分析其特出之處在於：

> 作爲古文字學的一個重要分支，陶文有其自身的特點：一是時代早。在甲骨文、金文出現前的新石器時代，陶器就已經被廣泛應用於人們的日常生活。……二是延續時間長。其他古文字材料都有其特定的流行時期，而自古至今，凡是使用陶器的地方，都可能有陶文存在。……三是陶文的鼎盛時期是戰國。〔註216〕

由這段話中，可看出陶文之特殊價值，亦可爲上文與《說文》篆形對比時，何以不選擇與戰國文字而與金文爲討論對象，實因秦代陶器中本身即含有許多戰國文字，故唯有上追金文，始能見其篆形來源。陶文爲呈現文字之演變提供良好而充足之字例，正是今人研究早期文字形體演變之最佳材料之一。

第四節　簡帛文字形體探析（附論骨簽）

壹、戰國秦國至漢代簡帛簡述

在紙張未發明甚至未普遍以前，人們所使用之書寫材質以簡帛爲主，「簡」包括竹簡和木簡，「帛」則指布帛，春秋戰國時代即已使用簡帛，大約到魏晉時

〔註216〕王恩田編撰：《陶文圖錄》，冊1，自序頁1。

期才逐漸減少使用，使用之時間跨度相當長久。

目前所發現戰國秦國至秦代簡帛，主要有睡虎地、青川、天水放馬灘、龍崗、湘西里耶秦簡等，至於兩漢簡更多，如連雲港海州漢墓、馬王堆一、三號漢墓、金雀山、銀雀山、鳳凰山多座漢墓、阜陽雙古堆、江陵張家山、雲夢大墳頭、武威旱灘坡、武威磨嘴子、敦煌懸泉置、連雲港東海縣尹灣等，不勝枚舉。

在如此多量之簡帛中，筆者觀察數十家之言，多將由戰國秦國至東漢之簡帛文字歸納爲隸書體系，其名稱有秦隸、隸書、古隸、秦古隸、隸體、八分、今隸、漢隸、漢古隸、早期隸書等，名稱繁多，當然，有些名稱如八分、漢隸等，所指應爲已出現明顯蠶頭雁尾之成熟型隸書，早已獨立於篆書體系之外，可以不論，但其餘仍有許多名稱讓人無所適從，其實這些名稱所代表之內涵，多指介於篆隸之間之過渡性書體而言。經由豐富地下出土簡帛之歸納整理，不難發現，簡帛上之文字確實較早發生隸變，隸書之筆法早在戰國時代之簡帛上即可見到端倪，由戰國秦國至秦代方面，上文所舉睡虎地、青川、天水放馬灘、龍崗等地簡牘，大多數學者皆已認爲屬隸書系統，而在二○○二年開始發掘之里耶秦簡，筆者目前雖未見談論其書體者，但由其向右、向下拉長筆畫之筆勢，已基本脫離小篆之結構，以及起收筆有出鋒、起筆有壓筆傾向等角度觀察，不僅已偏於隸書系統，部分文字如「之」、「倉」、「司」等，於外形上亦已接近楷書；〔註217〕至於兩漢方面，不必待至東漢，西漢時代之簡帛文字，有些文字之隸書筆法已更爲明顯。

較爲籠統之說法，是將這些簡帛上之文字統稱爲處於篆隸之間，但此範圍過大，因爲其書體可能是篆隸之間偏篆，亦可能是偏隸，其中之差別絕不相同。大部分之學者則將這些書體稱爲古隸、秦隸一類，亦即由篆書發展而來，並開展具蠶頭雁尾隸書之過渡性書體，筆者認同此看法，但諸家對於古隸、秦隸之界定並不一致。

其次，這些秦漢時期出土簡帛包含許多書籍內容，書寫時間多不一致，有些時間跨度較長，籠統以一種書體來概括，或許較不適宜。將出土簡帛上

〔註217〕參見黃文杰撰：《秦至漢初簡帛文字研究》（北京：商務印書館，2008 年 2 月），頁 7、15；張春龍、龍京沙合撰：〈湖南龍山里耶戰國——秦代古城一號井發掘簡報〉，《文物》2003 年第 1 期（總 560 期）（2003 年 1 月），頁 4～35。

之文字書體做更細微分類者，以馬王堆帛書最可代表，其餘出土簡帛幾乎未見更細微之分類。馬王堆簡帛最常見之分類是分爲篆書體系、古隸體系與隸書體系。但是，對於哪些內容應歸類爲篆書、古隸與隸書，各家看法並不完全相同。〔註218〕

筆者認爲，各家大多認同戰國秦國至漢代之出土簡帛屬隸書系統，唯獨對馬王堆出土簡帛上之書體認同分歧頗大，則實有探討之必要。雖然書體之演進是在長久時間中循序漸進，但受到政治因素、個人喜好、時代風尙等影響，亦可能出現復古現象。正如兩漢時代隸書已漸趨成熟，但王莽因追求復古而恢復篆文；清代部分書法家如王澍、鄧石如、鄧廷楨、吳大澂、齊白石、鄧散木等，亦皆以篆書名世。因此，若說在西漢時期又有恢復篆書書寫之情況，並非不可能，筆者擬根據各家對於馬王堆出土帛書各書籍篇章書體看法之分類，擇其最具代表性者加以探討，以見其是否屬於篆書系統。〔註219〕

貳、馬王堆帛書書體探析

馬王堆三號墓所出土之文物，依陳松長於《帛書史話》之分類，乃先分爲帛書、帛畫與竹簡三大類，此節所要討論之書體內容即來自於帛書一類；帛書類底下又分爲六藝、諸子、兵書、術數、方技和其他六小類，合計爲六

〔註218〕舉例而言，如《簡帛：發現與研究》認爲馬王堆帛書皆由今隸寫成；《二十世紀出土簡帛綜述》則認爲是由隸書寫成，但《老子甲本》、《戰國縱橫家書》在篆隸之間，《足臂十一脈灸經》則近篆書；《中國上古書法史》認爲《篆書陰陽五行》、《戰國縱橫家書》、《老子甲本》、《刑德》、《天文氣象雜占》、《五十二病方》爲篆書系統；《馬王堆帛書文字研究》認爲是以漢古隸寫成，但《老子甲本》、《五十二病方》、《刑德甲篇》、《丙篇》、《五行》、《九主》、《明君》、《德聖》、《春秋事語》、《戰國縱橫家書》、《足臂十一脈灸經》、《陰陽五行甲本》、《卻穀食氣》、《養生方》、《雜療方》、《胎產書》等近篆書系統等，說法非常多樣。參見馬今洪撰：《簡帛：發現與研究》（上海：上海世紀出版集團、上海書店出版社，2002 年 12 月），頁 53～64；駢宇騫、段書安編撰：《二十世紀出土簡帛綜述》（北京：文物出版社，2006 年 3 月），頁 404～412；秋子撰：《中國上古書法史》（北京：商務印書館，2000 年 1 月），頁 333～335；蕭世瓊撰：《馬王堆帛書文字研究》（台北：國立臺灣師範大學國文研究所碩士論文，1997 年 6 月），頁 54。

〔註219〕筆者曾以約二十家對馬王堆帛書篇章之書體做過比較，故所選出具代表之篇章應較爲客觀。

類四十四種，〔註220〕總字數約在十二萬字左右，其中如《篆書陰陽五行》還被認為有楚國古文之寫法，〔註221〕故馬王堆帛書之書體呈現出時代性與地域性之特徵。

經由筆者之觀察，《老子》甲本、《陰陽五行》甲本、《五十二病方》等三書，被認定為屬於篆書系統之比例在各家中占三分之二以上，至於《足臂十一脈灸經》、《天文氣象雜占》、《戰國縱橫家書》等，則僅約占三分之一左右，已可見其中之差距，因此，筆者擬以《老子》甲本等三書為主，以探討馬王堆帛書之書體系統。

一、《老子》甲本

馬王堆出土之帛書《老子》有兩本，其特色在於皆不分章，但有分章符號，且德經在前道經在後，亦與今本《老子》不同，一般稱較近於篆體者為《老子》甲本，較近於隸體者為《老子》乙本。

李正光特地就《老子》甲本之書體歸納其特色，分為四點：

（一）結體上正方、長方、扁體不拘，主要是因字的筆劃多少而定，形體富於變化。從筆劃上看，方圓並用，行筆簡疾，有明顯的粗細變化，捺筆粗重，並已具有波挑之勢。

（二）字型有一部份跟篆文接近。

（三）偏旁已基本上趨向規範化。

（四）已經出現有連筆和草書式的筆法。〔註222〕

基本上，李正光將《老子》甲本之書體視為秦隸，筆者則試由結構、筆勢、筆法等條件，並盡量選取出現次數較多之字例，以見其書體之屬性，並與李正光之看法做一討論；此外，亦與《說文》篆形作一比較，雖然《說文》晚出，但與秦代推行之工整小篆較為接近，比較結果亦可作為參考。

〔註220〕參見陳松長撰：《帛書史話》（北京：中國大百科全書出版社，2000 年 1 月），頁20～23。

〔註221〕參見陳松長編著：《馬王堆簡帛文字編》（北京：文物出版社，2001 年 6 月），序頁 3。

〔註222〕李正光編：《馬王堆漢墓帛書竹簡》（長沙：湖南美術出版社，1988 年 2 月），序頁 3。

（一）由結構條件觀之

若《老子》甲本屬篆書系統，則其結構應大致保留篆書之結體，特別是應能如《說文》中對於篆形可分解出「从某从某」、「从某某聲」等構形，以下則試舉數例，以觀其結構之狀態。

可　《老子》甲本作丂、勹、丂等，《說文》作可。〔註223〕帛書最大特色在於末筆已無引而伸之之狀，但基本結構二者仍近似。

能　《老子》甲本作能、能、能等，《說文》作能。〔註224〕結構上之最大特色，在於帛書左上部件皆作口形或類似倒三角形，而不作「㠯」字纏繞之狀，大概為簡省後之一種統一性寫法，其餘結構則未改變。

天　《老子》甲本作天、天、天等，《說文》作天。〔註225〕帛書除筆畫較為方折，用筆有粗細外，結構與《說文》無大差別。

名　《老子》甲本作名、名、名等，《說文》作名。〔註226〕兩者皆从夕从口，結構並無改變，只是帛書缺少篆書「引而伸之」之特色。

不　《老子》甲本作不、不、不等，《說文》作不。〔註227〕帛書外形略趨扁，但基本結構未變，只是文字下半部已為簡省寫法。

由上述諸字觀之，帛書中許多字例之結構，與篆書之寫法幾無二致，而在用筆之方向與粗細上才有較多差別，因此從結構上看，帛書《老子》甲本確實較接近篆書系統。

（二）由筆勢條件觀之

馬王堆出土帛書之內容十分豐富，時間跨度較長，因此書寫者未必相同，想必非出自一人之手。隨書寫者之不同，運用之筆勢亦勢必不同，以下則由帛書之筆勢來討論其書體系統。

〔註223〕徐在國主編：《古老子文字編》（合肥：安徽大學出版社，2007年8月），頁144，馬甲39、117、163。以下為求注釋精簡，簡稱為《老編》。大徐本，卷5上，頁170。

〔註224〕《老編》，頁282，馬甲67、74、106；大徐本，卷10上，頁353。

〔註225〕《老編》，頁4，馬甲48、86、150；大徐本，卷1上，頁21。

〔註226〕《老編》，頁30，馬甲16、93、164；大徐本，卷2上，頁61。

〔註227〕《老編》，頁330，馬甲50、162、168；大徐本，卷12上，頁414。

　　爲　《老子》甲本作爲、爲、爲等，《說文》作爲。〔註228〕帛書整體結構
較爲簡省，筆勢上連續彎曲之三筆，有些是三筆斷開，有些是三筆連寫；三筆
所造成之層次、用筆之方向亦各不相同，若《老子》甲本爲同一人所寫，則其
變化之多實屬罕見。

　　故　《老子》甲本作故、故、故，《說文》作故。〔註229〕帛書之基本結構
並未改變，但可見第一例左半部之「口」字較爲完整，第二、第三例則近於倒
三角形，第三例甚至有帶筆至右半部「攴」字之情形，是較爲簡省之寫法；第
一、第三例右半部「攴」字之末筆較長，第二例則顯得短小。整體而言，此字
之變化甚多。

　　是　《老子》甲本作是、是、是，《說文》作是。〔註230〕帛書基本結構未變，
下半部「止」字簡省連筆，頗有行、草書味道，本論文〈兩漢後期刻石之篆形
探析〉中，亦曾提出〈祀三公山碑〉亦有此形，可以參看。帛書第一、第三例
末筆接近平拉出去，而第二例則略有向下拉出之意，筆勢略有不同。

　　其　《老子》甲本作其、其、其，《說文》作其、其等形。〔註231〕《說文》
篆形左右對稱，十分符合篆書之特色；帛書各字形寫法較爲草率，如「丌」之
橫畫即有向右上與向右下書寫兩種方向，使整體文字有些向左傾，有些則向右
傾，筆勢並不固定。

　　之　《老子》甲本作之、之、之等，《說文》作之。〔註232〕帛書已將圓轉
之筆改爲點、撇等更爲簡便之筆法，其筆勢在末筆表現得最爲突出，前二例僅
略向下傾斜，但第三例則已明顯向右下拉筆。

　　觀察《老子》甲本數例關於筆勢之條件，可發現幾乎每一字例在筆勢上總
有或多或少之不同，由此點分析，這些筆勢皆與篆書筆勢不同，不僅有些屬於
隸書筆勢，甚至已經有一部分爲行、草書之用筆，行、草書筆法之發展極爲明
顯。因此，《老子》甲本之筆勢不能歸屬於篆書系統。

〔註228〕《老編》，頁84，馬甲53、141、156；大徐本，卷3下，頁107。

〔註229〕《老編》，頁93，馬甲7、86、164；大徐本，卷3下，頁117。

〔註230〕《老編》，頁44，馬甲62、81、83；大徐本，卷2下，頁71。

〔註231〕《老編》，頁136～137，馬甲104、124、164；大徐本，卷5上，頁167。

〔註232〕《老編》，頁179，馬甲87、86、153；大徐本，卷6下，頁217。

（三）由筆法條件觀之

　　筆法爲判斷書體之重要條件之一。篆書筆法藏頭護尾，起頭收尾皆近於圓筆，中鋒行筆，筆畫封閉；隸書筆法在起筆處則逐漸出現蠶頭，收筆處亦漸漸出現出鋒情形，乃至於形成蠶頭雁尾之八分隸書，雖亦中鋒行筆，但筆畫開放。又篆書用筆猶有古文字遺風，象形意味猶存，是以整體筆法常隨體詰詘；隸書用筆則多已爲線條，象形意味少有，筆畫之運行方向常與篆書有所不同。由筆法條件觀察，能夠更準確看出《老子》甲本在書體上之體系。

　　物　《老子》甲本作物、物、物等，《說文》作物。〔註233〕由帛書第一、第二例「牛」字之橫畫觀之，可見收筆已有出鋒之勢；第二、第三例中，「勿」字之大弧筆有往內甚至往上勾之用筆方式，勾之筆法於篆書中並不存在。由以上兩點可知，「物」字之筆法已有一部分進入隸書之用筆方式。

　　善　《老子》甲本作善、善、善等，《說文》重文作善。〔註234〕由字例中可見帛書之字形要比《說文》簡省。在此數例中，部分橫畫有明顯之粗細變化；下半部「口」字外形或圓或方，筆順推測可能也不相同。凡此，皆爲帛書文字脫離篆書寫法之明證。

　　者　《老子》甲本作者、者、者等，《說文》作者。〔註235〕帛書之部分筆畫長度簡省不少，此乃爲書寫方便而演化出來之寫法。帛書上半部之交叉兩筆，特別是向右下斜之筆，已有類似隸書、楷書捺筆之雛型，而篆書中並無捺筆筆法；又下半部「日」字之橫畫，其收尾多爲出鋒，此亦不符合篆書之用筆。故可知「者」字亦有一部分筆法已脫離篆書之用筆。

　　於　《老子》甲本作於、於、於等，《說文》「焉」字古文作於。〔註236〕可見帛書與《說文》於形體上相差較多。帛書左半部斜向左下之筆，已有出鋒之勢，頗似後來楷書之撇筆；至於右半部類似橫畫之兩筆，亦爲出鋒筆法，頗似後來楷書之挑法。凡此，皆非篆書之筆法。

　　丌　《老子》甲本作丌、丌、丌等，《說文》作丌。〔註237〕古本《老子》

〔註233〕《老編》，頁28，馬甲105、117、133；大徐本，卷2上，頁58。

〔註234〕《老編》，頁77，馬甲95、105、146；大徐本，卷3上，頁97。

〔註235〕《老編》，頁107，馬甲86、151、162；大徐本，卷4上，頁129。

〔註236〕《老編》，頁115，馬甲54、58、164；大徐本，卷4上，頁141。

〔註237〕《老編》，頁138，馬甲30、69、83；大徐本，卷5上，頁167。

〔註238〕有兩形體，一與《說文》同形，一則如帛書在字形上部再加一橫畫。第一例中之橫畫已略有蠶頭之筆法；三例中末筆所出現之類似點或捺之筆法，亦為篆書所無。

由上述字例可知，帛書字形在筆法上，已經在相當程度上出現異於篆書之寫法。從隸書上而言，蠶頭已經產生，大多數橫畫之收筆常有出鋒現象；而撇筆、捺筆、轉折等，更是已經具有楷書之模樣。因此，由筆法上看，帛書存留篆書筆法之程度相當少。

以上經由結構、筆勢與筆法等要素以分析帛書《老子》甲本之書體，發現在筆勢與筆法上篆書之成分少，隸書之成分多，再對照李正光對《老子》甲本書體所做之分析，由結構上看，帛書確實猶留有篆書之痕跡，但筆法卻已是隸書，李正光之分析確實符合帛書實際情形，是以帛書《老子》甲本應屬於隸書系統。

二、《陰陽五行》甲本

馬王堆出土之帛書《陰陽五行》亦有兩本，過去依書體區分，舊稱為篆書《陰陽五行》與隸書《陰陽五行》；後來有認為依書體區分不妥，而稱為《陰陽五行》甲本與《陰陽五行》乙本者，〔註239〕亦有由內容區分，而稱為《式法》者。〔註240〕在書名尚未確定之前，又因書體為本節討論重點，故姑且將此欲討

〔註238〕此處所謂古本《老子》，乃指《古老子文字編》中所參照之書籍，如元代郭忠恕《汗簡》、宋代夏竦《古文四聲韻》、明代田藝蘅《大明同文集舉要》等所引之古本《老子》字形。參見徐在國主編：《古老子文字編》，說明頁1～2。

〔註239〕如陳松長曰：「對《篆書陰陽五行》的定名，筆者曾在編撰《馬王堆帛書藝術》一書時就提出過異議，當時主要是從字體和書法的角度考慮，這種文本的字體本不是規範典型的篆書，且以書體的名稱來冠之以文獻的篇名亦頗不妥，因此，當時就改稱為《陰陽五行》甲篇和乙篇。」陳松長撰：〈帛書《陰陽五行》甲篇的文字識讀與相關問題〉，收錄於張顯成主編：《簡帛語言文字研究》（成都：巴蜀書社，2002年11月），第1輯，頁258。

〔註240〕馬王堆簡帛整理小組曰：「1973年長沙馬王堆三號漢墓出土的帛書，有一種在過去報導中通稱『篆書陰陽五行』，其內容實際是選擇吉凶時日的數術，與雲夢睡虎地十一號秦墓所出竹簡《日書》相類，而更多與『式』的運作有關。為了引用方便，今暫題為《式法》。」馬王堆漢墓帛書整理小組撰：〈馬王堆帛書《式法》釋文摘要〉，《文物》2000年第7期（總530期）（2000年7月），頁85。

論之篆書《陰陽五行》稱之爲《陰陽五行》甲本。

　　《陰陽五行》甲本之內容，據晏貴昌所引周世榮〈略談馬王堆出土的帛書竹簡〉中之介紹，「占驗主要是用干支、二十八宿，也有用四方、四季、月令的，大部分屬於堪輿的陽宅部分，也有一些屬於選日方面的內容。」〔註241〕「陰陽五行」應該只是一個整體之名稱，依照已發表之釋文，至少已包含有〈天一〉、〈徙〉、〈天地〉、〈上溯〉、〈祭〉、〈式圖〉、〈刑日〉部分。〔註242〕《陰陽五行》甲本除了一般所說具有篆書之成分外，還具有楚文字之特色，李學勤曰：「例如可能寫於秦始皇二十五六年的帛書《式法》（舊題《篆書陰陽五行》），保存了大量楚國古文的寫法，又兼有篆、隸的筆意，大約是一位生長於楚，不很嫻熟秦文的人的手跡。」〔註243〕這應該是與馬王堆所在位置長沙，乃位於中國南方之故；而由於帛書中明載有「廿五年」與「廿六年」之紀年，可以知曉《陰陽五行》甲本之寫作時間，應在秦始皇統一天下之際。以下亦依結構、筆勢與筆法三方面來探討其書體；至於所引字例，則以《馬王堆簡帛文字編》爲主。

（一）由結構條件觀之

　　《陰陽五行》甲本中之文字除干支之外，重複情形不多，筆者盡量選取出現次數較多之字例以說明，並以《說文》爲參照。

　　道　《陰陽五行》甲本作 𢓊、𢓊、𢓊，《說文》作𧗾。〔註244〕《說文》構形从辵从首會意，帛書則外部从行，內部所从不知何形，顯然經過簡省。从辵與从行皆有行走義，做爲偏旁可以相通，但二者結構顯然不同。

　　巳　《陰陽五行》甲本作 巳、巳、巳，《說文》作巳。〔註245〕二者結構、運筆方向皆無不同，不過帛書筆畫稍有粗細，轉折處較爲方正。

　　緊　《陰陽五行》甲本作 緊、緊，《說文》作緊。〔註246〕帛書因以墨跡書寫，

〔註241〕晏貴昌撰：〈讀馬王堆帛書《式法》〉，收錄於馮天瑜主編：《人文論叢》（2003年卷）（武漢：武漢大學出版社，2003年12月），頁121。

〔註242〕晏貴昌撰：〈讀馬王堆帛書《式法》〉，頁126。

〔註243〕陳松長編著：《馬王堆簡帛文字編》，序頁3。

〔註244〕陳松長編著：《馬王堆簡帛文字編》，頁67，陰甲102、002、128；大徐本，卷2下，頁75。以下爲求注釋精簡，簡稱《馬編》。

〔註245〕《馬編》，頁597，陰甲111、036（有二形）；大徐本，卷14下，頁512。

〔註246〕《馬編》，頁121，陰甲081、087；大徐本，卷3下，頁113。

部分筆畫有些黏連，但仍可看出其構形與《說文》同為从臤从絲省，只不過書寫較為草率，但二者結構相同。

喜　《陰陽五行》甲本作🔲、🔲，《說文》作🔲。〔註247〕二者結構完全相同，只是帛書某些部分顯得較為簡省，書寫較為快速。

有　《陰陽五行》甲本作🔲、🔲，《說文》作🔲。〔註248〕二者結構从月又聲，十分清楚明確，與《說文》完全相同。

由以上數例觀之，《陰陽五行》甲本之結構與《說文》篆形相較，顯示結構未改變者多，而改變者少，這方面顯示帛書較為接近小篆。

（二）由筆勢條件觀之

以下亦舉數例以觀察《陰陽五行》甲本文字之筆勢，以作為歸納該書屬篆書或隸書系統之依據。

逆　《陰陽五行》甲本作🔲、🔲、🔲等，《說文》作🔲。〔註249〕帛書將「辵」部結構分離，這是某些辵部字可見之現象；右半部一些圓轉筆畫變得平直；「止」字在部分字例中有連筆現象，為後來行書、草書所繼承。筆勢上可見三字例之橫畫皆略作弧形，但有些字例橫畫上揚，有些則下垂；「止」字有些筆畫分開書寫，有些則為連筆，即使是連筆，有些以長筆拉出，有些則作短筆且略往上挑。

復　《陰陽五行》甲本作🔲、🔲、🔲，《說文》作🔲。〔註250〕帛書第一例可能由於筆畫較多，下半部已有黏連現象，但綜觀三例，可見三例之左半部「彳」部末筆，有明顯較短且向左彎曲者，亦有近於直畫者；右半部第一筆橫畫有略向下垂者，亦有略向上揚者。帛書三例筆勢皆有不同。

起　《陰陽五行》甲本作🔲、🔲，《說文》作🔲。〔註251〕帛書對於小篆左上象形部分已做了較大程度之改變，下半部「止」字在第一例中與小篆較為接近，但在第二例中則已是草率寫法。筆勢上最大不同，在於右半部「巳」字，第一例末筆上勾且拉長，第二例則雖上勾但並不拉長，《說文》則略作彎曲狀向右拉出。

〔註247〕《馬編》，頁196，陰甲205、258；大徐本，卷5上，頁172。

〔註248〕《馬編》，頁282，陰甲116、094；大徐本，卷7上，頁242。

〔註249〕《馬編》，頁63，陰甲118、011（有二形）；大徐本，卷2下，頁72。

〔註250〕《馬編》，頁75，陰甲103、025、202；大徐本，卷2下，頁77。

〔註251〕《馬編》，頁55，陰甲004、258；大徐本，卷2上，頁68。

掩　《陰陽五行》甲本作 ![字] 、 ![字] ，《說文》作 ![字] 。〔註252〕帛書將篆文平直化與簡省化之情形明顯可見。帛書第一例右上部「大」字開口較大，近乎成為橫畫，而第二例則開口較小；第一例之末筆略向右伸，第二例則略向左伸，筆勢確有不同。

壬　《陰陽五行》甲本作 ![字] 、 ![字] ，《說文》作 ![字] 。〔註253〕帛書與《說文》在三橫畫之長短上有明顯不同，帛書以中畫為最短，《說文》則以中畫為最長。帛書兩例之橫畫至末端皆有向下垂之勢，基本筆勢相近，但第二例重心稍往右下偏。

經由上述字例可見，帛書在筆勢上多不穩定。

（三）由筆法條件觀之

由筆法條件觀之，更可準確判斷書體之歸類。

婦　《陰陽五行》甲本作 ![字] 、 ![字] 、 ![字] ，《說文》作 ![字] 。〔註254〕帛書在結構上和《說文》沒有太大差異，「女」旁已略有隸、楷之跡。筆法上較大不同在於方筆轉折變多，如第三例「女」字之轉折，以及三例子中「帚」字「冖」之轉折，皆作方筆呈現；「巾」字不作圓弧之筆而作兩撇筆，凡此皆近於隸書筆法。

皆　《陰陽五行》甲本作 ![字] 、 ![字] ，《說文》作 ![字] 。《說文》曰此字當從比從白，〔註255〕帛書「比」字於兩例中恰好左右方向相反，下半部則從日不從白，結構有所改變。筆法上此二字例接近於篆書，筆畫甚少粗細變化，轉折亦作圓弧，唯第二例字形較不端正。

去　《陰陽五行》甲本作 ![字] 、 ![字] ，《說文》作 ![字] 。〔註256〕帛書與《說文》結構亦十分相近，不過字形較為扁平，略有隸書意味；然而筆畫粗細不明顯，亦無隸書起收筆之特有筆法。

貨　《陰陽五行》甲本作 ![字] 、 ![字] ，《說文》作 ![字] 。〔註257〕帛書在部件之位置

〔註252〕《馬編》，頁488，陰甲058、217；大徐本，卷12上，頁426。

〔註253〕《馬編》，頁593，陰甲067、254；大徐本，卷14下，頁508。

〔註254〕《馬編》，頁503，陰甲024、003、026；大徐本，卷12下，頁432。

〔註255〕《馬編》，頁138，陰甲136、259；大徐本，卷4上，冶129。

〔註256〕《馬編》，頁202，陰甲102、146；大徐本，卷5上，頁178。

〔註257〕《馬編》，頁260，陰甲261、129；大徐本，卷6下，頁224。

編排上稍有差異，人字旁略有變化，第二例右上部件變爲从「止」。筆法上如「貝」字中間之橫畫及其下之撇與點、第二例中「止」字之橫畫，皆有出鋒之意。

鬼 《陰陽五行》甲本作 、 ，《說文》作 。〔註258〕帛書字形頂上並不出頭，至《說文》則已出頭如「由」字，且右下角亦較帛書多出「厶」字，結構皆不相同。筆法上帛書與《說文》並無太大不同，但帛書末筆之轉折頗不順暢，未如《說文》篆形之流暢，今所見隸書亦無此類筆法，頗爲怪異。

由以上數例觀之，帛書在筆法上雖有異於篆書者，但同於篆書者亦有不少，隸書傾向之筆法雖有，但還未如《老子》甲本之多，筆法特徵還不明顯。

經由結構、筆勢與筆法三項條件分析《陰陽五行》甲本書體，結構與筆勢之變異較小，較爲接近篆書，而隸書之筆法之使用又與篆書不相上下，再觀察每一文字之整體重心，又不如篆書之端正平穩，可以說是篆隸各半之書體。

三、《五十二病方》

以種類而言，馬王堆出土許多關於醫療方面之書籍，如《足臂十一脈灸經》、《陰陽十一脈灸經》甲乙本、《陰陽脈死候》、《雜療方》、《脈法》等，共計有十四種之多，占帛書數量三分之一，其中《五十二病方》比原本所知中國最古老之醫書《黃帝內經》還要早。〔註259〕馬王堆帛書整理小組特別將前述之多種醫書整理其釋文與注解以成書，對於《五十二病方》亦做有簡要之說明：

> 《五十二病方》是我國已發現的最古醫方。書首有目錄，正文每種疾病都有抬頭的標題，兩者互相一致，共五十二題。每種疾病底下分別記載各種方劑和療法，少則一、二方，多的有二、三十方不等。疾病種類包括了內科、外科、婦產科、小兒科、五官科等科的病名，尤以外科病名爲多。治療方法主要是用藥物，也有灸法、砭石及外科手術割治等方法。
> 書中藥名多達二百四十餘種，有一些不見於現存古本草學文獻。〔註260〕

這一段話，對於《五十二病方》之編排方式、疾病科別、治療方法、藥物名稱

〔註258〕《馬編》，頁 378，陰甲 111、245；大徐本，卷 9 上，頁 303。

〔註259〕參見傅舉有撰：《不朽之侯——馬王堆漢墓考古大發現》（杭州：浙江文藝出版社，2002 年 3 月），頁 103。

〔註260〕馬王堆漢墓帛書整理小組編：《五十二病方》（北京：文物出版社，1979 年 11 月），出版說明頁 3～4。

等皆有詳細之說明。

　　至於其抄寫年代，馬繼興與李學勤將《五十二病方》中之書體與秦銅器銘文書體相比，推斷其年代大概不晚於秦漢之際，〔註261〕楊鶴年則更進一步指出，《五十二病方》之成書年代可能在春秋戰國時期，當時東方六國有不少有志之士入秦，其中可能也有對醫術有所精進之人，而這些醫書流傳至漢代，由蕭何、張良等上層階級傳抄散布，於是始有馬王堆帛書《五十二病方》之抄本，這正是帛書出於南方，而具有秦小篆風格之因。〔註262〕書體方面，有不少學者認爲是近於篆書，例如馬繼興與李學勤即認爲：

　　　　這卷帛書書法秀麗，全卷（除卷尾附抄部分）出於一手，字體爲篆書，在馬王堆帛書中是字體較早的一種。

　　　　對比已經發表的帛書《老子》，帛書《五十二病方》的字體肯定早於《老子》甲本那種帶有篆書意味的隸書。〔註263〕

書體之歸屬未必年代早者即屬於篆書，年代晚者即屬於隸書，仍需經由文字本身查考較爲正確，故以下仍依結構、筆勢與筆法三方面來分析，以見其書體之歸類。

（一）由結構條件觀之

　　《五十二病方》由於記錄不少古代醫藥名稱，這些名稱中有許多今日已廢棄不用之死文字，故以下選取字例時，盡量選取同一文字而有兩字例以上可供參照，且於《說文》中可尋得對應者。

　　散　《五十二病方》作 𣪘、𣪠，《說文》作 𣪘。〔註264〕帛書兩字例顯然因筆畫較粗、較多之影響，筆畫多有黏連現象。第一例尚隱約可見其結構，「攵」

〔註261〕參見馬繼興、李學勤合撰：〈我國現已發現的最古醫方——帛書《五十二病方》〉，收錄於湖南省博物館編：《馬王堆漢墓研究》（長沙：湖南人民美術出版社，1981年8月），頁226～227。

〔註262〕楊鶴年撰：〈試論《五十二病方》爲秦醫方書抄本——兼及《武威漢代醫簡》〉，收錄於謝國楨、張舜徽合編：《古籍論叢》（福州：福建人民出版社，1983年5月），第1輯，頁32～33。

〔註263〕馬繼興、李學勤合撰：〈我國現已發現的最古醫方——帛書《五十二病方》〉，頁226。

〔註264〕《馬編》，頁164，五345、346；大徐本，卷4下，頁153。

字縮小置於右下方,與《說文》置於右方不同;第二例「肉」、「攵」兩部件顯然有所減省,若不見上下文,恐難認得該字。帛書二字形之結構展現在部件位置之排列與簡省上。

既 《五十二病方》作🔣、🔣,《說文》作🔣。〔註265〕帛書第一例之左旁上下分開爲兩部分,已不易見出其構形,右旁原作「无」聲,帛書依釋文乃作「旡」形,而觀字形又有所簡省;第二例結構上雖大致不變,但筆畫已平直化,有所簡省,且隸、楷書之捺筆已明顯出現。

雜 《五十二病方》作🔣、🔣,《說文》作🔣。〔註266〕帛書與《說文》皆从衣集聲,兩者皆將「集」字之「隹」與「木」兩部件分開,部件排列方式完全相同,結構未變。

心 《五十二病方》作🔣、🔣,《說文》作🔣。〔註267〕帛書基本結構未變,但屈曲之筆多已縮短爲點、撇等短小筆畫;發展出主筆,且收筆處略向上提,此非篆書之筆法。

慎 《五十二病方》作🔣、🔣,《說文》作🔣。〔註268〕帛書「心」字明顯簡省書寫筆畫,豎折筆畫簡省爲一橫畫,接近於隸、楷之寫法。基本結構則未改變,皆作从心眞聲。

觀察以上字例,可以發現除部分文字有替換部件,或筆畫有所簡省外,結構尚稱穩定,而筆勢變化較大。

(二)由筆勢條件觀之

以下再就筆勢條件分析,以見其書體之傾向。

知 《五十二病方》作🔣、🔣,《說文》作🔣。〔註269〕明顯可見帛書左半部「矢」字簡化如「干」字,且第一例向右彎,第二例向左彎,筆勢正巧相反。

憂 《五十二病方》作🔣、🔣,《說文》作🔣。〔註270〕帛書第一例之結構與

〔註265〕《馬編》,頁205,五284、179;大徐本,卷5下,頁182。

〔註266〕《馬編》,頁352,五329、206;大徐本,卷8上,頁293。

〔註267〕《馬編》,頁422,五174(有二形);大徐本,卷10下,頁369。

〔註268〕《馬編》,頁429,五223、184;大徐本,卷10下,頁370。

〔註269〕《馬編》,頁213~214,五197、196;大徐本,卷5下,頁188。

〔註270〕《馬編》,頁220,五174、179;大徐本,卷5下,頁193。

《說文》相似，但筆畫多已易圓爲方，最下部「夂」字之筆勢已與篆文有所不同；至於第二例則更省去部件「夂」，「心」字寫法較小篆簡省許多，其各點之取勢與長筆在末端之加粗、壓筆，皆非篆書所有之筆勢。

　　察　　《五十二病方》作𡧛、𡧛，《說文》作𡧛。〔註271〕帛書雖結構不變，但在「宀」字的筆畫長度上明顯縮短。此字特別在橫畫上具有特出之處，在第一例中，「宀」字與「示」字之橫畫大略持平，但又略微上揚，而在第二例中，橫畫皆略向右下斜，且部分橫畫有頭粗尾細之感，可見其筆勢之不同。

　　弘　　《五十二病方》作弘、弘，《說文》作弘。〔註272〕《說文》右半部从厶，帛書皆从口，結構雖不相同，但古人用字从厶與从口互通。左半部「弓」字小篆斷爲兩筆，帛書則似以一筆完成；第一例之末筆僅略微彎曲後收筆，但第二例中則已有勾出之勢，筆勢不同。

　　它　　《五十二病方》作它、它，《說文》作它。〔註273〕《說文》篆形一筆一畫左右對稱而不苟且，帛書兩例之右半部明顯有連筆寫法，第一例較爲疏散，第二例較爲緊密；末筆長畫在第一例中向右彎之弧度較爲明顯，第二例則較爲平直。此二例不僅筆勢相差較多，筆法中也已明顯帶有行、草書成分。

　　經由上述字例可知，帛書在結構上可能對小篆做過或多或少之簡省，而在筆勢上則有更多之變化，與小篆要求平衡勻稱之筆勢截然不同。

（三）由筆法條件觀之

　　在上述字例中，已發現有許多初期隸書之蠶頭筆法，以下再觀察數例，以求更精確分析《五十二病方》之書體。

　　役　　《五十二病方》作役、役、役，《說文》作役。〔註274〕帛書第三例殘損較爲嚴重，但由前二例可見帛書左半部作「人」旁，結構有所不同；右上方已有連筆現象。帛書「人」字旁之寫法爲一大特色，與後來發展成熟之隸書已相當接近，儼然爲隸書筆法；至於右半部「又」字末筆，三字例皆近乎有加粗而成爲捺筆之現象，除整體字形仍較爲細長外，筆法皆近於隸書。

〔註271〕《馬編》，頁307，五177、181；大徐本，卷7下，頁260。

〔註272〕《馬編》，頁515，五345、346；大徐本，卷12下，頁448。

〔註273〕《馬編》，頁542，五265、345；大徐本，卷13下，頁470。

〔註274〕《馬編》，頁122，五269、318；大徐本，卷3下，頁114。

譔　《五十二病方》作 ▨、▨，《說文》作 ▨。〔註275〕帛書在右半部「巽」
之形體上已較小篆增繁，左半部「言」字筆畫亦已平直化。筆法上橫畫多作頭
粗尾細之法，尤其以第一例更爲明顯。

赦　《五十二病方》作 ▨、▨，《說文》作 ▨。〔註276〕帛書在結構上很明
顯將「赤」字加以簡省。筆法上，左半部上下兩部分似已合爲一體，右半部「攴」
字亦皆有連筆現象，凡此已有行書、草書之意。兩字例中「攴」字末筆，一作
點畫，一作捺筆，點畫短粗而有力，捺筆細長具曲線，皆已非小篆之筆法。

墾　《五十二病方》作 ▨、▨，《說文》作 ▨，重文作 ▨。〔註277〕帛書字
形與《說文》重文同，但可能由於筆畫較多，故筆畫間有黏連、簡省現象。帛
書左半部「睿」字中間數筆已出現撇、點之筆法，右半部「又」字之轉折爲方
折之筆，「土」字有粗細變化，顯然已脫離小篆之筆法，而有隸書甚至楷書之用
筆。

思　《五十二病方》作 ▨、▨，《說文》作 ▨。〔註278〕帛書兩例上半部皆不
多一小豎筆，且中間或作「×」，或作「＋」，寫法亦不固定。筆法上最大特徵
在於「心」字之長筆甚爲拉長，尤其第一例中更在尾端有壓筆之法；其餘三畫
或爲點，或爲撇，並有粗細，皆近於隸書之筆法。

由筆法條件觀之，帛書字形在撇、捺等筆畫上皆一致有向隸書或楷書發展
之趨勢，其餘筆畫亦有粗細之分，可見帛書筆法在很大程度上已經較爲向隸書
靠攏。

以上以《五十二病方》中之部分文字爲例，在結構上有部分文字基本構形
未變，亦有部分文字因筆畫之連合或筆畫較多，而有簡省結構之情形，變動之
情況較《老子》甲本與《陰陽五行》甲本來得多些；筆勢上則各具姿態，對於
同一文字在各筆畫之走向中總有差距；筆法上呈現出筆畫有粗細，點、橫、撇、
捺等隸書甚至是楷書之筆法皆已出現，亦有部分連筆情況，更是行書、草書之
萌芽。因此，雖然《五十二病方》之文字在某些程度上，仍有小篆之構形，但

〔註275〕《馬編》，頁98，五263、262；大徐本，卷3上，頁89。

〔註276〕《馬編》，頁128，五298、203；大徐本，卷3下，頁118。

〔註277〕《馬編》，頁155，五197（有二形）；大徐本，卷4下，頁146。

〔註278〕《馬編》，頁421，五177、182；大徐本，卷10下，頁369。

隸書之特徵已很明顯，應將它視爲隸書系統爲宜。

參、馬王堆帛書之地位

　　總合上述之分析，馬王堆帛書《老子》甲本、《陰陽五行》甲本與《五十二病方》等著作，雖然抄寫年代較其它簡帛爲早，但隸書之筆法已有大幅之發展。部分學者斷然地將馬王堆帛書分爲兩組明顯之系統——篆書與隸書，顯然較不恰當，因爲它們已和秦刻石上刻劃謹嚴之小篆具有極大之不同；至於部分學者稱其書體爲篆隸之間而未脫離篆書，或將其定名爲古隸，或許較爲符合實際情況。陳松長於《馬王堆帛書藝術》中介紹《老子》甲本曰：

> 在字形取勢方面，縱向取勢的字形大幅度減少，而多趨於方正。在點畫上，則點、橫、波、磔等隸書的基本筆畫已成爲構形的基本要素，……因此，完全可以說，這已是隸書化趨勢比較鮮明的一種古隸體。〔註279〕

在介紹《陰陽五行》甲本時則曰：

> 這種書體已不是正宗的篆書，而是已經異化，並且是隸書意味占主導意味的字體，故不宜用篆書稱之。〔註280〕

而在介紹《五十二病方》時則曰：

> 這是馬王堆帛書中字體較早的一種，據考證，它最遲不會晚於秦漢之際。由於其字形結構多保留篆書形態，故或徑〔註281〕稱其爲篆書。其實，嚴格地說，它也不是地道的篆書，而是一種隸變初期的篆隸。〔註282〕

這幾段話之分析，大致上符合實際情況，只是目前對於定名上，文字學界有稱其爲篆隸體或隸篆體者，書法界有依書寫材質而統稱爲木簡之名者，尚未獲得共識。

　　雖然馬王堆帛書嚴格來說不能算是篆書系統，不在本論文討論範圍內，但它所代表之意義，卻是隸變中之重要環節。盛詩瀾將簡帛文字的隸變歷程分爲四期，其中第三期爲「青春期」，馬王堆帛書便在此期，他認爲在此期，古隸之

〔註279〕陳松長編撰：《馬王堆帛書藝術》（上海：上海書店出版社，1996年12月），頁65。

〔註280〕陳松長編撰：《馬王堆帛書藝術》，頁3。

〔註281〕案：應爲「逕」字。

〔註282〕陳松長編撰：《馬王堆帛書藝術》，頁39。

基本面貌已經成熟，並有如下之特徵：

　　　（一）用筆簡捷，筆畫古樸，無裝飾性；

　　　（二）成熟的古隸多得橫勢，擺脫了大篆線條回旋彎曲的形體，結體或
　　　　　　扁方或正方；

　　　（三）筆畫有粗細變化，用方筆，但不是漢代隸書的波挑取勢。〔註283〕

他並且提到：

　　　隸變的成熟與筆法的成熟是同步的。……馬王堆帛書寫於秦漢之交，如
　　　《五十二病方》的用筆，落筆逆鋒，頓按，故已有蠶頭；運行時上提然
　　　後平移，略向右上挑出，略有波磔；豎畫向左右挑出，轉折處斷開。……
　　　當然，由於它們的字形中還或多或少地帶有某種篆意，還有少量的「篆
　　　引」筆法，故不能成為成熟的分書。〔註284〕

「不能成為成熟的分書」乃指尚未隸變成為具有蠶頭雁尾之八分書，即指古隸
而言。在四期中，馬王堆帛書被置於第三期之時間點上，充分說明它距離成熟
隸書之形成已不遠，並且在很大程度上已不相似於小篆。

　　眾人皆知，簡帛之書體可謂最接近於先民當時之書寫真貌，目前所見之簡
帛，幾乎是邊疆地區之低層官吏，或者包含部分民間老百姓所書寫，為求書寫
之便利、文字容納量多，於是將原本小篆縱長之形體加以縮減而成為正方甚至
扁方，於是，當今人攤開簡帛，映入眼簾者便是參差錯落、大小不一、古樸率
真、自然而不假雕飾之文字。所謂：

　　　在「烏絲欄」中，豎寫成行，橫不成列。從虛處看，字距不一，有縱放
　　　下垂之畫的字，其下虛處多些；另外，每段之末，留有長短不一的空白，
　　　呈現出虛處和實處的變化——筆畫多者占地多，筆畫少者占地少。

　　　一些筆畫多的字，空隙甚小，實多於虛，顯得黝黑、茂密，元氣旺盛。
　　　其精細、舒緩之畫，富於靜態之美；其流暢、縱逸之筆，又見神采飛揚。

　　　〔註285〕

〔註283〕盛詩瀾撰：〈從簡帛看隸變的歷程〉，《書畫藝術》2004年第5期（2004年），頁44。

〔註284〕盛詩瀾撰：〈從簡帛看隸變的歷程〉，頁46。

〔註285〕席志強撰：〈馬王堆帛書古隸的美感特徵〉，《湖南農業大學學報》（社會科學版）

今人於欣賞簡帛文字時，除了解它們在文字學上，乃處於由古文字演變爲今文字之重要位置外，亦應對於先民在日常書寫實用性之自然質樸審美感給予關注，而非僅留心於書體、定名等，亦勿因簡帛爲帶動隸變之主導地位，改變古文字之象形意味，使文字無法以六書說解而具有貶低之意，如此才是對於先民與歷史文物之尊重。

肆、骨簽文字概述

今人較少提及，而於西漢流行一時之「骨簽文字」，有所謂「漢代的甲骨文」之稱，如同商代甲骨文字一般，乃以刀刻劃於骨片之上，亦有稱之爲「骨簽」者。〔註286〕這些骨簽大約是在二十世紀中葉於西安北郊未央宮遺址中出土，據推測，時代多集中於西漢武帝、昭帝、宣帝時期，使用期限並不長。其內容部分類似於簡帛中之「遣冊」，記錄宮廷內所使用之專門物品，有些則可見與軍事裝備有關之名詞，華人德將骨簽內容分爲兩大類，一類爲記錄物品之編號、數量者，另一類爲記錄年代、工匠名稱者，頗有「物勒工名」之意味，其作用則在於驗證器物。〔註287〕骨簽所包含之地名、職官、器物、書體等，對於今人了解漢代政治、文化、社會各方面，皆有一定程度之助益。

由骨簽上所書寫之文字與語氣來看，這些文字並非一人一時一地之作，宗鳴安曰：

> 骨簽不是由一個人刻製的，歷經百年，數十萬片。負責發送和接收的官員雖不是漢代的大書法家，卻都是由文官來擔任此職的。……這些骨簽上的文字，不是文人們的刻意之作，而是官吏們於日常工作中的隨意之作、信手之作，出庫入庫，隨手即刻。〔註288〕

既然文字非出於一人之手，其書寫風格必然不同。整體而言，骨簽上之文字直行排列尙稱整齊，橫行則無行氣，文字多數呈扁方，刻劃不甚整齊，可能由於是刀刻而非墨跡之因。

第 2 卷第 2 期（2001 年 6 月），頁 82。

〔註286〕華人德撰：《中國書法史・兩漢卷》（南京：江蘇教育出版社，1999 年 10 月），頁 43。

〔註287〕華人德撰：《中國書法史・兩漢卷》，頁 44～45。

〔註288〕宗鳴安撰：《漢代文字考釋與欣賞》，頁 50。

　　至於書體則幾乎以隸書爲主體，這些隸書部分是初步擺脫篆書形態之古隸，部分則已是具有波磔之八分，前者如「年」字作🔲，「作」字作🔲，筆畫皆已近乎平直，後者如「宣」字作🔲，「史」字作🔲，〔註289〕部分筆畫已有向上挑起之勢，漢代骨籤之發現，使原本所認爲具波挑之隸書起於西漢末之說法需要再做調整，可能於西漢中期即可見其端倪。除隸書外，骨籤上亦很難得出現些許具帶筆意味之行書，如「二」字作🔲，「丞」字作🔲，〔註290〕皆可見行、草書省略筆畫及主筆之間虛筆相連之情形，乃漢代已爲行、草書肇興時期之又一佐證。

　　根據宗鳴安之比對，漢代部分刻石如〈韓仁銘〉、〈禮器碑〉、〈張遷碑〉等，以及部分漢簡如〈敦煌漢簡〉、〈銀雀山漢墓竹簡〉、〈居延漢簡〉等，其中有些許書體型態與文字寫法多有雷同之處，可提供不同書寫材質上文字相互影響情況之研究與參考。〔註291〕因此，漢代骨籤文字雖和上述簡帛文字相似，在漢代已經進入古隸甚至於八分階段，但它們所提供之線索在於簡帛與骨籤文字在文字演進之歷程上，較其它書寫材質爲快，可提供今人對於小篆、古隸與八分間之演化關係，以及不同書寫材質間文字演變之關係，是故雖然在秦漢時代，簡帛與骨籤上之文字篆書已退去其主流地位，仍有其重要價值所在。

〔註289〕宗鳴安撰：《漢代文字考釋與欣賞》，頁 47、64、55、61。

〔註290〕宗鳴安撰：《漢代文字考釋與欣賞》，頁 53、55。

〔註291〕參見宗鳴安撰：《漢代文字考釋與欣賞》，頁 47～70。

第七章　秦漢篆形之區別與特色

第一節　秦篆形體總述

　　經由上文第二至第五章各種書寫材質上之篆形分析後，本章將針對前述之現象，對於秦篆與漢篆之範圍、特色、規律做一歸納，並指出其異同之處，以明秦漢篆之確有不同。

壹、秦篆之傳統說法

　　對於秦篆，無論在文字學上或書法藝術上常為人所提及，以下試舉諸家之說以見其看法。

　　唐代張懷瓘〈書斷〉「小篆」條下曰：「案小篆者，秦始皇丞相李斯所作也。增損大篆，異同籀文，謂之小篆，亦曰秦篆。」〔註1〕

　　明代豐坊《書訣》則曰：「小篆，一名玉箸篆。吾子行曰：『李斯方圓廓落，陽冰圓活姿媚。』」〔註2〕

　　清代錢泳〈書學〉「小篆」條下曰：「學篆書者，當以秦相李斯為正宗，所謂

〔註1〕（唐）張懷瓘撰：〈書斷〉，卷上，收錄於商務印書館四庫全書出版工作委員會編：《文津閣四庫全書》，冊269，頁404。

〔註2〕（明）豐坊撰：《書訣》，收錄於商務印書館四庫全書出版工作委員會編：《文津閣四庫全書》（北京：商務印書館，2005年），冊270，頁3。

小篆是也。……蓋篆體圓，有轉無折；隸體方，有折無轉，絕然相反。」〔註3〕

《書法詞典》「秦篆」條下曰：「即『小篆』。相傳爲秦丞相李斯所創，現存『琅琊刻石』、『泰山刻石』、『嶧山刻石』等，爲『秦篆』正體。詳見『小篆』條。」「小篆」條下則曰：「也叫『秦篆』。它是在大篆基礎上省改而成的，字體較大篆簡化、整齊。是秦代官定的標準字體。據說秦始皇統一中國後採納丞相李斯的意見，下令全國『書同文字』，頒行了統一的字體——小篆。小篆對漢字的規範化起了很大的作用。相傳李斯用這種形體勻圓整齊的小篆親手書寫鐫刻了《泰山刻石》、《琅玡台刻石》，來歌頌秦始皇的功德。從這兩塊存世的殘石中，可看出小篆的風貌。」〔註4〕

《中國書法詞典》在「秦篆」條下則曰：「即小篆。由大篆（籀文）發展而成，字體有所簡化。相傳爲秦相李斯取籀文省改而作之。《漢書·藝文志》：『《蒼頡》、《爰歷》、《博學》文字多取史籀篇，而篆體復頗異，所謂秦篆是也。』《書斷》：『小篆者，秦丞相李斯所作也。增損大篆，異同籀文，謂之小篆，亦曰秦篆。』」〔註5〕

據上述引文所言，小篆又可稱爲秦篆，而諸家尚有稱「斯篆」、「玉箸篆」、「鐵線篆」者，〔註6〕名稱繁多，籠統而言，諸家多認爲小篆爲李斯等人所整理，而今日所見秦刻石上之書體，即爲李斯所書，但就諸家所言，至少有三點可探討：其一，小篆是否可等同於秦篆、斯篆、玉箸篆、鐵線篆等名稱？其二，小篆是否僅能見之於刻石？其三，秦刻石是否眞爲李斯所書？

許愼於《說文·敘》中即明白指出小篆乃「取史籀大篆或頗省改」，事實上，戰國時期秦系文字〈詛楚文〉中，已有相當多字形同於或近於小篆，因此，李斯等人乃是做整理之工作，從文字之發展觀之，小篆於先秦已產生，而由「書同文字」之角度觀之，小篆確實成熟、完成於秦代，故稱小篆爲秦篆尚可通。「斯

〔註3〕（清）錢泳撰：《履園叢話》，卷11，收錄於續修四庫全書編纂委員會編：《續修四庫全書》（上海：上海古籍出版社，2002年3月），冊1139，頁164。

〔註4〕《書法詞典》，頁110～111、19。

〔註5〕馬永強主編、劉向偉等合編：《中國書法詞典》，頁714。

〔註6〕例如《書法篆刻藝術》中即將小篆又稱爲「斯篆」、「玉箸篆」、「鐵線篆」等。參見侯忠明、章繼肅合撰：《書法篆刻藝術》（成都：巴蜀書社，2000年8月），頁132。

篆」之「斯」字，所指當爲李斯，今人皆知文字絕非一人所創，故小篆亦並非創自李斯，或許李斯擅長書寫小篆，但李斯亦非整理小篆唯一之人，故稱小篆爲「斯篆」並不合適。「玉箸篆」乃指「筆畫豐滿有如玉箸（筷子）的小篆」，〔註7〕不過是篆書系統中之一支，小篆之範圍較大而玉箸篆、鐵線篆之範圍較小，不可等同，且今日所見秦刻石多已受風化，其原貌爲何，無人能確定，故稱小篆爲「玉箸篆」亦不合適。以「秦篆」、「斯篆」之名稱呼小篆，僅能作爲某一方面之代表，而不能完全等同，畢竟漢代之後仍有小篆，且擅書小篆者猶不乏其人。

　　古人及前輩學者言及小篆，皆與秦刻石做立即之聯想，一方面因刻石內容爲秦始皇公告天下之重要思想，另一方面則因刻石上之小篆十分工整，正可作爲「書同文字」之楷模，但經由前數章節之說明，確知秦小篆不僅存於刻石上，舉凡銅器、貨幣、璽印、陶器上皆有之，故僅以刻石代表秦篆並不周延，縱使秦刻石之篆形最爲工整，然秦代貨幣半兩錢上之篆形，亦有十分近似刻石者，故談及秦篆，實應包含其它書寫材質上之小篆，並將其風格做整體觀察。

　　至於秦刻石是否爲李斯所書，今日實無人可證明，甚至亦有學者認爲秦半兩錢上之「半兩」二字亦爲李斯手筆，如沈奇喜曰：

> 公元前 221 年，秦始皇統一六國，規定以外圓內方的「半兩」錢爲法定貨幣——世界最早由政府法定的貨幣。相傳錢文爲宰相李斯所書，筆畫多方折，樸拙而渾厚，錢文列方孔兩側。〔註8〕

汪錫鵬亦曰：

> 秦始皇鑄行的秦半兩的「半兩」錢文，由著名書法家丞相李斯用小篆書寫，體式修長，遒勁有力，並由此開了由書法大家書寫錢文的先河。〔註9〕

筆者在〈秦代刻石之篆形探析〉一節中，經由分析〈泰山刻石〉與〈瑯琊臺刻石〉中相同文字之篆形，即發現其用筆有微小之不同，特別在轉折處有較爲圓轉與近於方折兩種，此種現象不得不引起今人思考，究竟在秦代如李斯一類善

〔註7〕崔陟撰：《書法》，頁 172。

〔註8〕沈奇喜撰：《貨幣文字書法藝術考》，頁 67。

〔註9〕汪錫鵬撰：〈錢幣書法春秋〉，《中國城市金融》2007 年第 5 期（總 246 期）（2007 年），頁 71。

書者是否已意識到在文字形體上做變化？

在〈《說文解字》之篆形〉一節中，筆者曾提及，中國傳統書寫工具爲毛筆，故先民對於文字書寫幾乎等同於書法藝術，但文字之產生畢竟爲溝通之用，必先在文字形體穩固之後，才可能談到書法藝術，而根據陳振濂之說法，秦代尙無書法藝術之自覺：

> 當李斯等人爲秦始皇歌功頌德時，其心態恭謹而虔誠，他們選擇了篆書的楷書——正楷化的小篆；而詔版主要用於記事，實用的需要決定詔版選擇了篆書的草書——草化的小篆，這已經預示著當文字材質運行結束時，自然形態的書法書風的變化取決於書寫場合的不同。〔註10〕

這段話主要說明秦刻石與秦詔版書寫風格不同之因，而他更將此段歷史時期歸入「書法創作意識的混沌時期」，此即說明在秦代如李斯等人尙未將書寫作爲藝術看待，則其書寫時是否能做出不同筆法之變化，便令人懷疑，書法藝術之具有自覺，乃在東漢碑刻興盛之後，是故如〈袁安碑〉、〈袁敞碑〉等篆書刻石，其形態便不同於秦刻石，故陳振濂將書法藝術自覺之時代定在漢末魏晉時期，自此書寫材質與書寫本體始眞正脫離而成爲一門獨立之藝術。〔註11〕

若書法藝術在秦代尙未形成，則秦刻石不應有不同筆法風格出現，故筆者於〈秦代刻石之篆形探析〉一節中便懷疑秦刻石是否爲李斯所書，而再觀秦半兩錢上之「半兩」二字，雖是篆文，但顯然受隸書影響，筆畫方折明顯，若李斯之篆書技法高明，在當時絕不可能出現兩種落差極大之篆書寫法，故秦刻石與半兩錢之小篆可能非李斯所撰寫。

據上而論，更可證明小篆稱「斯篆」之不恰當，僅能說李斯是整理小篆之一大功臣，同時，綜合上述，顯然諸家對於秦篆之內容說解多過於籠統含糊。

貳、秦篆之具體範圍與內容

由前文二至五章中已可清楚知道，欲探討秦篆之全面面貌，除刻石外，至少尙有銅器、貨幣、璽印、陶器諸項，唯有透過此五種書寫材質上之篆形，對其風格加以分析歸納，始可能得出秦篆之眞正面目。

〔註10〕陳振濂撰：《書法學》（台北：建宏出版社，1994 年 4 月），頁 241。

〔註11〕陳振濂撰：《書法學》，頁 286～287。

　　檢閱秦刻石，目前所較能確定爲原石者爲〈泰山刻石〉與〈瑯琊臺刻石〉，
其內容一方面爲秦始皇爲炫耀其統一天下之武功，因而每巡行一處便立一刻石，
以顯示自己之武治，其後二世即位，亦仿始皇作爲，巡行至刻石所在處，便在原
石之旁另刻文字，以顯示自己之聲威不亞於始皇，並說明原有刻石上之詔文爲始
皇時所刻；另一方面，則在於希望利用刻石上之小篆，達到「書同文字」之效果，
亦即刻石上之篆形，即爲秦代官方所訂之標準書寫文字，由於此二項因素，代表
刻石之使用皆在重要場合，故刻石上之篆形爲秦文字中最爲工整者。

　　檢閱秦銅器，依其用途約可分爲兵器、度量衡器、禮器、車馬器與虎符等
五類。自戰國中後期起，由於戰事頻仍，戰爭規模日益擴大，人力、武器之需
求大增，兵器如戈、弩一類被大量製造，其內容多與製造兵器之地及工人有關；
度量衡器如權、量、詔版等，乃爲使全國度量衡統一，故銅器上皆刻有始皇與
二世詔書，始皇詔書內容爲「廿六年，皇帝盡并兼天下諸侯，黔首大安，立號
爲皇帝。乃詔丞相狀、綰：灋度量則，不壹歉疑者，皆明壹之。」二世詔書內
容則爲「元年制詔丞相斯、去疾，灋度量，盡始皇帝爲之，皆有刻辭焉。今襲
號而刻辭不稱始皇帝，其於久遠也，如後嗣爲之者，不稱成功盛德。刻此詔故
刻左，使毋疑。」此類器物亦極爲繁多，蓋欲刻劃完成後送至全國各地以頒行
之故；禮器則因周代王權之衰落，而使其地位降低，爲其它材質所替代，實用
性高過於象徵性，其內容多爲記容、地名或官名；車馬器多爲陪葬之用，數量
雖多，文字較少，大多是數字或編號；虎符則爲發兵時之重要憑證，目前所見
數量雖少，重要性卻不在度量衡器之下。

　　檢閱秦貨幣，其內容相對單純。自戰國秦國以來，錢幣之形制逐漸由圓形
圓孔而演變爲圓形方孔，錢幣面文始終爲「半兩」二字，大概是探討秦代篆形
中，文字數量最少之一類。秦幣無論在形制或面文上幾無變動，成爲具有實用
性與流通性之貨幣，對於中國錢幣之形制與幣值之穩定皆有其先導作用。

　　檢閱秦璽印，由於分期斷代之困難，戰國秦國與秦代猶不易區分。大約由
於秦始皇之統一政策，秦印在形制、文字風格、功用上，似皆較先秦以前相對
單調，形制大多爲方形，其內容則除證明身分外，即爲成語印，唯其內容亦不
若漢印之多元，似乎猶在發展階段。整體而言，對於身分等級之劃分與材質之
使用已漸有嚴格劃分。

　　檢閱秦陶器，同於秦璽印，其分期亦有困難，故陶器中可能兼有戰國秦國與秦代之物。陶器數量眾多，陶器總數量亦不少，然重複者多，此點與度量衡器、禮器、車馬器、貨幣等物相同，其內容以數字與工匠來源最多，其次則為記容。整體而言，陶器使用時間跨度長，對於中國文化之起源、器物之製作方式、文字之演變等，皆有重要之價值。

　　經由以上對前文各章節中具有秦代篆形之書寫材質簡要綜合說明後，可知欲了解秦篆真貌，必就此五類器物上之篆形加以觀察與整理，始能得到較為全面之結果，而非僅就刻石或權量詔版文字求之。

　　前人往往就刻石及權量詔版上之篆形以代表秦篆，翻檢許多關於中國書法史一類書籍便可得知。以秦刻石為秦篆代表，主要由於刻石篆文書寫工整，筆畫與間架結構一絲不苟，沃興華即曾針對秦刻石之文字做空間分割之分析，對其各筆畫間排列之整齊、空間之分布，皆呈現相當規整之狀感到不可思議，〔註12〕可見前人將秦刻石上之篆形當作秦代標準文字，並作為秦篆之代表，確是其來有自，但此做法並未能全面性表示秦篆之面貌。若以秦始皇統一文字之角度觀之，秦刻石確實為最直接之資料，但秦權量詔版上之篆形，亦時為今人所提及。前文已提及，權量詔版上之篆形之所以較為簡率，乃由於始皇欲在短時間內將法令頒布全國，因此刻劃較為簡率，後世認為屬於受古隸影響之小篆。

　　就刻石與權量詔版上之小篆觀之，確實已包含書寫習慣上「工整」與「簡率」兩大支系，但若加上前文所舉其餘銅器、貨幣、璽印、陶器上之篆形，可使此二支系之內容更加豐富。

參、秦篆之整體特色

　　了解前人對於秦篆認識之稍嫌籠統及討論範圍較為不足後，便可依前文所搜集之各項書寫材質上之篆形加以觀察、分析、比較進而統整，以整理出秦篆之特色與條例。

一、由工整度觀之

　　首先，將秦代各種書寫材質排出，並分出其細類。前文已知，秦代書寫材

〔註12〕參見沃興華撰：《中國書法史》（上海：上海古籍出版社，2001 年 7 月），頁 118～121。

質有刻石、銅器、貨幣、璽印與陶器等五大類，刻石有〈泰山刻石〉與〈瑯琊臺刻石〉，銅器有兵器、度量衡器、禮器、車馬器與虎符，貨幣有半兩錢，璽印包含各種官私印，陶器則多爲工匠名、數字、編號、官府名等。

　　先觀篆文工整度。篆形較爲工整者，有兩通刻石、虎符、半兩錢三種，此三類中以兩通刻石與虎符之工整度最高，一般將刻石上之篆形認爲是秦篆之代表，其原因在此，事實上，虎符文字以鑄刻而成，工整度不在刻石之下，且自戰國末期至秦代，虎符上之文字幾無不同，故虎符篆形實可與刻石篆形並列爲工整度最高之秦篆。其次則爲半兩錢上之「半兩」二字，此二字尚稱工整，但略受古隸影響，筆畫於轉折處往往方折，故形體雖工整，卻已無小篆圓轉彎曲之特色，因此次之於刻石與虎符。

　　其次則爲度量衡器與璽印兩種。此二種篆形之特色在於非工整之小篆，且受古隸影響較深。度量衡器上之銘文雖內容相同，但將每一器物上同一文字之形體加以對比後，可發現難以尋得形體相近者，其篆形往往歪斜，重心傾側，字距、行距往往不定，筆畫有黏連現象，任其自然，此與權量詔版之大量需求有極大關係，因採刻劃方式爲之，故往往難以工整。至於璽印文字承自戰國秦國，雖形體部分相承，但文字因尚未統一，故形體亦未完全固定，結體較爲鬆散，觀印面雖有界格，但界格中之篆形卻仍有不受拘束之感，反有古樸天眞之趣。基於以上現象，將度量衡器與璽印上之篆形列爲工整度低於刻石與虎符之等級。

　　最後，則爲兵器、禮器、車馬器與陶器。兵器因其大量需求，工匠不及將篆形細作刻劃；禮器之使用性質，已逐漸由商周時期之象徵性轉變爲實用性，故其記容文字未必爲重點，其形體自然不再莊重；車馬器上之編號與數字等篆文，乃工匠用於記錄之用，並不眞正用於肅穆場合，形體亦未必受到重視。此三種銅器雖性質不同，卻皆導致篆形之簡率，甚至於有難以釋讀者，由結果觀之，三者皆同。陶器之情形與車馬器相似，許多陶器上之數字、編號、工匠名、官署名等，不過是用以表示數量之多寡、工匠之來源，與戰國末期「物勒工名」之制度一致，雖有打印與刻劃兩種方式，但形體工整者在少數，多數可能受磨損之因，今日觀之已難以清楚辨別字形，部分文字若無釋文，實難以知曉爲何字，故亦爲簡率之篆形。以上四小類之共同點在於篆形簡率，往往有缺刻、簡

省甚至於筆畫交錯之情形，以工整度而言最爲潦草，故殿之於後。

　　經由以上之說明，依工整度而言可將秦小篆分爲三類，若要僅依工整與簡率兩類區分，則刻石、虎符與半兩錢〔註13〕屬較工整者，其餘篆形則屬於較爲簡率者。

二、由書法之角度觀之

　　首先可就結構觀之。雖然小篆已是古文字階段之末期文字，但不少篆形仍留有古文字象形意味，亦尚能被統轄於六書之下，故由此點觀察秦代各種書寫材質上之篆形，以刻石、度量衡器、虎符、貨幣、璽印上之篆形結構，其保留小篆結構意味較濃，亦即一見這些文字，仍能明確判斷爲小篆，此即結構所發揮之效果。至於兵器、禮器、車馬器、陶器一類篆形，由於簡省與受古隸影響情形較爲明顯，故有時並不容易判斷其結構，因筆畫連斷方圓之不同，往往導致結構之破壞，故此類形體往往脫離小篆結構較多。

　　其次再就筆勢觀之。秦代雖國祚短促，但自戰國末期以來，不同書寫材質、工匠及受古隸之影響，於書寫或刻劃之時，其筆勢絕不可能完全相同，出自同一工匠者可能有之，但就秦代之大時代大環境而言，由於上述之因素，必定造成不同之筆勢。刻石與虎符大約皆與國家大事有關，故其上之筆勢差異已近乎完全相同，貨幣或由同範所鑄，則筆勢亦當相近，故此三種整體筆勢較爲統一；至於度量衡器、兵器、禮器、車馬器與陶器等篆形，受上述影響頗大，筆勢差異往往相差頗多，顯示出不統一之現象。

　　若就筆法觀之，則又有可討論之空間。本論文中除討論刻石、銅器、瓦當、貨幣、璽印與陶器外，尚有簡帛與骨簽，不過它們已屬於古隸或甚至八分之範圍，因此未列入此處討論。事實上，筆法乃指：

> 用筆（或運筆）的技能方法。筆法分爲執筆與用筆兩大部分。要使字體點畫具有抑揚頓挫、圓滿敧側的變化，必先講究執筆方法，並在運用筆毫時掌握輕重、疾澀、偏正等用筆要領。筆法歷來爲書家重視，古傳筆法很多，如『永字八法』、晉衛夫人《筆陣圖》、唐歐陽詢《八訣》等均爲著名而又實用的筆法。〔註14〕

〔註13〕半兩錢實介於工整與簡率之間，但甚近於前者，故列之於工整一類。

〔註14〕《書法詞典》，頁158。

因此真正欲論筆法，以毛筆書寫亦即墨跡者最可看出，但其它書寫材質上亦有能表現此種「筆法」之感者。觀秦刻石與虎符，乃秦代書寫材質中最能表現筆法者，其起收筆之圓轉、走筆之線條輕重，在在皆能在一定程度上表現出小篆之特色；璽印亦講究筆法，但尚受刀法之影響，故表現不如刻石與虎符強烈；至於其餘書寫材質上之篆形實刻劃草率，於倉促間或不經意而爲之，故其筆法並不講究。

經由上述之討論，於結構、筆勢、筆法等因素皆能兼顧且製作良好者，以刻石與虎符最佳，其餘書寫材質上之篆形則互有優劣，或距刻石與虎符猶有差距。由書法之角度觀之，則秦篆亦可分爲兩大類。

三、秦篆之特色與規律

經由上文在工整度與書法兩種角度之討論，綜合秦代各種書寫材質上之篆形，可歸納出秦篆之特色如下：

（一）整體外形可分工整與簡率兩大類。工整外形者少，以刻石爲代表；簡率外形者多，以度量衡器、陶器等爲代表。

（二）整體外形呈現縱長形或正方形。縱長外形者少，以刻石爲代表；正方外形者多，以度量衡器、貨幣等爲代表。

（三）整體重心有偏上與偏下兩大類。偏上者即所謂「上密下疏」，以刻石爲代表，筆畫多集中於篆形上半部，使下半部呈現出垂腳等筆畫；偏下者（包含重心不定者）以度量衡器、貨幣、璽印、陶器等爲代表，筆畫不特定集中於篆形某處，有些甚至任其發展。

（四）結構有穩定與不穩定者。穩定之意乃表示不任意變換組字部件或更動組字位置。穩定者如刻石、銅器、璽印等皆是；不穩定者以陶器爲代表。

（五）筆勢亦有穩定與不穩定者。其穩定者少，以刻石、虎符爲代表；不穩定者多，以大部分銅器、璽印、陶器爲大宗。

（六）筆法有確實與不確實者。其較爲確實者可見起收筆與走筆時呈現完整之筆畫，如刻石、虎符等；其較不確實者則多不計較筆法或甚至不見筆法，如大部分銅器、陶器等。

（七）轉折處有圓轉與方折兩種，二者有時在同一書寫材質上可並存。轉折較爲圓轉者，如刻石、虎符；其較爲方折者，以大部分銅器、貨幣、璽印、

陶器爲主。一般而言，以刻劃方式爲之者，其轉折較爲方折，以鑄刻方式爲之者，其轉折較爲圓轉，但並非唯一標準，如刻石並非鑄刻，而圓轉之轉折亦不少。

（八）線條有粗細之別。受書寫材質之影響，筆畫有粗細之別。其較粗而厚重者，如刻石與虎符；其較細而輕浮者，如大部分銅器、貨幣與陶器。

（九）近乎所有篆形不做俏麗取巧或濃厚藝術傾向之變化。刻石、虎符與部分貨幣篆形最爲莊重嚴謹，其餘書寫材質上之篆形雖並不工整，無一般所言之小篆特色，但亦少有後世各種變體篆形之出現，整體變化稍嫌單調。

（十）部分形體承自於戰國，但上溯於金文者並不多見；部分篆形受古隸影響，而有近似隸、楷書者。

（十一）所有書寫材質上之篆形，皆或多或少在筆勢與結構上有所不同，而筆勢之變動又大於結構之變動，可以說，筆勢之變動帶動結構之變動，筆勢之改變是造成篆形變化之首要因素。

（十二）目前所見秦篆資料實物來源於刻石、銅器、貨幣、璽印、陶器等，而以銅器與陶器數量較多，故傳統上以刻石作爲秦篆之代表並不全面，僅能作爲文字學上探討文字演變之一部分狀況，以及用作篆書學習之典範。

（十三）整體而言，秦篆受古隸、工匠、需求、速度、書寫工具、書寫材質之各方面影響，而使篆形呈現不同面貌。

以上由前文二至五章從各書寫材質上互相比對，探討其篆形變化之因，以及與《說文》篆形做一參照，再加上本節對於部分疑惑之討論，從而得出上述秦篆之特色與規律，所言或許繁雜，卻較近於秦篆之原貌。

第二節　漢篆形體總述

壹、漢篆之傳統說法

歷來以漢篆爲討論主題者並不多見，蓋由於文字演變至漢代，初期受古隸之影響，後期又以八分爲主要書寫書體，小篆生存空間遭到壓縮，故歷來較爲人所輕忽。

儘管如此，漢篆之大量存在爲不爭之事實，縱然有部分古隸甚至於八分之成分參雜其中，卻亦是篆隸相融之特色。對於「漢篆」一詞，古人即少見用，

現代部分書法字典亦無此詞條，而多見「漢隸」詞條，可見諸家總以隸書爲漢代主要代表書體，而忽略篆書在漢代之表現。

《中國書法大辭典》「漢篆」條下曰：「漢代的篆書。多爲小篆，而體格近方，筆法近隸。一般在莊重的場合和金器上使用。元吾丘衍《學古編・三十五舉》之十六舉曰：『漢篆多變古法，許氏作《說文》救其失也。』清劉熙載《藝概》卷五《書概》：『漢篆《祀三公山碑》「屢」字，下半帶行草之勢。』」〔註15〕

《簡明書法辭典》「漢篆」條下曰：「漢代的篆書。多爲小篆，其特點，體近方形，用筆之法近於隸書。」〔註16〕

《中國書法詞典》「漢篆」條下則曰：「名詞術語。漢代的篆書。多爲小篆，體勢近方，筆法近隸。元吾邱衍《學古編》：『漢篆多變古法，許氏作《說文》，救其失也。』」〔註17〕

由以上諸家所言，可知漢篆之共同特點爲形體較近方形，且受有隸書影響。就諸家所言之中，仍有數點可討論：其一，何以漢篆形體近方？其二，「筆法近隸」所指之意爲何？其三，許愼撰《說文》是否與救漢篆之弊有關？其四，漢篆施用於何種場合？

筆者以爲，就漢代所有書寫材質上之篆形觀之，並非所有篆形皆爲方形，例如刻石上之〈袁安碑〉、〈袁敞碑〉及東漢諸多篆額，銅器、瓦當、陶器上之篆形則無固定形體，因此，以「近於方形」指稱漢篆並不周延，說法亦不明確。就前文各章之分析，筆者認爲漢篆確有「近於方形」之一類，但其內涵包含有二：其一指形體之近方，其二指筆勢於轉折時之近方，如刻石中之「嵩山三闕」、銅器中之銅洗、貨幣、璽印等書寫材質上之篆形皆有此二種因素在內，更進一步說，以方正形體與筆勢呈現之漢篆，數量最多者爲璽印，故漢篆之所以被各家認定爲「形體近方」，筆者認爲實受璽印有極大之影響。此外，「形體近方」亦是相對於秦篆而言，秦篆之外形確實較漢篆爲縱長。

至於「筆法近隸」，則是就部分書寫材質上之篆形而言，且不僅限於筆法。

〔註15〕梁披雲主編：《中國書法大辭典》（香港：書譜出版社，1984年10月），頁17。

〔註16〕段成桂、陳明兆主編：《簡明書法辭典》（吉林：吉林文史出版社，1990年8月），頁6。

〔註17〕馬永強主編、劉向偉等合編：《中國書法詞典》，頁250。

刻石上之篆形如前文所述及之〈袁安碑〉、〈袁敞碑〉、部分摩崖、題記，以及新莽時期之貨幣面文等，其篆形猶有圓轉之形，仍有濃厚小篆意味。至於如刻石之「嵩山三闕」、篆額、部分題記，以及銅器、瓦當、貨幣、璽印等，則幾乎受有隸書之影響。其影響或在於形體趨於扁方，如部分刻石篆額、銅洗文字等，因受空間及美術化之因素，而使篆形明顯具扁方之意；亦有如定義所言筆法近於隸書者，如部分銅鏡上之篆形，實雜有隸、楷之意，瓦當、貨幣、璽印等篆形則更是將隸書特性融入其中，尤其於轉折處皆甚為方折，各橫畫間甚或有平行或向左右開張之意，此即受有隸書橫向發展之影響；亦有如前文各章所分析，部分篆形較近於隸、楷書之結構，刻石、貨幣、璽印之篆形結構受隸、楷書影響者尚少，但銅器、瓦當受隸化與楷化之程度則要快速許多。綜合以上所言，對於「近隸」之說法，實應擴及包含外形、筆法、結構等多項因素。

許慎撰《說文》之動機，筆者於〈許慎與《說文解字》〉一節已有詳細說明，乃在於解經義與明小篆形體之由來。定義中謂許慎作《說文》乃因「漢篆多變古法」，並未說明如何之變，既未說明，後文所謂「救其失也」，便不知欲救者何。實則東漢之世，時人已多不明小篆形體結構之所由來，以至對小篆之演變不甚明白，對於小篆形體之說解亦多乖謬，以如此不明所以之態度書寫小篆，錯誤則在所難免，故其「多變古法」實乃因不明小篆形體結構之故，既不能明小篆之形體結構，則對於文字音義無法做正確解說，故許慎乃撰《說文》以救此弊，定義說解太簡，易令人誤解或不易明白。

漢代以隸書為主要書體，小篆為此受到壓縮。小篆除規整形態者續有保留外，亦有各種變體篆形產生，以求適應於不同書寫材質與不同場合上。就前者而言，以刻石一類為最多，多施用於碑刻、祭祀等莊嚴肅穆之場合；部分宮廷所使用之銅器，如一系列以「上林」為銘文之青銅器物，以及新莽時期之度量衡器，其篆形亦皆工整；貨幣篆形雖經常改版，但其篆形亦經常保有一定程度之外形，尤其新莽時期貨幣，篆形之精美不在話下。另有一部分篆形屬於美術意味強烈之變體篆形，例如東漢刻石上之碑額、銅器中之銅鏡與銅洗、瓦當篆形之圓弧形體、璽印中之鳥蟲書及其它特殊形體等皆屬此類，其外形或扁或方，或圓轉或方折，或具律動之姿，或與圖像結合，各具意趣，為先秦以來相對較為呆板規整之秦系篆形系統增添不少趣味。由以上各類觀之，定義中所言漢篆

多見於正式場合或金石器物中，大致上僅說中一半。

《中國書法大辭典》中謂〈祀三公山碑〉「屢」字具草書意味，碑文中「屢」字作█，〔註18〕篆形部分模糊，實無法看出是否具草書之意，若謂具有律動之感則可，不如筆者於〈兩漢後期刻石之篆形探析〉一節中所舉「是」字，其下半部數筆連結，實爲行書常用筆法，篆書刻石中亦不乏有律動形體者。

釐清以上數點，則可對於漢篆之具體內容與型態，有更爲清楚之認識。

貳、漢篆之具體範圍與內容

由前述四章中可知，漢代書寫材質中包含有篆書形體者計有刻石、銅器、瓦當、貨幣、璽印與陶器，幾乎所有今日可見之書寫材質上皆可見其蹤跡，透過此六者上篆形之討論，可使漢篆之面目更形清晰而不再與秦篆相混淆。

檢閱漢刻石，其分類隨各家而不同，依筆者之分類，計有摩崖、題記、碑刻、祭祀、碑額及無法歸類之雜刻等類，因兩漢時代跨度較長，故摩崖、碑刻、題記等於前後期中皆可見，其餘則較具時代性，尤其是碑額在東漢時代占有重要地位。摩崖多刻於天然崖壁之上，其篆形多壯大而氣勢逼人；題記施用於墓室之中，與畫像石同爲裝飾性用途；碑刻以東漢最盛，但以篆書爲之者不多見，內容多記錄死者生平事蹟，具有考證之重要價值；祭祀一類則多用於祭拜神明，莊重肅穆；碑額以東漢時代最多，多與隸書碑文搭配使用，具有裝飾性之標題意味；無法歸類之雜刻則多爲刻工姓名、編號、記號、尺寸等內容。

檢閱漢銅器，整體而言有承自於先秦者，有新興於當代者，可分食器與酒器、水器與雜器、度量衡器、銅鏡、銅洗與其它等類，形制亦較秦銅器多元，其中銅鏡及部分實用器具於前後期皆多可見，其餘部分則有較有時代特徵。食器與酒器乃承自於先秦，部分器物如鼎和鍾等，在漢代尚有象徵性之重要作用；水器與雜器亦承自先秦，但至於漢代已有變化，多變爲實用性之日用器物；度量衡器較集中於王莽之時，對於秦代之後再一次之統一標準具有重要意義；銅鏡與銅洗亦承自先秦，但銅鏡至漢代始出現文字，銅洗銘文則出現較早，二者皆成爲實用性與美術性兼具之作用；其它數量較少之器物，或爲度量衡器，或爲日用器物，但未能成爲一大類。

〔註18〕徐玉立主編：《漢碑全集》，冊1，頁283。

　　檢閱漢瓦當，各家分法亦不盡相同，筆者分為紀年、祠墓、吉語、宮殿官署、極類漢賦單句、標誌與其它等類，瓦當不但數量繁多，種類亦多，其中吉語類瓦當更是貫串兩漢四百年之久。紀年類瓦當並不多見，但對於斷代與歷史事件之補充有所幫助，今日所見有高祖統一天下、武帝大勝匈奴等；祠墓類用於墓地祠堂，由此類瓦當可確定不少墓地之墓主、時代等，亦具有考證之效果；吉語類瓦當數量最多，時代跨度亦最長，內容多為追求長生、富貴、名利、相思等內容，多種多樣，且具傳承性；宮殿官署類則多用於皇室或王公大臣之家，亦有施用於政府機關者，代表上層社會之地位；極類漢賦單句類大約在中期較為興盛，由於漢賦之興起，而使瓦當亦受影響，出現成套成組之內容；標誌類起於西漢末年，其作用與祠墓類相似，祠墓類用於往生者，標誌類用於在世者，以標明其住家，故在富商大賈等人家較常見；至於其它類則尚有與思想有關者，大致為儒家或道家思想，亦有來源於外國者，如東北方之朝鮮與北方之俄羅斯一帶。

　　檢閱漢貨幣，大致以武帝為界，此前多為各式半兩錢，此後多為各式五銖錢。以半兩錢與五銖錢而言，面文即為「半兩」與「五銖」二字，另有少量記號性文字或符號。較特別者，王莽時期推行不少新貨幣，實為復古政策，故錢幣形制與面文篆形亦皆與兩漢有異，是較為突出之處。

　　檢閱漢璽印，由地位上可分為官印與私印，由材質上可分為玉、金、銀、銅、木、瑪瑙、水晶等，甚為多樣，須依官階高低來施用。璽印使用時間跨度長，自先秦至於今日猶在使用，隨用途、篆刻者、使用者、材質等因素之不同，而形成璽印形制與篆形多元之風貌。

　　檢閱漢陶器，包括磚文與瓦文，其數量亦相當繁多。依製作過程，有打印者亦有刻劃者，依內容而言，亦多為刻工名、地名、官署名等，部分陶器與磚文亦有類於璽印形制者，可與之相參。

　　經由以上對於漢代之書寫材質及其內容、用途等再做一簡要敘述後，可知漢代雖以隸書為主要書寫書體，但篆書亦存在於相當多種書寫材質上，縱使其使用範圍不如前代，書寫風格仍多種多樣，由實用性轉變為藝術性之後，反而更增添許多趣味性，因此，對於漢篆仍有了解之必要。

　　同於秦篆，前人談及漢篆往往就少數碑刻文字論之，不少相關著作所論皆稍嫌狹隘，對於漢篆風格談論較多者，反倒在璽印一類著作中居多。漢代碑刻

上之篆形常有可觀者，如〈袁安碑〉、〈袁敞碑〉可謂爲姊妹品；「嵩山三闕」篆形較方正，布有界格，有璽印意味，風格亦相近；此外，王莽時期少數幾通刻石上篆形亦有其時代特色。關於此點，前人多有論述，筆者於第二章中亦多有分析，此處不再贅述。近來部分著作對於漢代書法藝術之談論較爲深入，對各種書寫材質上之書體皆有所敘述，如具藝術性之碑額、瓦當，兼具筆法、刀法之璽印等，其上之篆形亦皆有可觀者，對於漢篆眞實面貌之拼合，實具有相當之幫助。

　　根據以往各家所論，則漢篆之風格至少已有「工整」與「藝術」兩大類，以下再就諸家較少提及之部分銅器、陶器等內容整體論之，使支脈更清楚，更近其本眞。

參、漢篆之整體特色

　　前人對於漢篆之了解與談論雖較爲狹隘，但近來已有不少著作逐漸做較爲全面性之敘述，雖然對於以「漢篆」與「漢隸」兩書體爲主題論述之方式尚不多見，但以書寫材質爲主題者已逐漸豐富，以下筆者以書寫材質爲對象，整理出漢篆之特色與條例。

一、由工整度觀之

　　漢代之各種書寫材質有刻石、銅器、瓦當、貨幣、璽印與陶器等六大類，由前文已知，刻石有摩崖、題記、碑刻、祭祀、碑額及雜刻等小類，銅器有食器與酒器、水器與雜器、度量衡器、銅鏡、銅洗與其它等小類，瓦當有紀年、祠墓、吉語、宮殿官署、極類漢賦單句、標誌與其它等小類，貨幣以半兩錢與五銖錢爲主，璽印包含各種官私印，陶器亦多爲工匠名、數字、編號、官府名等。

　　由篆形工整度觀之，其較爲工整者，於刻石計有摩崖、題記、碑刻、祭祀、篆額等，多用於歌功頌德、祠堂墓地等重要場合，故篆形要求莊嚴肅穆。銅器則以新莽時期之度量衡器與銅洗爲最，其它器物則不一定，部分施用於朝廷者亦較爲工整，如一系列以「上林」爲銘文之器物即是。瓦當之篆形工整與否，與類別較無關，三期之中以中期最爲工整，甚至有近於璽印之形者，可與璽印篆形互通，此外，瓦文篆形雖大多隨當面變形，但大多猶保有小篆之構形，故仍可謂之工整；貨幣在各帝王時期多有特色，一般而言，西漢武帝、昭帝、宣帝時期、王莽各種貨幣、東漢建武時期等之面文篆形皆尚可稱工整，特別是王

莽時期之錢幣，面文篆形之工整美觀，至今仍為人所稱道；璽印自武帝時期以來，已出現漢代獨特風格，素有「摹印篆」之名，故多為工整篆形。

以上歸屬於工整篆形者，尚可分為兩小類：一類為承自秦篆之標準工整篆形，如刻石中之摩崖、碑刻、祭祀類，銅器中之度量衡類與部分施用於宮廷之器，以及貨幣與璽印兩類等皆屬之。另一類屬於變體篆形，與秦代圓轉用筆之小篆相異。如刻石中之題記、篆額與銅器中之銅洗、瓦當中之鳥蟲書、雙勾及文字與圖畫之結合等，雖亦為工整篆形，但題記與銅洗外形呈現方形，可能受有隸書之影響，同時又兼具藝術性；篆額則亦為特殊之一類，為與碑刻正文為工整隸書相搭配，於是篆額便變換各種形體，或扭曲，或方折，各具生動之姿；瓦當上鳥蟲書之以鳥或蟲之形體裝飾文字，華麗萬分，以文字與圖畫結合，亦甚具象形。由以上書寫材質與類別觀之，漢代各種書寫材質中，有許多篆形屬於工整一類。

其次則為篆形較簡率者。如刻石中之雜刻類，由於多為刻工用以記錄之編號、數字，或刻工之姓名，僅作為記號或記名之用，故不必工整。大多數之食器、酒器、雜器等，由於已逐漸演變為日用器具，故篆形較為簡率，銅鏡更由於雜合篆、隸、楷等書體而較顯雜亂。瓦當晚期之瓦文篆形，由於受隸書影響，加上簡化太過，往往使人無法區別其構形，簡率情形甚為明顯。早期璽印因猶受有秦代篆書與古隸之交互影響，故亦有略顯簡率者，但卻有天真古樸之趣。至於陶器除部分以打印為之者外，以刻劃方式為之者往往形體簡率，甚或有不易辨識者，於眾多書寫材質中大約要算是最為潦草之一種。

經由以上之分類，依工整度可將漢篆分為工整與簡率兩大類，工整一類又可分為與秦刻石相似之最為規整型之篆形，以及具有美術性、藝術性意味之變體篆形，故以大類而言可分兩類，細分之則有三類，以類別觀之，與秦篆大致相同。

二、由書法之角度觀之

小篆由秦入漢，其主導地位逐漸式微，於是改變其施用場合與形態，於適當之處繼續生存，而又受隸書之影響，篆形與秦篆必有相異之處。

首先亦先由結構觀之。在前文各章節中，筆者皆將各書寫材質及各時期之篆形與《說文》對比，發現仍有多數之篆形，其結構與《說文》並無相異之處，可見大多數小篆進入漢代後，在結構上仍較為保守，改變形體之情況不多見。

刻石中之部分碑刻、部分碑額、摩崖、祭祀類，銅器中一部分使用於宮廷中之器物與度量衡類，乃至於璽印、貨幣、瓦當等篆形，其結構大體皆承秦代而來，相承意味頗重；其結構改變較大者，如刻石中之題記類，銅器中之銅鏡與銅洗，部分缺刻、倒刻、反文等之貨幣、陶器篆形，或受有隸、楷書入篆之影響，或因刻意追求變化，而使結構有較大之解構，並向今文字演變之趨向。

若就筆勢觀之，兩漢四百年之歷史，其書寫者、刻劃者人數必較秦代更多，不同書寫者、刻劃者之習慣必定不同，縱使結構相同，筆勢亦必相異，因此除少數作品如〈袁安碑〉與〈袁敞碑〉能被視為同一書手或刻工所為，絕大多數篆形彼此間之筆勢絕難以相同。由筆者於前文各章對於筆勢之比較，便不難看出無論何種書寫材質，相同文字者亦難以尋有筆勢近似者，尤其是篆形較為簡率之一類，其筆勢更是多種多樣，其多元之走向實大異於秦代。

再就筆法觀之，秦代簡帛文字早在戰國晚期即已進入隸書系統，至於漢代亦是如此，骨簽文字上之形體亦是近於成熟之隸書，不在本文討論範圍之內。上節中提過，筆法在墨跡文字中表現較為清楚，因古人以毛筆為書寫工具，故最能展現筆法之特性，其餘書寫材質上之篆形，皆是先由書寫者書寫，再由製造者燒製或刻劃，故受限於材質與製造者之因素，未必能完整呈現書寫材質上之筆法。綜觀漢篆，較能呈現出筆法者要屬刻石、銅器中規整一類，其起收筆、走筆、線條之韻律等，較能展現漢篆筆法；至於較具美術性色彩者如篆額，或璽印中較規整之一類，亦有筆法可言，結合藝術美感，使篆形有不同之風貌；瓦當與貨幣篆形因受材質、製作過程之影響，不易表現筆法；若是刻石雜刻或以刻劃表現之陶器，僅作為記錄之用，刻劃草率，倉促為之，其筆法之表現便更形微弱。

經由上述對於結構、筆勢與筆法之討論，在漢篆中，大致以刻石中使用於摩崖、碑刻、祭祀等類，銅器中使用於宮廷之類，新莽時期之貨幣面文等篆形，可謂兼顧三者，屬於漢篆中與書法藝術結合最為密切者；其次則如刻石中之篆額，銅器中之銅鏡、銅洗等類，瓦當、貨幣、璽印等，於結構、筆勢、筆法中各有特色，不僅具藝術性，且能融合隸書，亦有其獨到之處；至於如刻石中之雜刻類，陶器中之刻劃一類，篆書之氣息已相當淡薄，受隸、楷書影響頗重，就書法藝術而言，書家多不取法。由書法角度觀之，漢篆形體可分三類，與由工整度觀察之結果大致相同。

三、漢篆之特色與規律

經由上文在工整度與書法兩種角度之討論，綜合漢代各種書寫材質上之篆形，可歸納出漢篆之特色如下：

（一）整體外形可分工整與簡率兩大類，工整一類又可細分為兩小類。最為工整者以刻石中摩崖、碑刻、祭祀等類，銅器中用於宮廷之器物及新莽度量衡器等類，以及貨幣、部分瓦當、部分璽印等為代表；另一類則為形體尚稱工整而又有所變形者，以刻石中之題記、篆額，銅器中之銅洗、部分中期瓦當等類為代表；其簡率一類則以刻石中之雜類、銅器中之各種日用器物、銅鏡、部分後期瓦當、部分漢初及東漢璽印，以及刻劃一類之陶器為代表。

（二）整體外形有縱長形、方正形、扁方形等。縱長形者，以刻石碑刻、銅器新莽度量衡器及部分瓦當為代表；方正形者，以刻石祭祀、題記、銅器銅鏡、貨幣、璽印等為代表，可能是受到隸書之影響；扁方形者，以刻石碑額、銅鏡銅洗等為代表；此外，如刻石雜刻、銅器食器、酒器、陶器等，則沒有特定形體。

（三）整體重心偏下。又可分為兩種情形：其一以刻石碑刻、銅器新莽度量衡器及部分瓦當為代表，重心位置於漢篆中仍屬較高者，但相對於秦篆卻偏低；其二以所剩其它類別為一類，重心位置於漢篆中乃平均分布於字內，與隸、楷書相似。

（四）結構有穩定與不穩定者。穩定者通常篆形較為工整，刻石碑刻、祭祀、題記、篆額、摩崖、部分使用於宮廷之銅器、銅鏡、銅洗、度量衡器、部分瓦當、貨幣、璽印等皆是，較不任意更換組字部件或組字位置，且容易辨識；至於如刻石雜刻、部分日用銅器、部分瓦當、部分陶器等皆是，其結構常有變換，甚至單獨觀之不易辨識者。

（五）筆勢亦有穩定與不穩定者。其穩定者，僅有少數刻石碑刻、祭祀類、部分宮廷所使用之銅器為代表，部分貨幣、璽印亦尚可列入其中；其餘則屬於較不穩定者，尤其是銅器中之部分日用食器、禮器、酒器及刻劃類陶器等，常因篆形草率導致筆勢往往多有不同。

（六）筆法亦有確實與不確實者。筆法確實者於漢篆中僅占少部分，畢竟於製作一系書寫材質上欲表現筆法並不容易，漢篆中以刻石中之〈袁安碑〉、〈袁敞碑〉及「嵩山三闕」為代表，銅器上王莽時期之度量衡器亦有筆法可言，此

外，大多數璽印不僅具刀法，亦兼有筆法，皆屬此類。筆法較不確實或較不易見出筆法者，以其餘之書寫材質爲是。

（七）轉折處多爲方折之法。此處之方折有兩種內涵，其一乃相對於秦篆而言，並非眞爲直角式之轉折，部分篆刻書籍將它視爲「外圓內方」。此概念或由書法筆法而來，乃指轉折時筆畫之外緣以圓弧方式轉折，而內緣卻能呈現方折，以毛筆而言，欲達此階段已屬不易，漢篆中如上文所指各通碑刻、王莽時期之度量衡器，以及大多數璽印爲代表，部分篆額、貨幣面文亦能達到此種境界，其共通點在於乍看似爲方折，細觀之則有小圓弧形。其二指全爲直角式轉折者，較明顯者如刻石雜刻類、刻劃類陶器、部分瓦當與貨幣面文等，因刻畫或轉折不易，不得不做如此方折之法。無論屬於何種轉折，皆受有隸書影響當無可疑，因隸書之轉折往往直折而下，漢篆或多或少受其影響。

（八）線條有粗細之別。此處之粗細之別可分爲兩種：其一爲整體同粗細，筆畫亦同粗細，如大部分銅器、瓦當、貨幣、部分璽印、陶器等，或因受限空間，或因刻劃之故，線條較爲細瘦；其二爲整體同粗細，但筆畫有粗細之別，如大部分刻石，尤其刻石碑刻、篆額、部分題記、王莽時期度量衡器、貨幣、部分璽印等，其筆畫或有「粗——細——粗」三段之別，或如懸針篆由粗至細之別，或如因刀法之故而於起收筆處較爲加粗等，各盡其妙。

（九）有較多之變形篆體並具有美術化傾向。此類傾向先秦即有之，如以楚國爲最盛之鳥蟲書，然而此類篆形直至兩漢尤其是東漢始大量興起。刻石篆額有筆畫扭曲律動者、伸長某些長筆使之突出者等；銅器銅洗筆畫方折，盤旋迴繞，獨具一格；部分銅器、瓦當、璽印亦有以鳥蟲書呈現者，可見漢篆承自先秦楚文化之一斑。由於有此類美術化傾向之篆形出現，使漢篆之風格較爲多元化。

（十）部分形體承自於戰國文字，更有上溯至金文者，璽印、陶器皆有其例；受隸書影響更爲明顯，部分篆形與隸、楷書幾無差別。

（十一）所有書寫材質上之篆形，於筆勢與結構上皆有變動現象，而筆勢之變動又較結構之變動爲大，筆勢仍爲帶動篆形變化之主因。

（十二）目前所見漢篆資料實物來源包含刻石、銅器、瓦當、貨幣、璽印、陶器等，而以銅器、瓦當、璽印與陶器數量較多，傳統上少談漢篆，或僅以刻

石爲漢篆之討論對象，範圍較爲不足。

（十三）整體而言，漢篆受古隸甚至八分、工匠、需求、製作速度、書寫工具、書寫材質等各方面之影響，而使篆形呈現較爲多元之形體。

以上爲綜合前文二至五章對各種書寫材質上篆形之分析，以及影響篆形風格相異之因，並與《說文》篆形做各種角度之比較，從而得出此十數條漢篆規律及其特色，諸家對於漢篆定義中模糊之處，亦有所討論，筆者認爲，以上條例或許繁複，卻可窺見較爲接近漢篆之原貌。

第三節　秦漢篆形總體比較

經由前兩節對秦篆與漢篆之定義加以說明與補充，並經過重新整理後，各得出十數條規律與特色，希望對於個別了解秦篆與漢篆之形貌，能有清楚深入之了解。以下筆者試將秦篆與漢篆再做總體討論與比較，以更突顯二者之異同，並爲本論文做一總結。

壹、對於秦漢篆比較之不足

由於受書法論述之影響，「秦篆漢隸」之說法深根於多人觀念之中，此乃就主要書體而言，並非表示秦代即無隸書，漢代亦無篆書，因此，筆者於前二節行文時強調，欲對秦篆與漢篆有全盤之了解，便必須對所有具秦篆與漢篆之資料加以分析，始能獲致較爲接近眞相之答案。部分著作對於秦篆之特色多有著墨，對於漢篆卻較少提及，遑論比較。談論書體流變之著作不在少數，亦間有論及由秦至漢之篆書流變者，但多以敘述性、舉例性方式說明，總缺乏整體之總結，筆者擬試舉前輩學者對秦漢篆之特色說法及其比較有較爲具體說明者加以討論，以觀其優缺點。

譚興萍對於秦篆與漢篆皆有所討論，並稍有比較，對於秦篆提出數點特點，而在漢篆部分則作段落說明。對於秦篆之說明如下：

（一）起筆與收筆均是逆筆藏鋒，行筆都是中鋒用筆。

（二）整個字之筆畫與整幅字之筆畫，粗細基本一致，字形成長方形。

（三）橫畫須平，豎畫須直，字之間架筆畫平行且成等距，布白均勻。

（四）曲線形筆畫左右對稱。

（五）筆畫轉折之處，不露圭角，亦無停頓重按之筆，要不見筋節而一氣連貫之筆畫。

（六）筆畫交接處，不見接痕，不露起收痕跡。〔註19〕

此數點雖是針對書法用筆而言，但此數點於秦刻石中確實可見，所論亦多正確，唯其所使用之資料，包含唐代以後者，故不能完全代表秦篆面貌，且其所用秦代資料唯有刻石，其餘書寫材質上之篆形並未加以考慮。

至於論漢篆則曰：

> 小篆又有秦篆與漢篆兩種，……秦權秦量，則變扁方，漢人承之而稍加變異，與秦篆無大差異，雖名漢篆，實同一小篆。漢代盛行隸書，篆書已逐漸失去實用價值，僅用於特別正規之地方，如題字、碑額等，而成為純藝術之創作。漢篆存世者，只有「群臣上壽刻石」、「少室神道闕銘」、「開母廟石闕銘」三碑。其結體、筆畫，茂密渾勁，近時洛陽出土有「袁安」、「袁敞」二碑，兩碑筆勢瘦勁，結體寬博約相一致。此外有些漢碑額題以篆書來裝飾。茲略舉數碑如孔宙碑額、韓仁碑額、尹宙碑額、鄭固碑額、張遷碑額、白石神君碑額、華山碑額等碑類書體，高妙逸麗，惜字數太少，研習難得豐富資料。〔註20〕

在此段說明中提及權量詔版文字，基本上便顧及秦篆中工整與簡率之兩大類，對於篆書功用改變之說法亦大致正確，然其所見漢篆材料仍不全面，站在書法立場雖以碑刻為最佳學習對象，但其它書寫材質上之篆形未必無參考價值，如漢代璽印即是融合篆隸二體以產生之特有形體。

沃興華對於秦篆與漢篆亦分別立節說明，不做條列式之特色說明，而以時代分期方式對各時期較具代表性之篆書碑刻予以舉例與敘述。在秦篆中，主要仍談論秦刻石，並對於李斯、胡母敬等人做一介紹，基本上肯定李斯整理小篆之功勞，同時認為由於李斯為楚國人，其所整理之小篆在某種程度上受有南方書風之影響，〔註21〕不僅符合歷史事實，亦提供今人解讀秦篆乃至於

〔註19〕譚興萍撰：《中國書法用筆與篆隸研究》（台北：文史哲出版社，1991年8月），頁123。

〔註20〕譚興萍撰：《中國書法用筆與篆隸研究》，頁133。

〔註21〕沃興華撰：《中國書法史》，頁128～129。

《說文》之新思考角度。對於漢篆，不僅由刻石入手，亦提及銅器，所見資料較爲寬闊。將兩漢分爲西漢、王莽、東漢安帝、東漢後期等，並能注意篆書書風之不同，如西漢主要見於銅器與刻石碑文，王莽書風復古因而更具篆書意味，東漢安帝時期起開始出現成批之篆書作品，以及東漢後期碑額篆書之流行，〔註22〕所見皆極正確，可惜猶不夠全面，對於各種書寫材質或各期小篆書風尚未能明顯突出。

　　由以上二位前輩學者之說法，猶可見對於秦篆與漢篆之介紹、說明尚不全面，且以段落敘述性之方式則較難以進行比較。

　　若欲全面照應書寫材質，以秦代爲範圍者，如王學理、梁云合撰之《秦文化》，分秦系文字爲金文、陶器、璽印、封泥、石刻等；〔註23〕李學勤所撰《東周與秦代文明》則大致分爲銅器、陶器、刻石、磚瓦等；〔註24〕若以漢代爲範圍，如華人德撰《中國書法史·兩漢卷》所論甚爲詳細，不僅將西漢與東漢分期，且主題亦較爲全面，如銅器、刻石、陶器磚瓦、碑刻、骨箋等皆在其中。〔註25〕張龍文撰《中國古代書法藝術》分爲刻石、陶器、錢幣、布帛文書、鏡鑑、竹木簡等十餘項主題，時代涵蓋範圍廣，而又以秦漢時代爲主。〔註26〕此類著作皆以主題方式呈現，自然書體亦包羅萬象，而不僅限於篆書，如此欲將包含篆書之對象選出，便感困難。可以說，欲兼顧主題與書體，在目前之著作中較爲少見。

貳、秦漢篆文風格比較

　　朱天曙於其所撰《篆書10講》中，對於篆書之起源、發展，以及秦、漢、清三代之篆書書寫材質與名家，於短短十講中有簡要之介紹。對於秦篆，分爲「整飭風規」類，以刻石爲代表；「自由率眞」類，以權量詔版與陶器爲代表；對於漢篆，分爲「裝飾流美」類，以碑刻與碑額爲代表；「巧奪天工」類，以金

〔註22〕沃興華撰：《中國書法史》，頁129～138。

〔註23〕參見王學理、梁云合撰：《秦文化》（北京：文物出版社，2001年4月），頁198～220。

〔註24〕參見李學勤撰：《東周與秦代文明》（上海：上海人民出版社，2007年11月），頁148～159。

〔註25〕華人德撰：《中國書法史·兩漢卷》。

〔註26〕參見張龍文撰：《中國古代書法藝術》。

文、帛書、磚瓦銘文為代表。〔註27〕各主題中已注意到「分類合併」之概念，如秦刻石為規整類，權量詔版與陶器為簡率類，大體分為兩系；漢刻石之篆文書風較流暢，而銅器、帛書、磚瓦則各具天趣，亦分為兩系。雖然所論並未包含所有書寫材質，但以風格分類筆者認為能更清楚貼近秦漢篆形風格。

筆者認為，秋子對於秦漢篆整體風格之分析較為周全詳盡而有系統。其對於秦篆曰：

> 小篆在被推行使用的實踐中，由於書吏們的出發點不同，書寫習慣不同，應用範圍不同，書法思想和審美觀念等不同，所以必然的表現出不同的風格特色。我們從秦代遺存下來的刻石書跡、權量詔版等就可看出：同樣都是小篆書體，而其書風則各有面孔。這足以說明，小篆的書風是多樣的，各具特色的。〔註28〕

此段文字中，雖僅提及刻石和權量詔版兩類，但其內容實已論及各種書寫材質，而刻石與權量詔版，又正是小篆工整與簡率兩類之代表，與筆者在第一節中之分析結果相同，其指出小篆具有多種樣貌，是十分正確之見解。

漢代則分西漢與東漢論述，是少見將漢篆內容說解清楚，而又分兩漢而述之者。其論西漢篆書曰：

> 西漢篆書書風的變化，概括起來講：首先，結體自覺不自覺的受到分書的影響，以至晚期篆書中衍生出一些訛篆，構形也是縱而趨方趨扁，扁縱并出；其次，受秦詔版影響，線條上由原來的規整統一，向曲而趨直、繁而趨簡、轉而趨折、長而趨短的形態嬗變，在書寫風格個性化的驅使下，線條的審美意韵由於內在運動節奏的變化，引起由靜態趨於動態、由單純趨於豐富的變化；再次，章法上由於材質、形制和大小的不同，布字出現了因需而矩并達到協調統一；末次，篆書的應用在整體上已趨於裝飾性。〔註29〕

由於簡帛上之書體，很早即進入隸書階段，故其它書寫材質上之篆形，自然多受其影響，特別在銅器、璽印等更是如此，而瓦當上之篆形，越至後期則形體

〔註27〕參見朱天曙撰：《篆書10講》（上海：上海書畫出版社，2004年6月）。

〔註28〕秋子撰：《中國上古書法史》，頁281。

〔註29〕秋子撰：《中國上古書法史》，頁364。

越簡；轉折之趨方，形體之趨扁，亦受有隸書之影響，於諸多銅器上皆可得見；形體上趨於多樣化，刻石不再如秦刻石般較爲一板一眼，而突然呈現多樣風格，〈魯北陛石題字〉、〈東安漢里刻石〉、〈孔林墳壇兩刻石〉等，便皆呈現不同風貌，銅器、瓦當、璽印、陶器等亦皆有相同情形，與漢代整體國力之強盛、文化之多元相當契合，正由於有如此文化背景，故瓦當、璽印等便逐漸走向藝術化之領域。

東漢時期篆書之應用範圍又有所變動，其書風亦不同於西漢，秋子之分析亦有其正確之見解：

> 東漢時期的篆書，就風格特點而言，已然不是西漢那種以縱扁不一的構形、規範厚樸的用筆和折而趨直的線條爲主流的特徵，而是以充分展現個性和百花齊放，塑造了其基本特徵。總起來說，大致可分爲這樣幾路書風：一種是以祀三公山碑和「嵩山二闕」爲代表的渾古道厚風格；一種是以「二袁碑」和韓仁銘碑額等爲代表的古勁秀逸風格；再就是一些銅洗、磚銘瓦當的裝飾性風格。〔註30〕

秋子在此段文字中，很明確將東漢篆書體系分爲三類，筆者雖亦將漢篆分爲三類，但在分期與內容上並不完全相同，但可以確定，篆書至東漢其風格已有明顯不同之三系。

秋子能將由秦至東漢各種書寫材質上之篆形風格，多舉實例加以印證，而非僅有籠統之說，對於各書寫材質篆形之流變，具有認識上之幫助。

黎東明則將秦漢二代合而爲一，將書寫材質上之篆形總體觀察，分爲三大風格類型：銘石之作、金屬銘文與漢碑篆額、磚文和瓦當。在銘石之類中，提出由〈泰山刻石〉、〈瑯琊臺刻石〉至〈袁安碑〉、〈袁敞碑〉、〈開母廟石闕銘〉、〈少室石闕銘〉等爲一系，其特色在於：

> 這種書體所運用的字體是當時被認爲屬於比較正統的官方文字，代表著一種正統的書風導向，故其書寫形式有著自身嚴肅性的要求，富於標準性和裝飾性。又因其文辭均爲歌功頌德一類，也決定了它們較之於其他場合所運用的書體風格，有著相對的穩定性和莊重色彩。〔註31〕

〔註30〕秋子撰：《中國上古書法史》，頁 533～534。

〔註31〕黎東明撰：《中國書法欣賞叢書・秦漢篆書》，頁 4～5。

引文所舉數碑，確實皆爲篆形工整一類，亦皆使用於莊嚴肅穆場合，或公告，或表彰，或祭祀，篆形雖不盡相同，但皆爲當時之標準小篆書體。

金屬銘文一類包含秦代權量詔版上始皇與二世之詔文，在漢代則爲部分日用器具，其上所刻銘文多爲編號、記容、重量等，多以刻劃爲主。黎東明認爲其共同點在於相同文字內容由於出現次數太多，或內容過於簡單，加之以數量之大，其「不拘體勢、一任自然的風格便隨之而出」，〔註32〕因此今日所見此類篆形，多受古隸影響且刻劃甚不規整，與上一類成爲強烈對比。

至於漢碑篆額、磚文和瓦當，由於存在於不同書寫材質、施用於不同場合，以及因可能大量使用而有不同之刻工，故篆形自然紛繁多樣。黎東明認爲：

> 這一風格類型的作品大都具有一種裝飾性的意味。它們充分的運用和發揮小篆書體可以隨意而伸縮屈就的可塑性特點，在不同形狀的平面空間裡，通過對字形結構的疏密、聚散、避就與變形等手段而進行處理。在不違背篆書結構的原則下，極盡屈曲穿插之能事，修短合度，意態完足。〔註33〕

此類作品特別強調其可塑性、藝術性、美術性，視場合之需要，而能做不同形體之調整，是以在西漢中期以後，逐漸轉變小篆工整之形，而發展出秦篆所不見之新路線。

將秦篆與漢篆以條列方式一同討論者，筆者所見有劉江所撰《篆刻教程——漢印的臨習和鑒賞》，雖然是由篆刻之角度出發，但對於秦篆與漢篆二者間之特色與差異，亦多有正確之看法。論秦篆之條例有四：

（一）外形多爲長方；

（二）結體多爲上密下疏；

（三）轉折處多爲圓轉（少數直接刀鑿的字，如權量、詔版等也有部分轉折的）；

（四）線條一般多爲細勁遒麗。〔註34〕

〔註32〕黎東明撰：《中國書法欣賞叢書·秦漢篆書》，頁5。

〔註33〕黎東明撰：《中國書法欣賞叢書·秦漢篆書》，頁9。

〔註34〕劉江撰：《篆刻教程——漢印的臨習和鑒賞》（杭州：中國美術學院出版社，1994

論漢篆之條例亦有四，前有簡要說明：

> 漢代篆書，因處於篆隸的過渡時期，故具有兩種書體之共同特點，同時
> 又因刻寫、鑄在不同質地上，而不同用途，不同時代，不同書刻者，也
> 各有不同風貌。（如石刻碑文，碑額、瓦當、簡牘、縑帛、印章等）。僅
> 就漢代有代表性的碑刻文字爲例說明。……
>
> （一）外形多爲方形或長方（漢篆中長方、多較秦篆中的長方爲短，秦
> 　　　篆長方多爲三與二或二與一之比例，而漢篆長方多短於三與二之
> 　　　比。有的甚至成扁方。）；
>
> （二）結體多爲方正、平勻，穩重（即有的字有懸腳也較秦篆爲短。）；
>
> （三）轉折不定，方轉與圓轉都有；
>
> （四）線條一般略粗重、含蓄有力：（有時常在平整的線條中摻雜一二屈
> 　　　曲之線，顯得活潑生動。）。〔註35〕

雖是談論璽印之作，但對於秦篆與漢篆之特色亦能掌握，以條列方式對照，確
能收事半功倍效果，尤其對於秦漢篆形長寬比例之見解，對於漢篆重心下移之
現象，便能獲致合理之解釋。在秦篆方面，兼顧權量詔版篆形，在漢篆方面，
亦提及刻石、瓦當、簡帛、璽印等，然而條例所及，卻多僅以刻石爲對象，不
易見出秦漢篆之全貌及其異同。

　　筆者經由第二至第五章對於各書寫材質上之秦漢篆形，由筆勢、結構、形
體變化之因、與《說文》之比對等各方面加以討論，對於形體上有明顯差異而
能分期者，亦以己意加以分期討論，以見小篆由秦至漢之演變情形。以下筆者
則以前文討論之結果，及前輩學者之意見爲參考，將秦篆與漢篆之異同，以分
點方式條列於下。

一、秦漢篆分期約在武帝，範圍亦同時擴大

　　由前一時代進入後一時代，就政治上而言，可截然劃分，但文化上必然要
經過一段時間之調適與融合，始能產生自我文化，許多朝代之新興文化皆是如
此而產生，「漢承秦制」，漢代經歷過楚漢相爭與漢初黃老之術休養生息後，至

年4月），頁62。

〔註35〕劉江撰：《篆刻教程——漢印的臨習和鑒賞》，頁63。

武帝時國力始日漸強大，文化始日漸走出自我獨特風格，故以時代而言，秦漢篆之差異應以武帝時期爲分界較爲恰當，故紀年確實之刻石在文帝時期始有所著錄，銅器約起於景帝，瓦當則在景武之交，貨幣在武帝時發生大改革，璽印亦在武帝時取消界格，皆可證明漢篆之眞正產生不在漢初。

　　若就書寫材質來看，在秦代僅有刻石、銅器、貨幣、璽印、陶器之上有篆形可考，至漢代則又多出瓦當，使篆書之應用無論在實用性與藝術性上皆有所擴展，應與漢代恢宏大度之國力氣勢有一定程度之關係。

二、形體皆有工整與簡率之分

　　兩者合而觀之，工整者以部分刻石如〈泰山刻石〉、〈瑯琊臺刻石〉、「二袁碑」、「嵩山三闕」、部分銅器、部分貨幣、大部分西漢武帝以後璽印爲代表，簡率者以秦權量詔版、秦至西漢初期璽印、部分雜刻類刻石與刻劃類陶器爲代表。工整者代表施用於較正式之場合，簡率者則多用於數量較多不及製作精良、物勒工名、記容記重、編號等用途。其相異之處，在於秦篆較爲單純，僅分工整與簡率二類，漢篆又分有變形篆體一類，以刻石題記、篆額、銅洗等爲代表，且以東漢時期較多，故由秦篆至漢篆，小篆形體由兩系衍爲三系。

三、形體皆有縱長與非縱長兩大類

　　二者皆有縱長形與方正形兩類。縱長形者多在秦刻石、漢「二袁碑」及大多數瓦當之上，王莽時期之銅器、貨幣與璽印亦皆屬此類。方正形者可能受到隸書影響，在大多數之秦銅器、貨幣，以及部分漢刻石如「嵩山三闕」與部分篆額、貨幣、璽印上之篆形中皆可見。漢篆非縱長一類中，又有部分趨於扁方者，以部分題記如〈綏德黃家塔永元二年畫像石墓題記〉、篆額如〈張遷碑〉篆額及銅洗等爲一類，且以東漢較爲盛行。故由此條件合而觀之，由秦至漢之篆形形體，亦由兩系而分爲三系。

四、重心皆有上下之別

　　以秦漢篆比較，誠如劉江所言，因其長寬比例有所不同，故使視覺上產生重心高低之異，一般而言，秦篆重心較高，上密下疏之特色較爲鮮明，尤其文字中有直畫引而下之時最爲明顯，是以更能造成縱長之感；漢篆重心則較低，試觀「二袁碑」與新莽時期之度量衡器，後者因復古之故，重心猶較偏上，「二袁碑」已爲漢篆典型，其重心則較低。若再就各書寫材質觀之，大多數秦漢銅

器、貨幣、璽印、陶器等，因形體較爲方正，故其重心亦顯較低。

五、結構皆有穩定與不穩定之分

　　秦代書寫材質上之篆形，以刻石、銅器、璽印等之組字部件及其位置較爲固定，固定之形體有助於辨識文字，故秦陶器中刻劃一類者較不易辨識。漢篆中亦有如此之分，種類多於秦篆，如刻石摩崖、碑刻、祭祀、題記、篆額、部分使用於宮廷之銅器、銅鏡、銅洗、度量衡器、部分瓦當、貨幣、璽印等，皆是結構較爲穩定者，但相對而言，結構不穩定者亦較秦篆爲多，如刻石雜刻類、部分日用銅器、部分瓦當、刻劃類陶器等皆是，因其結構變動較大，故往往不易辨識文字。整體說來，大概由於漢篆參雜有美術性成分，故結構之變動性要大於秦篆。

六、筆勢皆有穩定與不穩定之分

　　筆勢穩定往往與書寫工整緊密結合，相同文字筆勢之穩定亦有助於辨認文字，同時對於推行標準字體有所幫助。秦篆中筆勢較爲穩定者僅有刻石與虎符，所占數量相當少，而漢篆中筆勢較爲穩定者，除部分刻石與銅器外，尚還包括貨幣與璽印，種類雖較秦篆爲多，但就秦漢篆之整體數量而言，皆在少數。筆者認爲與受隸書、製造者、使用心理等因素皆有關，尤其一般官員與百姓皆使用較爲簡率之體，則筆勢往往無法顧及，是以無論秦漢篆，總是筆勢相似者少而相異者多。

七、皆以筆勢為主結構為輔帶動演變

　　結合結構與筆勢觀之，可以發現結構相同者，筆勢未必相似；而筆勢相似者，結構亦往往相同。例如前輩學者在談論隸變之時，總將隸變之規律與現象歸納爲改曲爲直、改連爲斷等，正是因爲先有筆勢上之不同，因此造成篆形某些或整體結構產生變異，於是某些篆形以規律之狀態向隸書演進，某些篆形則可能產生訛篆，或其演變之規律較無一般性，由筆勢而產生訛篆之情形，如杜忠誥《《說文》篆文訛形釋例》及方麗娜《大徐本《說文》篆文訛形舉例》，皆是針對《說文》而發，其中有許多情形正是由於筆勢一點一滴之改變，進而造成整體篆形之不同，不僅《說文》如此，秦漢篆中許多情況都是如此。關於筆勢與結構之字例解說與數量多寡，筆者於每一章節中皆有所討論，可以參看。

八、筆法皆有確實與不確實之分

嚴格說來，以毛筆書寫者始有筆法可言，但以毛筆書寫爲主之書寫體系，與以鑄刻爲主之製作體系，因其產生文字之過程不同，筆法之有無及確實與否，便會影響篆形之呈現。

以毛筆爲書寫工具之書寫一系，因書寫者直接與毛筆與書寫材質接觸，故其所產生之篆形筆法爲第一手呈現，此類書寫系以簡帛爲代表，亦最受後人重視，但書寫系之種類較少。製作系雖然種類較多，但因其文字產生過程乃先經書寫者書寫，再經製造者加工，如此產生之篆形自然要較所謂眞跡再隔一層，故以筆法而言，書寫系應爲今人研究之首要對象，製作系僅能當作參考，但製作系中亦不乏有筆法精良之作，如秦刻石與虎符、漢刻石中之「二袁碑」、「嵩山三闕」、篆額、王莽時期之度量衡銅器、西漢武帝以後之璽印等，亦皆有可觀之處，亦不宜偏廢。谷松章對於秦漢篆中書寫系與製作系二者間之關係，有較中肯之說法：

> 中國文字的演變從甲骨文起，一直有兩條並行且關聯的主線——書寫與製作。它們都表現出明顯的工具特色，總體上講書寫的活潑流利，製作的莊重美觀，兩者都具有自成體系的書跡爲證。

> 秦漢製作系書法對形式的適應達到巔峰，如瓦當、鏡銘、錢幣、磚文、碑額和其它金屬銘文，爲了與各自的形制融爲一體，都在字形、線條、繁簡及隸化程度上有所取捨，體現出一種高度和諧的美並各具特色，令人目不暇接。〔註36〕

由以上二段引文，即可見出書寫系數量較少，製作系數量較多之情形，而更重要者在於無論何種體系，皆有其獨特與可資學習之處，二者各具特色，欲了解秦漢篆之整體面貌，對於書寫系與製作系二者皆應有所接觸，於筆法上亦是如此。

九、皆有少數特殊篆形參雜其中

由不同時期、各種書寫材質上之篆形分析，不難發現總有缺刻、誤刻、筆順錯誤、反文、合文、倒文，乃至於特殊篆形如鳥蟲書等參雜入內，其中反文甚至有全文反文與部分反文兩種情況。這些情況或不經意爲之，如需求量較大

〔註36〕谷松章撰：《中國篆刻創作解讀　漢印卷》，頁12。

而無暇顧及品質時，便可能出現缺刻、誤刻、筆順錯誤、倒文等情形；有些情況則可能是刻意爲之，如反文、合文、各種美術性字體等，銅洗中有銘文全句皆爲反文者，其餘書寫材質中亦不乏有部分反文者，瓦當上合文之例，以及部分銅器如〈鳥篆紋壺〉、瓦當如〈永受嘉福〉、璽印如〈綈仔妾婧〉等，皆爲特殊篆形，此類篆形皆是有意爲之，造成不同之視覺美感。

十、轉折處皆有方圓之分

前人多以秦篆用筆較圓，漢篆用筆較方，以作爲區別秦漢篆大原則之一，且認爲圓轉筆法先於方折筆法。其實，以文字發展、書寫工具與書寫材質等條件觀之，目前最早所見之甲骨文，雖有朱書者，但仍以刻劃爲之者多，今日所見甲骨拓片，其筆畫皆爲方折，故未必能曰圓轉筆法先於方折。

今人以圓轉筆法代表秦篆，以方折筆法代表漢篆，乃僅就部分刻石而言，若全面觀察所有書寫材質，將發現無論秦漢篆皆是圓轉者少，方折者多。秦篆中圓轉者以刻石與虎符爲代表，漢篆則以「二袁碑」及部分篆額、王莽時期銅器、璽印等爲代表，雖然此類篆形於轉折處仍有圓轉之意，但已是所謂「外圓內方」，相較於秦篆而言，已是較爲方折，若再與權量詔版、陶器等相比，則後者已全爲方折之筆。因此，若由轉折處用筆觀之，由秦篆至漢篆實有三系筆法同時進行，亦即圓轉、外圓內方與方折三系。

十一、線條皆有粗細之別

受到書寫工具、書寫材質與製作方法之影響，無論秦漢篆，其筆畫皆有粗細之分。線條較粗者，秦篆中以刻石與虎符爲代表，漢篆中亦以刻石最爲明顯，璽印亦多占滿印面空間；線條較細者，秦篆中以大部分銅器、貨幣與陶器爲一類，漢篆中則大部分銅器、瓦當、貨幣、陶器等爲一類。細分之，漢篆中線條較粗者，又可分爲線條整體同粗細，與各線條間有粗細變化之別，以發展時間而言，應是先有粗細相同者，再有粗細變化者，故由秦至漢，篆形線條之變化，乃由秦篆之粗與細二類，演變爲漢篆中粗、細及粗細兼具之三類，亦由二系變爲三系。

十二、篆形由規矩向律動演變

秦篆在筆勢、結構、筆法、線條粗細上雖有變化，但可能受秦始皇統一文字之影響，總不出某種法度，僅有工整與簡率之別；至漢篆，不僅如上文所言，

出現如篆額各種律動形態，尚有鳥蟲書、各種變體出現於銅器、瓦當、璽印之
上，對於小篆之發展實是一種突破，小篆不僅能使用於莊嚴肅穆之正式場合，
亦加入藝術性，成爲多元化、裝飾性之新風貌。因此，由秦篆至漢篆，具有由
規矩進入律動之現象，漢篆中之各種美術性篆形，又以東漢居多，因此可以說，
小篆之形態乃由秦篆之二系演變爲漢篆之三系。

十三、篆形皆受前後期書體影響

　　無論何種書體，前後書體之間總會互相傳承、影響，早期篆書確實衍生出
小篆與古隸，從而產生篆、隸兩系統，而當篆書達致巔峰時，隸書亦已成熟，
且不可避免亦反向影響篆書，同理可推，小篆以前之金文、戰國文字，以及小
篆以後之楷書，皆或多或少在結構或筆法上進入篆書系統，尤其在漢代部分銅
器、瓦當、璽印、陶器中更爲明顯，其中璽印篆形對隸書之融合最爲完美，成
爲歷久不衰之實用與美觀兼顧之書體。

十四、由繁到簡為整體趨勢

　　由秦至漢約四百年之區間，無論何種書寫材質皆有數百年之演進歷程，中
國文字因辨識與書寫兩項主要因素，文字之間總在增繁與簡化間角力，而又以
簡化爲主要趨勢。筆者將刻石、銅器與瓦當分別加以分期，即因在不同時期其
篆形之類別、繁簡程度、隸楷化程度有較爲明顯之差距，至於貨幣、璽印在東
漢中期之後，亦有明顯簡化趨勢，陶器則在更早時期即有古隸與楷書之形態出
現。銅器、瓦當與陶器在諸多書寫材質中，乃簡化程度較爲快速者，若將其中
前期與後期之篆形互相比對，其差距乃顯而易見，由繁至簡之走勢，實符合中
國文字發展之方向。由繁至簡之趨向，與隸變有某種程度上之聯繫，關於隸變
之條例，前輩學者如蔣善國、吳白匋、裘錫圭、董琨、謝宗炯等多人皆有述及，
可資參考。〔註37〕

〔註37〕參見蔣善國撰：《漢字形體學》（北京：文字改革出版社，1959 年 9 月），頁 197
　　　　～198；謝宗炯撰：《秦書隸變研究》（台南：國立成功大學歷史語言研究所碩士
　　　　論文，1989 年 7 月），頁 41；裘錫圭撰：《文字學概要》，頁 102～105；董琨撰：
　　　　《中國漢字源流》（北京：商務印書館，1998 年 12 月），頁 34～37；吳白匋撰：
　　　　〈從出土秦簡帛書看秦漢早期隸書〉，《文物》1981 年第 2 期（總 297 期）（1981
　　　　年 2 月），頁 48。

十五、不同書寫材質書體發展遲速不一

前文各章所論及之主題，包含刻石、銅器、瓦當、貨幣、璽印、陶器、簡帛、骨籤，並附及少量金銀器、玉器、封泥、磚瓦等。經由討論可知，簡帛文字早在先秦秦國即已進入隸書範圍，骨籤書體在西漢中期亦已透出八分筆法，故此二者於書體演進最為快速；刻石、銅器、瓦當、陶器上之文字，部分為篆書，部分為隸書，另有少部分為篆隸相間與其它書體，這些書寫材質上之篆形，往往不易融合隸書，而在形體上偶顯怪異，書體演進速度處於中間階段；至於如「二袁碑」、「嵩山三闕」少數純小篆刻石及貨幣、璽印上之文字，或近乎不受隸書影響，若完全融合隸書，而始終以篆書之面貌呈現者，則屬於書體演進速度較慢者。

十六、與《說文》之比較可發現異體與訛誤

在緒論一章已說明，與《說文》篆形比較，並非指秦漢篆對《說文》形體有所增繁或簡化，而是經由比對，可發現《說文》篆形以外之異體，許慎撰寫《說文》必對篆形有所取捨，不同於《說文》之篆形能提供文字演化考證之用，亦可使書法家於創作、變化時有所依據。相對而言，許慎撰寫《說文》之時已是東漢，雖然已收集不少先秦以至漢代之文獻、金石等資料，但仍不免有誤，故部分秦漢篆亦可用以訂正《說文》之訛誤，使《說文》篆形更符合形音義密合之條件，二者相輔相成，對於秦漢篆文之研究應可更加深入。此外，對於《說文》各版本間之差異，亦可據秦漢時期之篆形於其比對，以求較接近於《說文》原本之樣貌，對於《說文》篆形之研究，應具有一定效果。

本章前二節先討論數家對於「秦篆」與「漢篆」之定義，對其說解正確之處加以認同，對其有疑慮之處加以懷疑，並提出一己之見；其次將秦代與漢代各種書寫材質及其細類重加敘述，簡要統合前文所論，並為提出秦篆與漢篆之特色與規律做準備；最後，則分別對於秦漢篆在形體、風格、重心、結構、筆勢、筆法、轉折、線條粗細、藝術傾向、書體演變、書寫材質、影響因素等各方面，分十數點予以說明。

本節則先討論數家對秦漢篆比較之現況與優缺點做說明，其次則統合全文，將秦篆與漢篆之特色統而言之，亦由形體、風格、重心、結構、筆勢、筆法、轉折、線條粗細、藝術傾向、書體演變、繁簡程度及與《說文》之關係全面統合，期望對於秦漢篆之特色及其彼此間之差異有所釐清。

第八章　結　論

　　本論文名爲《秦漢篆文形體比較研究》，最主要希望經由秦漢兩代各書寫材質上之篆形盡量做全面性之考察，在前輩學者研究之基礎上，對刻石、銅器、瓦當、貨幣、璽印、陶器等具有篆形之主題分別針對其特性，經由分期、書法之角度、造成篆形相異之因，及與《說文》篆形之比對加以探討，同時，針對《說文》各版本間篆形之特色盡可能相互比對，對於秦篆與漢篆之形體做一分別，不僅個別提出其特色與規律，且將二者做一比較，以使秦漢篆形之眞相更爲人所了解。此外，則對於進展爲隸書較爲快速之簡帛與骨簽另做討論，以對照篆書與非篆書在書寫材質間書體進展之狀況。

　　經由本文各章之討論，筆者總結重要論點數項，分別說明如下：

壹、秦漢篆文發展形態，由二系衍生爲三系

　　秦篆主要分爲工整與簡率二系。工整一系以〈泰山刻石〉、〈瑯琊臺刻石〉及虎符爲代表，貨幣面文亦尙稱工整，尤其是兩通刻石，代表始皇統一文字之意義，可謂爲當時之標準字體，最爲後人所稱道。簡率一系則包含銅器中之權量詔版、兵器、禮器、車馬器以及璽印與陶器，此數種類型中，又以權量詔版與璽印結體較緊密，亦較易辨識，兵器、禮器、車馬器與陶器等，則結體較爲鬆散，若無上下文句，單獨觀之往往難辨其形。

漢篆則分有工整、簡率與變體三系。工整一系大致承襲秦刻石而來，較具代表性之作品爲刻石中之「二袁碑」與「嵩山三闕」，此外，部分摩崖刻石、使用於宮廷之銅器、王莽時期之度量衡器、貨幣、部分瓦當及西漢武帝後之璽印皆屬此系，其形體或縱長或正方，卻多規矩有法度。簡率一系則大致承秦權量詔版而來，如以記錄性爲主之刻石雜刻與陶器、部分銅器日用器物、銅鏡、部分後期瓦當與部分漢初及東漢璽印皆屬此系，或受隸書影響較深，或較不施用於重要場合，故形體較不固定，篆形相對較爲草率。變體一系起於西漢而盛於東漢，出於裝飾之作用，如刻石中施用於墓地之題記、篆額及銅器中之銅洗、瓦當等，其形體或盤旋曲折，或扭曲生動，其名稱或稱繆篆，或稱蟲書，各盡姿態，此類篆形不僅在當時極受歡迎，至於後世仍不乏研究者。

由秦至漢，篆形體系由二系衍爲三系爲一重要大事。工整一系成爲後世學習篆書者之重要碑刻法帖；簡率一系之持續發展，則成爲古隸乃至於八分；變體一系爲後世裝飾性字體開出一路，成爲具藝術性、美術性之審美特質。

貳、長短重心方圓粗細，秦漢篆形各有千秋

篆文之外形特色本以縱長爲主，但經由觀察並非全然如此。秦篆外形有縱長與方正兩類，縱長者以刻石爲代表，方正者以權量詔版與貨幣爲代表。至於漢篆，外形除縱長與方正外，甚至有扁方者，縱長者以刻石中之碑刻類、王莽時期度量衡器、璽印、貨幣與大多數瓦當爲代表；方正者以刻石中之祭祀類、部分篆額、貨幣與璽印爲代表；扁方者則以部分刻石中之題記、篆額以及銅洗爲代表。由形體之縱長程度，便可見形體呈現橫長方形之隸書對於篆書之影響，可以發現，漢篆中形體趨於扁方者多在東漢，而東漢正是隸書大盛之時期。

篆書形體之特色是上密下疏，使長筆畫之垂腳顯露，可更顯修長之感。秦篆之重心較偏高，尤其以兩通刻石爲代表，成爲後世競相模仿之對象，漢代篆書中，大概僅有王莽時期之貨幣面文篆形可與之比擬。漢篆之重心較偏低，「二袁碑」及前所述王莽時期面文篆形屬於重心猶較高者，但相對已較秦篆爲低，至於其餘書寫材質上之篆形，則因以呈現正方乃至於扁方形體，故重心已平均分布於字內。

先民以毛筆做爲書寫工具，用筆本即有方圓之別，而本文中所討論之刻石、銅器、瓦當、貨幣、璽印、陶器等，皆屬製作系而非書寫系，但只要刻工或篆

刻者水準足夠，仍能模仿毛筆用筆之法，使製作系篆形於起收筆或轉折處具有
方圓變化。無論是秦篆或漢篆，特別在轉折之處皆有方圓差異，且方折較多圓
轉較少。秦篆中圓轉者以刻石與虎符爲代表，其餘則多爲方折；漢篆中圓轉者
以「二袁碑」、部分篆額、王莽時期銅器、武帝後之璽印等爲主，但已是外圓內
方姿態，至於如部分銅器、後期瓦當、貨幣、陶器等，其轉折皆已全爲方折狀，
顯然受隸書影響更深，則又爲另一種形態。

　　不同書寫材質由於本身質料相異，加之以製作過程亦不同，線條之呈現必
有粗細之分，不僅如此，更可能在同一筆畫中即有粗細變化。秦篆中以刻石、
虎符爲代表，打印陶文間亦有之，皆屬筆畫線條較粗者，而大部分銅器、貨幣
與刻劃陶文則屬線條較細者。漢篆亦以大多數刻石之線條最爲粗厚，璽印自武
帝之後由於政治與文化之恢宏大度，線條亦多豐厚塡實，至於大部分銅器、瓦
當、貨幣、刻劃陶文等則屬線條較細之一類。

　　無論在篆形長短、重心高低、轉折方圓或線條粗細各方面，秦漢篆皆約可
概分爲二類或三類，不同條件與不同類別之組合，又造成更多樣化之篆形，這
些篆形有值得後人書法上學習之處，亦有藝術鑑賞之價值。

參、筆勢爲主、結構爲輔，篆文形態由繁趨簡

　　無論在何種書寫材質中，由於書寫者、刻劃者、製造者之不同，同一文字
之筆勢往往相異，其不經意或有意之書寫所產生之不同於原本書寫方式之態
度，便可能發生篆書筆畫之變圓爲方、變曲爲直、變連爲斷等現象，而此類現
象在當時極有可能使篆書脫離原本之形態而產生新書體。另一方面，結構之變
異於秦篆中幾乎不見，西漢起逐漸出現位置調換或偏旁改易之情況，尤其於璽
印中最爲常見，更甚者乃將同一文字內之不同組字部分加以省併，於是篆形便
逐漸變化，而有簡省之趨向。

　　筆者在前數章中，皆由筆勢與結構比較各書寫材質各器物間之差異，發現
筆勢之差異總多於結構之差異。結構中位置之調換或偏旁之改易於古文字中常
見，因此縱使結構有所變易，仍能辨認篆形，除非在變易之過程中發生形近之
訛變，才可能使形體發生變化。至於筆勢之變化便甚於結構，由於書寫者、刻
劃者、製造者之習慣皆不相同，筆勢形態苟有較大差異，便可能使人對於篆形
之辨認產生錯誤，因此，筆勢之改變爲造成篆形改變之較大因素，而結構之改

變則爲篆形改變之輔助因素。

　　試觀秦漢篆中較爲簡率之一類，如銅器中之兵器、禮器、車馬器、陶器等，縱使同一篆文筆勢改變，只要結構未變，仍能勉強辨識該字，但若結構較爲特殊，而筆勢又有所差異時，便往往造成釋讀上之困難，可見由秦至漢，篆形之演變實由筆勢主導、結構爲輔，逐漸向簡化之路邁進，而其簡化最終之結果，則是早期隸書之先驅。筆者在刻石、銅器與瓦當三章中皆做有分期，試將各期篆形取數例加以比對，便可明顯見出其差異。

肆、實物對照發現異體，《說文》版本各有所承

　　秦漢時期傳世或出土之各種存有篆書之實物，經由互相對照可以發現許多異體，有些可能是有意爲之，有些則可能是無心造成，因此，今人可於這些書寫材質上看見難得之缺刻、反文、倒文、合文等例，這些有意無意造成之異體，除有互相影響之因素，亦可能表示秦漢時代之先民對於某些小篆之寫法，與今人所見有所不同，上與金文、戰國文字比較，可發現某些篆形上有所承，某些篆形無源頭可尋，亦有些篆形已與隸、楷、行、草書較爲接近，或至少已有其發端，對於補充異體字字典及異體與正體間之關係皆有所助益，若能如隸變般整理出些許規律，對於中國文字之演變，當能有更清楚之認識。

　　不僅如此，透過各書寫材質上之篆形與《說文》之比對，亦可發現部分形體二者間並不一致。二者相異之時，可能是《說文》篆形已有訛誤，亦可能是秦漢時期小篆之寫法與許慎乃至於今人之理解不同，透過字音與字義之考證，對於恢復正確篆形，使古文字形音義密合之現象更爲緊密，必有一定之意義。

　　至於《說文》各版本間之篆形，經由與秦漢時期各書寫材質上篆形之比對，發現口部殘卷、木部殘卷、大徐本、小徐本、段注本皆兼具秦漢篆形之某些特點，可見由先秦秦系文字——秦統一後小篆——漢篆——《說文》之脈絡。諸多版本對於秦漢篆可以說是各有所承，且口部殘卷、木部殘卷爲手抄本，大、小徐本與段注本爲刻本，此間必有差異，再加上手抄之穩定度、刻本刻工之技術等，皆可能影響《說文》篆形與秦漢實物篆形之聯繫，即使同一本書亦有不同版本，書籍前後之目錄、正文對於同一篆形亦可能有所差異，凡此，皆對恢復《說文》原本篆形增添困難，但今人仍應盡可能參照秦漢篆形之特點，力求盡量還原《說文》篆文之本形。

　　本論文主要是站在宏觀之角度，藉由各書寫材質由秦至漢篆形之比較，以見其縱向演變情況，並經由不同材質間之比較，以見書寫材質對於小篆書寫之影響；亦即縱向可見秦漢篆之異同，橫向可見書寫材質間之差異。秦篆號稱小篆之代表，漢篆亦有其特殊面貌，經由本論文之分析，已能見出其許多相異之處。劉松林《學書指要》中曰：「小篆過於嚴謹板滯，但它決不是沒有藝術生命力的書體。」〔註1〕筆者並不贊同前半句，經由前文之分析，已知小篆之形體十分複雜多樣，各具姿態，但其後半句筆者表示贊同，縱使最後小篆在實用性上退出歷史舞台，但所留下之藝術性卻仍爲今人所欣賞，故《書法與中國文化》曰：

　　　　秦代漢字的規範統一工作是以秦系文字爲基礎，但也吸收了六國文字的優點及當時民間手寫體的一些長處，小篆就是這種取長補短的結果。秦代文字政策在一定程度上兼容并蓄，使在戰國以來活躍發展的書法進一步走上了開創性的道路，爲漢代書法的更大發展開闢了道路。〔註2〕

此處所論雖是書法，但在上古時期，書法與文字常合而論之，故無論是秦代或漢代，都是在前代基礎上做持續發展，進而產生更多元之形體。本論文各主題中所討論之篆形總有不同形體並存，便是最好之明證。

　　秦漢篆文形體之討論，不過是文字研究中之一環，在歷史洪流中，除秦漢之外尚有許多朝代，書體亦並非僅有篆書，字形之研究猶需音義之協助，且本論文乃由宏觀立場觀察與討論，許多細部內容或有遺漏與不足，則尚待來日再做個別之延伸與探討。

〔註 1〕劉松林撰：《學書指要》，頁 106。案：「決」應作「絕」字，絕對之意。

〔註 2〕歐陽中石等撰：《書法與中國文化》（北京：人民出版社，2000 年 1 月），頁 147。

附錄一：引用書名簡稱全稱對照表

（前爲簡稱，後爲全稱）

刻石
《泰・瑯》　　　　《秦　泰山・瑯邪臺刻石》
《嶧山》　　　　　《嶧山刻石》
《秦刻》　　　　　《秦金石刻辭》
《碑全》　　　　　《漢碑全集》
《集成》　　　　　《漢代石刻集成》
《石典》　　　　　《魏石經古篆字典》

銅器
《秦銅》　　　　　《秦銅器銘文編年集釋》
《度量衡》　　　　《中國古代度量衡圖集》
《集證》　　　　　《秦文字集證》

瓦當
《漢當》　　　　　《漢代瓦當研究》
《瓦藝》　　　　　《中國瓦當藝術》

貨幣
《錢典》　　　　　《中國錢幣大辭典》

璽印

《官印》　　　　　《官印・私印　秦──南北朝》
《美璽》　　　　　《中國美術全集書法篆刻編　7　璽印篆刻》
《中璽》　　　　　《中華五千年文物集刊璽印篇》
《秦封》　　　　　《秦封泥彙攷》

陶器

《秦陶》　　　　　《秦代陶文》
《陶錄》　　　　　《陶文圖錄》

簡帛

《老編》　　　　　《古老子文字編》
《馬編》　　　　　《馬王堆簡帛文字編》

其它

《傳古》　　　　　《傳抄古文字編》
《石典》　　　　　《魏石經古篆字典》
《漢表》　　　　　《漢語古文字字形表》
《戰典》　　　　　《戰國古文字典》
《戰編》　　　　　《戰國文字編》
《隸典》　　　　　《標準隸書字典》
《考古編》　　　　《郭沫若全集・考古編》

附錄二　引用器物一覽表

一、刻石

（一）秦刻石

刻石名	拓本來源	年代與備註
《嶧山刻石》	《嶧山刻石》	始皇所立。俗稱長安本
《泰山刻石》	《秦　泰山‧瑯邪臺刻石》	始皇所立，二世補刻。俗稱一百六十五字本，與《瑯邪臺刻石》同在一書。
《瑯邪臺刻石》	《秦　泰山‧瑯邪臺刻石》	始皇所立，二世補刻。與《泰山刻石》同在一書。
《會稽刻石》	《秦金石刻辭》	始皇所立。俗稱申屠駉本

（二）兩漢前期刻石

刻石名	拓本來源	年代與備註
〈群臣上醻刻石〉	《漢碑全集》冊1	文帝時期
〈魯北陛石題字〉	《漢碑全集》冊1	景帝時期
〈霍去病墓前石刻題字〉	《漢碑全集》冊1	武帝時期
〈巨野紅土山西漢墓黃腸石〉	《漢碑全集》冊1	武帝時期
〈東安漢里刻石〉	《漢碑全集》冊6	成帝時期

〈上谷府卿墳壇刻石〉	《漢碑全集》冊 1	孺子嬰時期。與〈祝其卿墳壇刻石〉合稱「孔林墳壇兩刻石」。
〈爵平大尹馮君孺久畫像石墓題記〉	《漢碑全集》冊 1	新莽時期
〈綏德黃家塔永元二年畫像石墓題記〉	《漢碑全集》冊 1	和帝時期
〈袁安碑〉	《漢碑全集》冊 1	和帝時期。與〈袁敞碑〉合稱「二袁碑」。
〈徐無令畫像石墓題記〉	《漢碑全集》冊 1	和帝時期
〈郭稚文畫像石墓題記〉	《漢碑全集》冊 1	和帝時期

（三）兩漢後期刻石

刻石名	拓本來源	年代與備註
〈牛文明墓題記〉	《漢代石刻集成》下冊	安帝時期
〈袁敞碑〉	《漢碑全集》冊 1	安帝時期。與〈袁安碑〉合稱「二袁碑」。
〈祀三公山碑〉	《漢碑全集》冊 1	安帝時期
〈開母廟石闕銘〉	《漢碑全集》冊 2	安帝時期。與〈太室石闕銘〉、〈少室石闕銘〉合稱「嵩山三闕」
〈少室石闕銘〉	《漢碑全集》冊 1	安帝時期。與〈太室石闕銘〉、〈開母廟石闕銘〉合稱「嵩山三闕」
〈是吾殘碑〉	《漢碑全集》冊 2	安帝時期
〈景君碑〉	《漢碑全集》冊 2	順帝時期
〈鄭固碑〉	《漢碑全集》冊 3	桓帝時期
〈王純碑〉	《隸續》卷 5	桓帝時期
〈孔宙碑〉	《漢碑全集》冊 3	桓帝時期
〈鮮于璜碑〉	《漢碑全集》冊 3	桓帝時期
〈楊著碑〉	《漢碑全集》冊 4	靈帝時期。與〈楊震碑〉、〈楊統碑〉、〈楊君碑〉合稱「四楊碑」。
〈楊震碑〉	《漢代石刻集成》下冊	靈帝時期。與〈楊著碑〉、〈楊統碑〉、〈楊君碑〉合稱「四楊碑」。
〈夏承碑〉	《隸續》卷 5	靈帝時期

〈孔彪碑〉	《隸續》卷 5	靈帝時期
〈婁壽碑〉	《隸續》卷 5	靈帝時期
〈韓仁銘〉	《漢碑全集》冊 5	靈帝時期
〈梧臺里石社碑碑額〉	《漢碑全集》冊 5	靈帝時期
〈陳球碑〉	《隸續》卷 5	靈帝時期
〈張遷碑〉	《漢碑全集》冊 5	靈帝時期
〈鄭季宣碑〉	《漢碑全集》冊 6	靈帝時期
〈秦頡碑〉	《隸續》卷 5	靈帝時期
〈樊敏碑〉	《漢碑全集》冊 6	獻帝時期

二、銅器

（一）秦銅器

銅器名	拓本來源	年代與備註
〈陽陵虎符〉	《秦銅器銘文編年集釋》	始皇時期。本書另附有原始拓片來源。
〈始皇詔銅方升二〉	《中國古代度量衡圖集》	始皇時期
〈始皇詔銅橢量一〉	《秦銅器銘文編年集釋》	始皇時期
〈始皇詔銅橢量三〉	《秦銅器銘文編年集釋》	始皇時期
〈始皇詔銅橢量四〉	《秦銅器銘文編年集釋》	始皇時期
〈始皇詔銅橢量六〉	《秦銅器銘文編年集釋》	始皇時期
〈武城銅橢量〉	《中國古代度量衡圖集》	始皇時期
〈始皇詔銅權四〉	《秦銅器銘文編年集釋》	始皇時期
〈始皇詔銅權九〉	《秦銅器銘文編年集釋》	始皇時期
〈始皇詔銅權十〉	《秦銅器銘文編年集釋》	始皇時期
〈始皇詔鐵石權四〉	《秦銅器銘文編年集釋》	始皇時期
〈始皇詔十六斤銅權一〉	《秦銅器銘文編年集釋》	始皇時期
〈始皇詔十六斤銅權二〉	《秦銅器銘文編年集釋》	始皇時期
〈二十六年詔文權一〉	《秦銅器銘文編年集釋》	始皇時期
〈二十六年詔文權三〉	《秦銅器銘文編年集釋》	始皇時期
〈二十六年詔文權四〉	《秦銅器銘文編年集釋》	始皇時期
〈二十六年詔文權九〉	《秦銅器銘文編年集釋》	始皇時期
〈二十六年詔文權十〉	《秦銅器銘文編年集釋》	始皇時期
〈二十六年詔文權十二〉	《秦銅器銘文編年集釋》	始皇時期

〈二十六年詔文權十四〉	《秦銅器銘文編年集釋》	始皇時期
〈二十六年詔文權十五〉	《秦銅器銘文編年集釋》	始皇時期
〈始皇詔版一〉	《秦銅器銘文編年集釋》	始皇時期
〈始皇詔版三〉	《秦銅器銘文編年集釋》	始皇時期
〈始皇詔版八〉	《秦銅器銘文編年集釋》	始皇時期
〈兩詔銅權一件〉	《秦銅器銘文編年集釋》	始皇時期作，二世時期刻
〈北私府銅橢量〉	《秦銅器銘文編年集釋》	始皇時期作，二世時期刻
〈兩詔銅橢量一〉	《秦銅器銘文編年集釋》	始皇時期作，二世時期刻
〈兩詔銅橢量二〉	《秦銅器銘文編年集釋》	始皇時期作，二世時期刻
〈兩詔銅橢量三〉	《秦銅器銘文編年集釋》	始皇時期作，二世時期刻
〈二世元年詔版一〉	《秦銅器銘文編年集釋》	二世時期
〈元年詔版二〉	《秦銅器銘文編年集釋》	二世時期
〈元年詔版三〉	《秦銅器銘文編年集釋》	二世時期
〈元年詔版五〉	《秦銅器銘文編年集釋》	二世時期
〈元年詔版六〉	《秦銅器銘文編年集釋》	二世時期
〈元年詔版八〉	《秦銅器銘文編年集釋》	二世時期
〈元年詔版十一〉	《秦銅器銘文編年集釋》	二世時期
〈元年詔版十三〉	《秦文字集證》	二世時期
〈兩詔版〉	《秦銅器銘文編年集釋》	二世時期
〈兩詔銅權三〉	《秦銅器銘文編年集釋》	二世時期
〈兩詔銅權五〉	《秦銅器銘文編年集釋》	二世時期
〈平陽銅權〉	《秦銅器銘文編年集釋》	二世時期
〈美陽銅權〉	《秦銅器銘文編年集釋》	二世時期
〈左樂兩詔鈞權〉	馬驥、咏鐘合撰：〈陝西華陰縣發現秦兩詔銅鈞權〉，《文博》1992 年第 1 期（總 46 期）（1992 年 1 月）	二世時期
〈兩詔斤權一〉	《秦文字集證》	二世時期
〈兩詔斤權二〉	《秦文字集證》	二世時期
〈晏南石板刻文〉	《秦文字集證》	二世時期

| 〈安邑下官鍾〉 | 咸陽市博物館撰：〈陝西咸陽塔兒坡出土的銅器〉，《文物》1975 年第 6 期（總 229 期）（1975 年 6 月） | 魏器，有秦以後所刻之內容 |

（二）兩漢前期銅器

銅器名	拓本來源	年代與備註
〈駘蕩宮壺〉	《漢代銅器銘文綜合研究》	武帝時期。此書另附有原始出處，筆者已盡可能一一核對還原，至於其拓片乃使用文字編方式呈現。
〈谷口鼎〉	《漢代銅器銘文綜合研究》	武帝時期
〈駘蕩宮高行鐙〉	《漢代銅器銘文綜合研究》	武帝時期
〈文帝九年句鑃二〉	《漢代銅器銘文綜合研究》	相當於武帝時期
〈文帝九年句鑃七〉	《漢代銅器銘文綜合研究》	相當於武帝時期
〈蕃禺鼎一〉	《漢代銅器銘文綜合研究》	相當於武帝時期
〈中山內府銅鑊〉	《漢代銅器銘文綜合研究》	相當於武帝時期
〈中山內府銅盆二〉	《漢代銅器銘文綜合研究》	相當於武帝時期
〈滿城帳構〉	《漢代銅器銘文綜合研究》	相當於武帝時期
〈聖主佐宮中行樂錢〉	《漢代銅器銘文綜合研究》	相當於武帝時期
〈蟠龍紋壺〉	《漢代銅器銘文綜合研究》	相當於武帝時期
〈乳釘紋壺〉	《漢代銅器銘文綜合研究》	相當於武帝時期
〈常浴盆二〉	《漢代銅器銘文綜合研究》	相當於武帝時期
〈御當戶錠〉	《漢代銅器銘文綜合研究》	相當於武帝時期
〈昭明鏡〉	楊權喜撰：〈光化五座墳西漢墓〉，《考古學報》1976 年第 2 期（總 45 期）（1988 年 6 月）	武帝時期或稍晚。銅鏡部分參考陳英梅《兩漢鏡銘內容用字研究》附表〈兩漢銅鏡銘文期刊著錄表〉，筆者已盡可能一一核對還原。
〈日光鏡〉	陳文華撰：〈南昌東郊西漢墓〉，《考古學報》1976 年第 2 期（總 45 期）（1976 年 2 月）	西漢中期
〈重圈銘文鏡〉	馮沂撰：〈山東臨沂金雀山九座漢代墓葬〉，《文物》1989 年第 1 期（總 392 期）（1989 年 1 月）	西漢中期或晚期

〈梁山宮熏鑪〉	《漢代銅器銘文綜合研究》	昭帝時期
〈楊鼎〉	《漢代銅器銘文綜合研究》	宣帝時期
〈長安下領宮高鐙〉	《漢代銅器銘文綜合研究》	宣帝時期
〈上林共府量〉	《漢代銅器銘文綜合研究》	宣帝時期
〈承安宮鼎一〉	《漢代銅器銘文綜合研究》	宣帝時期
〈承安宮鼎二〉	《漢代銅器銘文綜合研究》	宣帝時期
〈右丞宮鼎〉	《漢代銅器銘文綜合研究》	宣帝時期
〈谷口宮鼎〉	《漢代銅器銘文綜合研究》	宣帝時期
〈博邑家鼎〉	《漢代銅器銘文綜合研究》	元帝時期
〈建昭鴈足鐙一〉	《漢代銅器銘文綜合研究》	元帝時期
〈中宮鴈足鐙〉	《漢代銅器銘文綜合研究》	元帝時期
〈桂宮鴈足鐙〉	《漢代銅器銘文綜合研究》	元帝時期
〈竟寧鴈足鐙〉	《漢代銅器銘文綜合研究》	元帝時期
〈上林鼎二〉	《漢代銅器銘文綜合研究》	成帝時期
〈上林銅鼎二〉	《漢代銅器銘文綜合研究》	成帝時期
〈壽成室鼎二〉	《漢代銅器銘文綜合研究》	成帝時期
〈臨虞宮高鐙一〉	《漢代銅器銘文綜合研究》	成帝時期
〈臨虞宮高鐙二〉	《漢代銅器銘文綜合研究》	成帝時期
〈建平鐘〉	《漢代銅器銘文綜合研究》	平帝時期
〈南陵鍾〉	《漢代銅器銘文綜合研究》	平帝時期
〈日光鏡〉	劉得禎、朱建唐合撰：〈甘肅靈台發現的兩座西漢墓〉，《考古》1979 年第 2 期（總 161 期）（1979 年 2 月）	西漢晚期
〈新一斤十二兩權〉	《漢代銅器銘文綜合研究》	新莽時期
〈新九斤權〉	《漢代銅器銘文綜合研究》	新莽時期
〈新鈞權〉	《漢代銅器銘文綜合研究》	新莽時期
〈新建國尺二〉	《漢代銅器銘文綜合研究》	新莽時期
〈新量斗〉	《漢代銅器銘文綜合研究》	新莽時期
〈新承水盤〉	《漢代銅器銘文綜合研究》	新莽時期
〈新常樂衛士飯幘〉	《漢代銅器銘文綜合研究》	新莽時期
〈新嘉量一〉	《漢代銅器銘文綜合研究》	新莽時期
〈新嘉量二〉	《漢代銅器銘文綜合研究》	新莽時期
〈建武泉範一〉	《漢代銅器銘文綜合研究》	光武帝時期
〈山陽邸鴈足長鐙〉	《漢代銅器銘文綜合研究》	光武帝時期

(三)兩漢後期銅器

銅器名	拓本來源	年代與備註
〈永平平合〉	《漢代銅器銘文綜合研究》	明帝時期
〈永平三年洗〉	《漢代銅器銘文綜合研究》	明帝時期
〈南武陽大司農平斗〉	《漢代銅器銘文綜合研究》	明帝時期
〈建初六年洗〉	《漢代銅器銘文綜合研究》	章帝時期
〈慮攟尺〉	《漢代銅器銘文綜合研究》	明帝時期
〈建初八年洗〉	《漢代銅器銘文綜合研究》	明帝時期
〈章和元年洗〉	《漢代銅器銘文綜合研究》	明帝時期
〈章和二年洗〉	《漢代銅器銘文綜合研究》	明帝時期
〈章和二年堂狼造作洗〉	《漢代銅器銘文綜合研究》	明帝時期
〈永元十二年洗一〉	《漢代銅器銘文綜合研究》	和帝時期
〈永元十二年洗二〉	《漢代銅器銘文綜合研究》	和帝時期
〈永元十三年洗一〉	《漢代銅器銘文綜合研究》	和帝時期
〈永元十三年洗二〉	《漢代銅器銘文綜合研究》	和帝時期
〈宜秩高官鏡〉	楊建東撰：〈山東微山出土「宜秩高官」銅鏡〉，《考古》1988 年第 5 期（總 248 期）（1988 年 5 月）	東漢中期偏晚
〈長宜子孫鏡〉	陝西省考古研究所撰：〈陝西戶縣的兩座漢墓〉，《考古與文物》1980 年第 1 期（總 1 期）（1980 年 2 月）	東漢中晚期
〈四神規矩鏡〉	張遠棟撰：〈漢川南河漢墓清理簡報〉，《江漢考古》1984 年第 4 期（總 13 期）（1984 年 11 月）	東漢中後期
〈延平元年堂狼造作鑒〉	《漢代銅器銘文綜合研究》	殤帝時期
〈延平元年洗〉	《漢代銅器銘文綜合研究》	殤帝時期
〈永初元年堂狼洗〉	《漢代銅器銘文綜合研究》	安帝時期
〈永初三年洗〉	《漢代銅器銘文綜合研究》	安帝時期
〈元初七年洗〉	《漢代銅器銘文綜合研究》	安帝時期
〈永建五年洗一〉	《漢代銅器銘文綜合研究》	順帝時期
〈永建五年洗二〉	《漢代銅器銘文綜合研究》	順帝時期
〈陽嘉四年洗〉	《漢代銅器銘文綜合研究》	順帝時期

〈永和二年洗〉	《漢代銅器銘文綜合研究》	順帝時期
〈永和六年洗〉	《漢代銅器銘文綜合研究》	順帝時期
〈漢安元年洗〉	《漢代銅器銘文綜合研究》	順帝時期
〈永興二年洗〉	《漢代銅器銘文綜合研究》	桓帝時期
〈延熹元年造作工洗〉	《漢代銅器銘文綜合研究》	桓帝時期
〈光和斛一〉	《漢代銅器銘文綜合研究》	靈帝時期
〈光和斛二〉	《漢代銅器銘文綜合研究》	靈帝時期
〈中平三年洗〉	《漢代銅器銘文綜合研究》	靈帝時期
〈初平五年洗〉	《漢代銅器銘文綜合研究》	獻帝時期
〈建安二年洗〉	《漢代銅器銘文綜合研究》	獻帝時期
〈夔紋鏡〉	王昌富撰：〈陝西商縣西澗發現漢墓〉，《考古》1988年第6期（總249期）（1988年6月）	東漢晚期
〈長宜高官鏡〉	黃啓善、李兆宗合撰：〈廣西昭平東漢墓〉，《考古學報》1989年第2期（總93期）（1989年2月）	東漢晚期
〈日光鏡〉	熊昭明等撰：〈廣西合浦縣九只嶺東漢墓〉，《考古》2003年第10期（總443期）（2003年10月）	東漢後期
〈長宜生子鏡〉	趙青雲、劉東亞合撰：〈一九五五年洛陽澗溪區小型漢墓發掘報告〉，《考古學報》1959年第2期（總24期）（1959年2月）	東漢時期
〈位至三公鏡〉	趙青雲、劉東亞合撰：〈一九五五年洛陽澗西區小型漢墓發掘報告〉，《考古學報》1959年第2期（總24期）（1959年2月）	東漢時期
〈長宜子孫鏡〉	楊重華撰：〈四川三台發現一座東漢墓〉，《考古》1992年第9期（總300期）（1992年9月）	東漢時期

二、瓦當

（一）兩漢瓦當前期

瓦當名	拓本來源	年代與備註
〈惟漢三年大并天下〉	《中國瓦當藝術》下冊	漢初。此書不注紀年與拓片出處而僅有拓片編號與出土地點。
〈竹泉宮當〉	《中國瓦當藝術》上冊	西漢前期
〈來谷宮當〉	《中國瓦當藝術》上冊	西漢前期
〈蘄年宮當〉	《中國瓦當藝術》上冊	西漢前期
〈橐泉宮當〉	《中國瓦當藝術》上冊	西漢前期
〈長陵東當〉	《中國瓦當藝術》下冊	西漢前期。有兩面
〈長陵西神〉	《中國瓦當藝術》下冊	西漢前期。有三面
〈高祖置當〉	《中國瓦當藝術》下冊	西漢前期
〈齊園宮當〉	《中國瓦當藝術》上冊	西漢前期
〈安邑稠柱〉	《中國瓦當藝術》下冊	西漢前期
〈西廟〉	《中國瓦當藝術》上冊	西漢前期
〈當王天命〉	《中國瓦當藝術》下冊	西漢前期。有兩面
〈六畜蕃息〉	《中國瓦當藝術》上冊	西漢前期。有兩面
〈千金宜富貴當〉	《中國瓦當藝術》上冊	西漢前期。有兩面
〈□陵西當〉	《中國瓦當藝術》下冊	西漢前期
〈維天降靈延元萬年天下康寧〉	《中國瓦當藝術》上冊	西漢前期。有兩面
〈衛〉	《中國瓦當藝術》上冊	西漢。有五面

（二）兩漢瓦當中期

瓦當名	拓本來源	年代與備註
〈維天降靈延元萬年天下康寧〉	《中國瓦當藝術》上冊	西漢中期。有六面
〈天降單于〉	《中國瓦當藝術》下冊	西漢中期以後
〈長生樂哉〉	《中國瓦當藝術》上冊	西漢中期以後
〈單于和親〉	《中國瓦當藝術》下冊	西漢中期以後
〈樂栽破胡〉	《中國瓦當藝術》下冊	西漢中期以後。有兩面
〈漢并天下〉	《中國瓦當藝術》上冊	西漢中期以後。有三面
〈屯美流遠〉	《中國瓦當藝術》下冊	西漢中期以後

〈加氣始降〉	《中國瓦當藝術》下冊	西漢中期以後。有兩面
〈成山〉	《中國瓦當藝術》下冊	西漢中期以後。有兩面
〈車〉	《中國瓦當藝術》下冊	西漢中期以後
〈便〉	《中國瓦當藝術》上冊	西漢中期以後。有三面
〈萬歲〉	《中國瓦當藝術》上冊	西漢中期以後
〈千秋〉	《中國瓦當藝術》上冊	西漢中期以後
〈延年〉	《中國瓦當藝術》下冊	西漢中期以後。有三面
〈船室〉	《中國瓦當藝術》下冊	西漢中期以後
〈上林〉	《中國瓦當藝術》下冊	西漢中期以後。有三面
〈吉月照燈〉	《中國瓦當藝術》下冊	西漢中期以後
〈吉月昭登〉	《中國瓦當藝術》下冊	西漢中期以後
〈折風闕當〉	《中國瓦當藝術》上冊	西漢中期以後
〈無極船庫〉	《漢代瓦當研究》	西漢中期以後
〈與天無極〉	《中國瓦當藝術》上冊	西漢中期以後。有五面
〈與天毋極〉	《中國瓦當藝術》上冊	西漢中期以後。有三面
〈道德順序〉	《中國瓦當藝術》下冊	西漢中期以後
〈咸況承雨〉	《中國瓦當藝術》下冊	西漢中期以後
〈崇蛹嵯峨〉	《中國瓦當藝術》下冊	西漢中期以後
〈加露沼沫〉	《中國瓦當藝術》下冊	西漢中期以後
〈湧泉混流〉	《中國瓦當藝術》下冊	西漢中期以後
〈□竝□月〉	《中國瓦當藝術》下冊	西漢中期以後
〈上林農官〉	《中國瓦當藝術》下冊	西漢中期以後。有兩面
〈千秋萬世長樂未央昌〉	《中國瓦當藝術》上冊	西漢中期以後
〈與民世世天地相方永安中正〉	《中國瓦當藝術》下冊	西漢中期以後
〈長樂未央〉	《中國瓦當藝術》上下冊	西漢中期以後。有五面
〈羽陽千歲〉	《中國瓦當藝術》上冊	西漢中期以後
〈羽陽千秋〉	《中國瓦當藝術》上冊	西漢中期以後。有兩面
〈羽陽萬歲〉	《中國瓦當藝術》上冊	西漢中期以後
〈羽陽臨渭〉	《中國瓦當藝術》上冊	西漢中期以後
〈與華無極〉	《中國瓦當藝術》下冊	西漢中期以後。有兩面
〈長生未央〉	《中國瓦當藝術》上冊	西漢中期以後。有兩面
〈延年益壽〉	《中國瓦當藝術》上下冊	西漢中期以後。有四面
〈長生無極〉	《漢代瓦當研究》上冊	西漢中期以後。有三面

〈鼎胡延壽宮〉	《中國瓦當藝術》下冊	西漢中期以後
〈鼎胡延壽保〉	《中國瓦當藝術》下冊	西漢中期以後
〈永受嘉福〉	《中國瓦當藝術》上冊	西漢中期以後
〈嬰桃轉舍〉	《中國瓦當藝術》上冊	西漢中期以後
〈千秋萬歲〉	《中國瓦當藝術》上下冊	西漢中期以後。有十三面

（三）兩漢瓦當後期

瓦當名	拓本來源	年代與備註
〈馬〉	《中國瓦當藝術》上冊	西漢末至東漢初。有兩面
〈金〉	《中國瓦當藝術》上冊	西漢末至東漢初。有兩面
〈焦〉	《中國瓦當藝術》上冊	西漢末至東漢初
〈楊氏〉	《中國瓦當藝術》上冊	西漢末至東漢初
〈楊氏家當〉	《中國瓦當藝術》下冊	西漢末至東漢初
〈張氏家當〉	《中國瓦當藝術》下冊	西漢末至東漢初
〈巨楊家當〉	《中國瓦當藝術》上冊	西漢末至東漢初。有兩面
〈蒐氏家舍〉	《中國瓦當藝術》下冊	西漢末至東漢初
〈羊車家當〉	《中國瓦當藝術》下冊	西漢末至東漢初
〈家祠堂當〉	《中國瓦當藝術》下冊	西漢末至東漢初
〈萬歲家當〉	《中國瓦當藝術》下冊	西漢末至東漢初
〈家室當完〉	《中國瓦當藝術》下冊	西漢末至東漢初
〈吳尹舍當〉	《漢代瓦當研究》	西漢末至東漢初
〈美陽萬當〉	《中國瓦當藝術》上冊	西漢末至東漢初
〈戴氏家當〉	《中國瓦當藝術》下冊	西漢末至東漢初
〈任氏家舍〉	《中國瓦當藝術》下冊	西漢末至東漢初
〈趙君家當〉	《中國瓦當藝術》下冊	西漢末至東漢初
〈周□家□〉	《中國瓦當藝術》下冊	西漢末至東漢初
〈億年無疆〉	《中國瓦當藝術》下冊	新莽。有兩面
〈常生無極〉	《漢代瓦當研究》上冊	新莽。有兩面
〈長樂毋極常居安〉	《中國瓦當藝術》上冊	新莽。有兩面
〈千秋萬歲與天無極〉	《中國瓦當藝術》上冊	新莽。有兩面
〈延壽萬歲常與天久長〉	《中國瓦當藝術》上冊	新莽

〈壽昌萬歲〉	《漢代瓦當研究》	東漢
〈五五大吉〉	《中國瓦當藝術》下冊	東漢
〈蕫樂萬歲〉	《中國瓦當藝術》上冊	東漢
〈富貴萬歲〉	《漢代瓦當研究》下冊	東漢。有四面
〈與天久長〉	《中國瓦當藝術》上冊	東漢

三、貨　幣

貨幣名	拓本來源	年代與備註
秦朝半兩錢	《中國錢幣大辭典》冊2	秦。此書對於每種貨幣之細類皆有詳細之區分，可見各種版別、範模之差異。
呂后八銖半兩錢	《中國錢幣大辭典》冊2	西漢
呂后五分半兩錢	《中國錢幣大辭典》冊2	西漢
文帝四銖半兩錢	《中國錢幣大辭典》冊2	西漢
武帝四銖半兩錢	《中國錢幣大辭典》冊2	西漢
郡國五銖錢	《中國錢幣大辭典》冊2	西漢
一刀平五千	《中國錢幣大辭典》冊2	新莽
契刀五百	《中國錢幣大辭典》冊2	新莽
大泉五十	《中國錢幣大辭典》冊2	新莽
幼泉二十	《中國錢幣大辭典》冊2	新莽
壯泉四十	《中國錢幣大辭典》冊2	新莽
幼布三百	《中國錢幣大辭典》冊2	新莽
差布五百	《中國錢幣大辭典》冊2	新莽
中布六百	《中國錢幣大辭典》冊2	新莽
大布黃千	《中國錢幣大辭典》冊2	新莽
貨泉	《中國錢幣大辭典》冊2	新莽
國寶金匱直萬	《中國錢幣大辭典》冊2	新莽
金餅	《中國錢幣大辭典》冊2	漢

四、璽印

璽印名	拓本來源	年代與備註
〈昌武君印〉	《官印‧私印　秦——南北朝》	秦
〈章馬廄將〉	《官印‧私印　秦——南北朝》	秦

〈左馬廄將〉	《官印・私印　秦——南北朝》	秦
〈宜野鄉印〉	《官印・私印　秦——南北朝》	秦
〈北鄉之印〉	《官印・私印　秦——南北朝》	秦
〈御府丞印〉	《秦封泥彙攷》	秦
〈楊志〉	《官印・私印　秦——南北朝》	秦
〈行車〉	《秦封泥彙攷》	秦
〈左馬廄將〉	《官印・私印　秦——南北朝》	秦
〈昌武君印〉	《官印・私印　秦——南北朝》	秦
〈南宮尚浴〉	《中國美術全集書法篆刻編　7　璽印篆刻》	秦
〈樂陶右尉〉	《中國美術全集書法篆刻編　7　璽印篆刻》	秦
〈中廄〉	《秦封泥彙攷》	秦
〈右司空印〉	《中國美術全集書法篆刻編　7　璽印篆刻》	秦
〈上家馬丞〉	《秦封泥彙攷》	秦
〈喪尉〉	《中國美術全集書法篆刻編　7　璽印篆刻》	秦
〈西鹽〉	《秦封泥彙攷》	秦
〈泠賢〉甲方	《中國美術全集書法篆刻編　7　璽印篆刻》	秦
〈泠賢〉乙方	《中國美術全集書法篆刻編　7　璽印篆刻》	秦
〈江去疾〉	《中國美術全集書法篆刻編　7　璽印篆刻》	秦
〈富貴〉	《古璽印與古文字論集》	秦
〈萬歲〉	《古璽印與古文字論集》	秦
〈王童〉	《秦封泥彙攷》	秦
〈鄧印〉	《秦封泥彙攷》	秦

〈楊嬴〉	《中國美術全集書法篆刻編 7 璽印篆刻》	秦
〈上官郢〉	《中國美術全集書法篆刻編 7 璽印篆刻》	秦
〈王盼〉	〈考古發現所見秦私印述略〉	秦
〈步嬰〉	《秦封泥彙攷》	秦
〈司馬歇〉	《秦封泥彙攷》	秦
〈右司空印〉	《官印・私印 秦——南北朝》	秦
〈左中將馬〉	《官印・私印 秦——南北朝》	秦
〈左司空印〉	《秦封泥彙攷》	秦
〈杜丞之印〉	《秦封泥彙攷》	秦
〈江右鹽丞〉	《秦封泥彙攷》	秦
〈大官丞印〉	《秦封泥彙攷》	秦
〈趙御〉	《官印・私印 秦——南北朝》	秦
〈御梭〉	《官印・私印 秦——南北朝》	秦
〈御府丞印〉	《秦封泥彙攷》	秦
〈王倬〉	《官印・私印 秦——南北朝》	秦
〈王□〉	《官印・私印 秦——南北朝》	秦
〈任朋〉	《官印・私印 秦——南北朝》	秦
〈示爛〉	《官印・私印 秦——南北朝》	秦
〈宜民合眾〉	《官印・私印 秦——南北朝》	秦
〈公軏胥〉	《官印・私印 秦——南北朝》	秦
〈淺門〉	《中華五千年文物集刊璽印篇》	文景
〈朱野臣〉	《官印・私印 秦——南北朝》	漢初

〈浙江都水〉	《官印・私印　秦——南北朝》	漢初
〈召亭之印〉	《官印・私印　秦——南北朝》	漢初
〈張功生〉	《官印・私印　秦——南北朝》	漢初
〈琅邪左鹽〉	《秦封泥彙攷》	西漢初期
〈上林郎池〉	《璽印源流》	西漢早期
〈枚侯之印〉	《古璽印通論》	西漢早期
〈臨淄守印〉	《封泥：發現與研究》	西漢早期
〈黃義印〉	《中華五千年文物集刊璽印篇》	西漢中晚期
〈居室丞印〉	《秦封泥彙攷》	西漢中晚期
〈齊內官丞〉	《秦封泥彙攷》	西漢中晚期
〈未央廄丞〉	《中國美術全集書法篆刻編　7　璽印篆刻》	西漢中晚期
〈左馮翊丞〉	《古璽印通論》	西漢中晚期
〈防鄉家丞〉	《古璽印通論》	西漢中晚期
〈同心國丞〉	《封泥：發現與研究》	西漢晚期
〈吳昌印〉	《官印・私印　秦——南北朝》	西漢
〈金鄉國丞〉	《官印・私印　秦——南北朝》	西漢
〈安陵令印〉	《官印・私印　秦——南北朝》	西漢
〈僮令之印〉	《官印・私印　秦——南北朝》	西漢
〈文帝行璽〉	《中國美術全集書法篆刻編　7　璽印篆刻》	西漢
〈蘇循信印〉	《中國美術全集書法篆刻編　7　璽印篆刻》	西漢
〈成護印信〉	《中國美術全集書法篆刻編　7　璽印篆刻》	西漢
〈壹心愼事〉	《古璽印通論》	西漢
〈民樂〉	《古璽印通論》	西漢

〈皇后之璽〉	《中國美術全集書法篆刻編 7 璽印篆刻》	西漢
〈淮陽王璽〉	《中國美術全集書法篆刻編 7 璽印篆刻》	西漢
〈綝仔妾娋〉	《中國美術全集書法篆刻編 7 璽印篆刻》	西漢
〈廣漢大將軍章〉	《中國美術全集書法篆刻編 7 璽印篆刻》	西漢
〈都田〉	《官印‧私印 秦──南北朝》	西漢
〈奉禮單印〉	《官印‧私印 秦──南北朝》	西漢
〈設屏農尉章〉	《中國美術全集書法篆刻編 7 璽印篆刻》	新莽
〈庶樂則宰印〉	《中國美術全集書法篆刻編 7 璽印篆刻》	新莽
〈豫章南昌連率〉	《封泥：發現與研究》	新莽
〈湯官飲鹽章〉	《封泥：發現與研究》	新莽
〈校尉之印章〉	《中華五千年文物集刊璽印篇》	新莽
〈盈睦子印章〉	《封泥：發現與研究》	新莽
〈高鮪之印信〉	《中國美術全集書法篆刻編 7 璽印篆刻》	新莽
〈中精外誠〉	《古璽印通論》	新莽
〈大師軍壘壁前和門丞〉	《官印‧私印 秦──南北朝》	新莽
〈重泉丞印〉	《封泥：發現與研究》	東漢後期
〈美陽丞印〉	《封泥：發現與研究》	東漢後期
〈朝鮮右尉〉	《封泥：發現與研究》	東漢後期
〈掃難將軍章〉	《官印‧私印 秦──南北朝》	東漢
〈橫野將軍章〉	《官印‧私印 秦──南北朝》	東漢
〈琅邪相印章〉	《中國美術全集書法篆刻編 7 璽印篆刻》	東漢
〈殷仲之印〉	《中華五千年文物集刊璽印篇》	東漢

〈後將軍軍司馬〉	《官印‧私印　秦—— 南北朝》	東漢
〈左將軍軍司馬〉	《官印‧私印　秦—— 南北朝》	東漢
〈杜昌里印〉	《官印‧私印　秦—— 南北朝》	東漢
〈朔寧王大后璽〉	《官印‧私印　秦—— 南北朝》	東漢
〈高皇上帝之印〉	《官印‧私印　秦—— 南北朝》	東漢
〈順陵園丞〉	《官印‧私印　秦—— 南北朝》	東漢
〈上昌農長〉	《官印‧私印　秦—— 南北朝》	漢
〈格金私印〉	《官印‧私印　秦—— 南北朝》	漢
〈蘇步勝〉	《官印‧私印　秦—— 南北朝》	漢
〈蘇勃私印〉	《官印‧私印　秦—— 南北朝》	漢
〈蘇益壽〉	《官印‧私印　秦—— 南北朝》	漢
〈蘇通私印〉	《官印‧私印　秦—— 南北朝》	漢
〈楊明〉	《官印‧私印　秦—— 南北朝》	漢
〈楊蒲私印〉	《官印‧私印　秦—— 南北朝》	漢
〈吳行私印〉	《官印‧私印　秦—— 南北朝》	漢
〈齊調〉	《官印‧私印　秦—— 南北朝》	漢
〈上官齊印〉	《官印‧私印　秦—— 南北朝》	漢
〈齊安之印〉	《官印‧私印　秦—— 南北朝》	漢
〈周賢日利〉	《官印‧私印　秦—— 南北朝》	漢

〈肖利印〉	《官印・私印　秦——南北朝》	漢
〈利出〉	《官印・私印　秦——南北朝》	漢
〈湘成侯相〉	《中國美術全集書法篆刻編　7　璽印篆刻》	漢
〈淮陽王璽〉	《中國美術全集書法篆刻編　7　璽印篆刻》	漢
〈巨蔡千萬〉	《中國美術全集書法篆刻編　7　璽印篆刻》	漢
〈薄戎奴〉	《中國美術全集書法篆刻編　7　璽印篆刻》	漢
〈武意〉	《中國美術全集書法篆刻編　7　璽印篆刻》	漢
〈中私府長李封字君游〉	《中國美術全集書法篆刻編　7　璽印篆刻》	漢
〈祭雎〉	《中國美術全集書法篆刻編　7　璽印篆刻》	漢
〈杜樂之印〉	《官印・私印　秦——南北朝》	漢
〈王遷之印〉	《官印・私印　秦——南北朝》	漢
〈石易之印〉	《官印・私印　秦——南北朝》	漢
〈盧都〉	《官印・私印　秦——南北朝》	漢
〈郭廣都印〉	《官印・私印　秦——南北朝》	漢
〈朱奉德印〉	《官印・私印　秦——南北朝》	漢
〈蘇步勝〉	《官印・私印　秦——南北朝》	漢
〈蘇勃私印〉	《官印・私印　秦——南北朝》	漢
〈高便上印〉	《官印・私印　秦——南北朝》	漢

五、陶器

陶器名	拓本來源	年代與備註
〈封宗邑瓦書〉	《秦代陶文》	戰國晚期。此書對所輯拓片附有出處，書末附有文字編可供查閱與對照拓片，但不全面，拓片則大致將同名者放置在一起，可供比對。
〈宮得〉	《秦代陶文》	戰國晚期至秦
〈廿〉	《秦代陶文》	戰國晚期至秦
〈嘉〉	《秦代陶文》	戰國晚期至秦
〈咸高里嘉〉	《秦代陶文》	戰國晚期至秦
〈咸成陽石〉	《秦代陶文》	戰國晚期至秦
〈成〉	《秦代陶文》	戰國晚期至秦。有兩器
〈七〉	《秦代陶文》	戰國晚期至秦
東	《秦代陶文》	戰國晚期至秦。由於並非每一陶器皆定有名稱，凡遇及無名稱者，則以本論文引用字例爲代表。
斗	《秦代陶文》	戰國晚期至秦
〈呂氏缶〉	《秦代陶文》	戰國晚期至秦
〈王氏缶〉	《秦代陶文》	戰國晚期至秦
〈隱成呂氏缶〉	《秦代陶文》	戰國晚期至秦
〈咸新安盼〉	《秦代陶文》	戰國晚期至秦
〈二〉	《秦代陶文》	戰國晚期至秦
〈三〉	《秦代陶文》	戰國晚期至秦
〈四〉	《秦代陶文》	戰國晚期至秦。有兩器
左	《秦代陶文》	戰國晚期至秦
示	《秦代陶文》	戰國晚期至秦
果	《秦代陶文》	戰國晚期至秦
示	《秦代陶文》	戰國晚期至秦
宜	《秦代陶文》	戰國晚期至秦
四	《秦代陶文》	戰國晚期至秦
行	《秦代陶文》	戰國晚期至秦

〈麗山飤官〉	《秦代陶文》	戰國晚期至秦
〈不更〉	《秦代陶文》	戰國晚期至秦
禾	《秦代陶文》	戰國晚期至秦
慶	《秦代陶文》	戰國晚期至秦
陽	《秦代陶文》	戰國晚期至秦
〈芷陽癸〉	《秦代陶文》	戰國晚期至秦
武	《秦代陶文》	戰國晚期至秦
〈宜□富貴〉	《陶文圖錄》冊 6	漢。此書不注拓片出處，且將漢代及其以後時代之陶文拓片置於一卷，較難以分別漢代與其它朝代，但大致將同名者放置在一起，可供比對。
〈東〉	《陶文圖錄》冊 6	漢
〈李〉	《陶文圖錄》冊 6	漢
〈廿斗〉	《陶文圖錄》冊 6	漢
〈遂陽長富□〉	《陶文圖錄》冊 6	漢
〈巨吳〉	《陶文圖錄》冊 6	漢
〈巨田〉	《陶文圖錄》冊 6	漢
〈卜〉	《陶文圖錄》冊 6	漢
〈□□至鼎正君〉	《陶文圖錄》冊 6	漢
〈長樂未央〉	《關中秦漢陶錄》下冊	漢
〈長生未央〉	《關中秦漢陶錄》下冊	漢
〈左〉	《陶文圖錄》冊 6	漢
〈四〉	《陶文圖錄》冊 6	漢
〈常飲食百□宜子孫〉	《陶文圖錄》冊 6	漢
〈陽〉	《陶文圖錄》冊 6	漢
〈萬世無極〉	《關中秦漢陶錄》下冊	漢
〈師卯〉	《陶文圖錄》冊 6	漢
李	《中國古代書法藝術》	新莽

參考書目

古籍專書類（按朝代排序）

1. 《周禮》，收錄於《十三經注疏》冊3，台北，藝文印書館，1997年8月。

2. 舊傳（周）左丘明撰，《左傳》，收錄於《十三經注疏》冊6，台北，藝文印書館，1997年8月。

3. （西漢）司馬遷撰、楊家駱主編，《新校本史記三家注并附編二種》冊1，台北，鼎文書局，1986年10月。

4. （東漢）班固撰、楊家駱主編，《新校本漢書并附編二種》冊5，台北，鼎文書局，1986年10月六版。

5. （北魏）酈道元撰，《水經注》上冊，北京，華夏出版社，2006年1月。

6. （南朝宋）范曄撰、楊家駱主編，《新校本後漢書并附編十三種》冊2、冊6，台北，鼎文書局，1987年1月第五版。

7. （唐）歐陽詢撰，〈三十六法〉，收錄於徐娟主編《佩文齋書畫譜》冊56，北京，中國大百科全書出版社，1997年5月。

8. （唐）張懷瓘撰，〈書斷〉，收錄於商務印書館四庫全書出版工作委員會編，《文津閣四庫全書》冊269，北京，商務印書館，2005年。

9. （南唐）徐鍇撰，《說文解字通釋》（即《說文繫傳》），清道光19年祁寯藻刊本，台北，文海出版社，1968年6月再版。

10. （東漢）許慎撰、（南唐）徐鉉校刊，《宋本說文解字》，景宋雍熙三年徐鉉等奉敕編平津館校刊本，京都，株式會社中文出版社，1982年4月。

11. （宋）陳彭年等重修、林尹校訂，《新校正切宋本廣韻》，台北，黎明文化事業出版有限公司，1976年9月。

12. （宋）張有撰，《復古編》，收錄於（清）永瑢、紀昀等編，《景印文淵閣四庫全書》冊225，台灣，商務印書館股份有限公司，1986年3月。

13. 舊傳（秦）李斯撰、（南唐）徐鉉摹、（宋）鄭文寶重刻「長安本」,《嶧山刻石》,
陝西省博物館編,陝西,陝西人民出版社,1992 年。

14. （宋）洪适撰,《隸續》,收錄於李學勤編《中華漢語工具書書庫》冊 38,合肥,
安徽教育出版社,2001 年 1 月。

15. 舊傳（秦）李斯撰、重摹者不詳、（元）申屠駧藏舊拓本,收錄於羅振玉編《秦
金石刻辭》,台北,新文豐出版公司,1997 年 3 月。

16. （明）楊士奇撰,《東里續集》,北京,商務印書館,2001 年,文津閣《四庫全書》
本。

17. （明）豐坊撰,《書訣》,收錄於商務印書館四庫全書出版工作委員會編,《文津
閣四庫全書》冊 270,北京,商務印書館,2005 年。

18. （清）顧藹吉撰,《隸辨》,收錄於李學勤編《中華漢語工具書書庫》冊 39,合肥,
安徽教育出版社,2001 年 1 月。

19. （清）孫詒讓撰,《籀廎述林》,台北,廣文書局,1971 年 4 月。

20. （清）畢沅輯,《山左金石志》,收錄於《石刻史料新編》冊 19,台北,新文豐出
版公司,1977 年 12 月。

21. （清）劉熙載撰,《藝概》,台北,華正書局有限公司,1985 年 6 月。

22. （東漢）許慎撰、（清）段玉裁注,《說文解字》,台北,書銘出版事業有限公司,
1997 年 8 月八版。

23. （清）孫詒讓撰,《墨子閒詁》上冊,北京,中華書局,2001 年 4 月。

24. （清）錢泳撰,《履園叢話》,收錄於續修四庫全書編纂委員會編,《續修四庫全
書》冊 1139,上海,上海古籍出版社,2002 年 3 月。

25. 舊傳（秦）李斯撰,《秦,泰山・瑯邪臺刻石》,〈泰山刻石〉為（明）安國藏一
百六十五字本、〈瑯邪臺刻石〉為（清）阮元舊藏整紙本,（日）松井如流將之合
編,東京,株式會社二玄社,1959 年。

現代專書類（按出版年代排序）

1. 中國社會科學院考古研究所、河北省文物管理處合編,《滿城漢墓發掘報告》上
冊,北京,文物出版社,1930 年 10 月。

2. 蔣善國撰,《漢字形體學》,北京,文字改革出版社,1959 年 9 月。

3. 張龍文撰,《中國古代書法藝術》,台北,臺灣中華書局,1969 年 2 月。

4. 江舉謙撰,《說文解字綜合研究》,台中,東海大學,1970 年 1 月。

5. 李國英撰,《說文類釋》,台北,張孟生發行,1975 年 7 月。

6. 馬衡撰,《凡將齋金石叢稿》,北京,中華書局,1977 年 10 月。

7. 華世出版社編訂,《中國歷史紀年表》,台北,華世出版社,1978 年 1 月。

8. 馬王堆漢墓帛書整理小組編,《五十二病方》,北京,文物出版社,1979 年 11 月。

9. 湖南省博物館編,《馬王堆漢墓研究》,長沙,湖南人民美術出版社,1981 年 8
月。

10. 國家計量總局主編，《中國古代度量衡圖集》，北京，文物出版社，1981 年 10 月。

11. 謝國楨、張舜徽合編，《古籍論叢》第 1 輯，福州，福建人民出版社，1983 年 5 月。

12. 梁披雲主編，《中國書法大辭典》，香港，書譜出版社，1984 年 10 月。

13. 吳哲夫總編輯、袁旃主編，《中華五千年文物集刊璽印篇》，台北，中華五千年文物集刊編輯委員會，1985 年 5 月。

14. 馬敘倫撰，《說文解字研究法》，台北，學海出版社，1986 年 8 月。

15. 陝西省考古研究所秦漢研究室編，《新編秦漢瓦當圖錄》，陝西，三秦出版社 1986 年 11 月。

16. 袁仲一撰，《秦代陶文》，西安，三秦出版社，1987 年 5 月。

17. 張其昀撰，《「說文學」源流考略》，貴陽，貴州人民出版社，1988 年 1 月。

18. 李正光編，《馬王堆漢墓帛書竹簡》，長沙，湖南美術出版社，1988 年 2 月。

19. 曾榮汾撰，《字樣學研究》，台北，台灣學生書局，1988 年 4 月。

20. 徐中舒主編，《漢語古文字字形表》，台北，文史哲出版社，1988 年 4 月再版。

21. 董希謙等編撰，《許慎與說文解字研究》，開封，河南大學出版社，1988 年 6 月。

22. 中國美術全集編輯委員會編，《中國美術全集書法篆刻編，7，璽印篆刻》，台北，錦繡出版社有限公司，1988 年 8 月。

23. 徐錫臺等編，《周秦漢瓦當》，北京，文物出版社，1988 年 10 月。

24. 《書法辭典》，台北，華正書局有限公司，1989 年 3 月。

25. 程長新、程瑞秀撰，《銅鏡鑒賞》，北京，北京燕山出版社，1989 年 8 月。

26. 中國美術全集編輯委員會編，《中國美術全集·繪畫編 18·畫像石畫像磚》，台北，錦繡出版社有限公司，1989 年。

27. 王輝撰，《秦銅器銘文編年集釋》，西安，三秦出版社，1990 年 7 月。

28. 段成桂、陳明兆主編，《簡明書法辭典》，吉林，吉林文史出版社，1990 年 8 月。

29. 袁維春撰，《秦漢碑述》，北京，工藝美術出版社，1990 年 12 月。

30. 馬永強主編、劉向偉等合編，《中國書法詞典》，鄭州，河南美術出版社，1991 年 7 月。

31. 譚興萍撰，《中國書法用筆與篆隸研究》，台北，文史哲出版社，1991 年 8 月。

32. 中國訓詁學會、許慎研究會合編，《許慎與《說文》研究論集》，鄭州，河南人民出版社，1991 年 8 月。

33. 廣州市文物管理委員會等編，《西漢南越王墓》，北京，文物出版社，1991 年 10 月。

34. 錢君匋等編，《瓦當彙編》，台北，文史哲出版社，1991 年 11 月。

35. 劉正成主編，《中國書法全集》冊 8，北京，榮寶齋，1992 年。

36. 李澤奉等編，《古器物圖解》，台北，萬卷樓圖書公司，1993 年 4 月。

37. 吳哲夫、張光賓主編，《中華五千年文物集刊第一冊，銅鏡篇上》，台北，中華五

千年文物集刊編輯委員會，1993 年 7 月。

38. 馬子雲、施安昌合撰，《碑帖鑒定》，桂林，廣西師範大學出版社，1993 年 12 月。

39. 杜迺松撰，《青銅器鑒定》，桂林，廣西師範大學出版社，1993 年 12 月。

40. （日）永田英正編，《漢代石刻集成》，京都，株式會社同朋社，1994 年 2 月。

41. 裘錫圭撰，《文字學概要》，台北，萬卷樓圖書有限公司，1994 年 3 月。

42. 陳振濂撰，《書法學》，台北，建宏出版社，1994 年 4 月。

43. 劉江撰，《篆刻教程——漢印的臨習和鑒賞》，杭州，中國美術學院出版社，1994 年 4 月。

44. 吳福助撰，《秦始皇刻石考》，台北，文史哲出版社，1994 年 7 月。

45. 王光鎬主編、陳連勇撰，《古璽印》，台北，藝術圖書公司，1994 年 12 月。

46. 余國慶撰，《説文學導論》，合肥，安徽教育出版社，1995 年 10 月。

47. 李學勤撰，《中國青銅器概説》，北京，外文出版社，1995 年。

48. 周祖謨撰，《問學集》下冊，北京，中華書局，1996 年 1 月。

49. 陳松長編撰，《馬王堆帛書藝術》，上海，上海書店出版社，1996 年 12 月。

50. 高文撰，《漢碑集釋》，開封，河南大學出版社，1997 年 2 月。

51. 孫慰祖、徐谷甫編著，《秦漢金文彙編》，上海，上海書店出版社，1997 年 4 月。

52. 趙超撰，《中國古代石刻通論》，北京，文物出版社，1997 年 6 月。

53. 金懷英編，《秦漢印典》，上海，上海書畫出版社，1997 年 6 月。

54. 趙叢蒼主編、戈父編撰，《古代瓦當》，北京，中國書店，1997 年 9 月。

55. 葉其峰撰，《古璽印與古璽印鑒定》，北京，文物出版社，1997 年 10 月。

56. 趙力光撰，《中國古代瓦當圖典》，北京，文物出版社，1998 年 1 月。

57. 錢君匋、葉潞淵合撰；錢君匋、舒文揚增補，《璽印源流》，北京，北京出版社 1998 年 4 月。

58. 楊海濤撰，《古錢幣》，山東科學技術出版社，1998 年 6 月。

59. 陳根遠、朱思紅合撰，《屋簷上的藝術——中國古代瓦當》，成都，四川教育出版社，1998 年 7 月。

60. 陳根遠、陽冰合撰，《方寸之間見世界——中國古代璽印篆刻漫筆》，成都，四川教育出版社，1998 年 7 月。

61. 胡偉慶撰，《溢彩流光——中國古代漆器巡禮》，成都，四川教育出版社，1998 年 7 月。

62. 何琳儀撰，《戰國古文字典》上下冊，北京，北京中華書局，1998 年 9 月。

63. 中國錢幣大辭典編纂委員會編，《中國錢幣大辭典》冊 2 秦漢卷，北京，中華書局，1998 年 9 月。

64. 尚輝撰，《璽印》，貴陽，貴州人民美術出版社，1998 年 10 月。

65. 郭彥崗撰，《中國歷代貨幣》，北京，商務印書館，1998 年 11 月。

66. 中國青銅器全集編輯委員會編,《中國青銅器全集 12,秦漢》,北京,文物出版社,1998 年 12 月。

67. 董琨撰,《中國漢字源流》,北京,商務印書館,1998 年 12 月。

68. 王輝、程學華合撰,《秦文字集證》,台北,藝文印書館,1999 年 1 月。

69. 趙叢蒼主編、昭明、馬利清撰,《古代貨幣》,北京,中國書店,1999 年 1 月。

70. 程章燦撰,《石學論叢》,台北,大安出版社,1999 年 2 月。

71. 黎東明撰,《中國書法欣賞叢書·秦漢篆書》,北京,北京圖書館出版社,1999 年 7 月。

72. 李炳武主編、吳鎮鋒分冊主編,《中華國寶·陝西珍貴文物集成》,西安,陝西人民教育出版社,1999 年 8 月。

73. 趙平安撰,《《說文》小篆研究》,南寧,廣西教育出版社,1999 年 8 月。

74. 華人德撰,《中國書法史·兩漢卷》,南京,江蘇教育出版社,1999 年 10 月。

75. 趙超撰,《石刻史話》,北京,中國大百科全書出版社,2000 年 1 月。

76. 秋子撰,《中國上古書法史》,北京,商務印書館,2000 年 1 月。

77. 陳松長撰,《帛書史話》,北京,中國大百科全書出版社,2000 年 1 月。

78. 歐陽中石等撰,《書法與中國文化》,北京,人民出版社,2000 年 1 月。

79. 李建偉、牛瑞紅編撰,《中國青銅器圖錄(上)》,北京,中國商業出版社,2000 年 6 月。

80. 侯忠明、章繼肅合撰,《書法篆刻藝術》,成都,巴蜀書社,2000 年 8 月。

81. (日)高木聖雨編,《標準隸書字典》,東京,株式會社二玄社,2000 年 10 月。

82. 王人聰撰,《古璽印與古文字論集》,香港,香港中文大學文物館,2000 年。

83. 崔陟撰,《書法》,台北,城邦文化事業股份有限公司,2001 年 2 月。

84. 王學理、梁云合撰,《秦文化》,北京,文物出版社,2001 年 4 月。

85. 陳松長編撰,《馬王堆簡帛文字編》,北京,文物出版社,2001 年 6 月。

86. 沃興華撰,《中國書法史》,上海,上海古籍出版社,2001 年 7 月。

87. 谷松章撰,《中國篆刻創作解讀,漢印卷》,鄭州:河南美術出版社,2001 年 8 月。

88. 饒宗頤主編、劉昭瑞撰,《漢魏石刻文字繫年》,台北,新文豐出版公司,2001 年 9 月。

89. 湯餘惠主編,《戰國文字編》,福州,福建人民出版社,2001 年 12 月。

90. 北京圖書館出版社編,《中國國家圖書館碑帖精華》冊 1,北京,北京圖書館出版社,2001 年 12 月。

91. 金其楨撰,《中國碑文化》,重慶,重慶出版社,2002 年 1 月。

92. 傅舉有撰,《不朽之侯——馬王堆漢墓考古大發現》,杭州,浙江文藝出版社 2002 年 3 月。

93. 陳根遠撰,《瓦當留真》,瀋陽,遼寧畫報出版社,2002 年 7 月。

94. 曹錦炎撰,《古代璽印》,北京,文物出版社,2002 年 7 月。

95. 傅嘉儀編,《中國瓦當藝術》上、下冊,上海,上海書店出版社、世紀出版集團,2002 年 8 月。

96. 劉松林撰,《學書指要》,北京,新世界出版社,2002 年 9 月。

97. 郭沫若撰,《郭沫若全集·考古編》,北京,科學出版社,2002 年 10 月。

98. 孫慰祖撰,《封泥:發現與研究》,上海,上海世紀出版集團、上海書店出版社,2002 年 11 月。

99. 張顯成主編,《簡帛語言文字研究》第 1 輯,成都,巴蜀書社,2002 年 11 月。

100. 馬今洪撰,《簡帛:發現與研究》,上海,上海世紀出版集團、上海書店出版社,2002 年 12 月。

101. 徐自強、吳夢麟合撰,《古代石刻通論》,北京,紫禁城出版社,2003 年 8 月。

102. 葉其峰撰,《古璽印通論》,北京,紫禁城出版社,2003 年 8 月。

103. 馮天瑜主編,《人文論叢》(2003 年卷),武漢,武漢大學出版社,2003 年 12 月。

104. 宗鳴安撰,《漢代文字考釋與欣賞》,西安,陝西人民美術出版社,2004 年 2 月。

105. 朱天曙撰,《篆書 10 講》,上海,上海書畫出版社,2004 年 6 月。

106. 何清谷撰,《秦史探索》,台北,蘭臺出版社,2004 年 7 月。

107. 王綱懷撰,《三槐堂藏鏡》,北京,文物出版社,2004 年 12 月。

108. 陳星平撰,《中國文字與篆刻藝術》,台北,文津出版社有限公司,2005 年 9 月。

109. 陳直撰集,《關中秦漢陶錄》下冊,北京,中華書局,2006 年 2 月。

110. 駢宇騫、段書安編撰,《二十世紀出土簡帛綜述》,北京,文物出版社,2006 年 3 月。

111. 向光忠主編,《說文學研究》第 2 輯,武漢,崇文書局,2006 年 6 月。

112. 王恩田編撰,《陶文圖錄》冊 6,濟南,齊魯書社,2006 年 6 月。

113. 端方撰,《陶齋吉金錄》,收錄於《金文文獻集成》冊 8,香港,香港明石文化國際出版有限公司,2006 年 7 月。

114. 徐玉立主編,《漢碑全集》,鄭州,河南美術出版社,2006 年 8 月。

115. 洪石撰,《戰國秦漢漆器研究》,北京,文物出版社,2006 年 8 月。

116. (日)黑須雪子編,《大書源》上、中、下冊,東京,株式會社二玄社,2007 年 3 月。

117. 浙江古籍出版社編,《官印·私印,秦──南北朝》,杭州,浙江古籍出版社 2007 年 4 月。

118. 韓建業、王浩編撰,《中國古代錢幣》,北京,北京大學出版社,2007 年 6 月。

119. 傅嘉儀編撰,《秦封泥彙攷》,上海,上海世紀出版股份有限公司上海書店出版社,2007 年 8 月。

120. 徐在國主編,《古老子文字編》,合肥,安徽大學出版社,2007 年 8 月。

121. 張意霞撰,《《說文繫傳》研究》,永和,花木蘭文化出版社,2007 年 9 月。

122. 張翠雲撰，《《說文繫傳》板本源流考辨》，永和，花木蘭文化出版社，2007 年 9月。

123. 高英民撰，《中國古代錢幣》，北京，學苑出版社，2007 年 10 月。

124. 李學勤撰，《東周與秦代文明》，上海，上海人民出版社，2007 年 11 月。

125. 徐正考撰，《漢代銅器銘文綜合研究》，北京，作家出版社，2007 年 12 月。

126. 彭適凡主編，《中國青銅器鑑賞圖典》，上海，上海世紀出版股份有限公司、上海辭書出版社，2007 年 12 月。

127. 馬承源撰，《中國古代青銅器》，上海，世紀出版集團、上海人民出版社，2008 年 1 月。

128. 黃文杰撰，《秦至漢初簡帛文字研究》，北京，商務印書館，2008 年 2 月。

129. （日）赤景清美編，《篆隸大字典》，東京，赤景清美發行，2008 年 3 月。

130. 葉昌熾撰，《語石》，收錄於王雲五主編人人文庫第 43 冊，台北，臺灣商務印書館，出版年月不詳。

131. 邱德修編，《魏石經古篆字典》，台北，學海出版社，出版年月不詳。

132. 容庚編著、張振林、馬國權摹補，《金文編》，北京，中華書局，出版年月不詳增訂第四版。

133. 莫友芝撰，《唐寫本說文解字木部箋異》，台北，四庫善本叢書館，出版年月不詳，四庫善本叢書館借中央圖書館藏本景印。

期刊類（按發表年代排序）

1. 容庚撰，〈秦始皇刻石考〉，《燕京學報》第 17 期，1935 年 6 月。

2. 趙青雲、劉東亞合撰，〈一九五五年洛陽澗溪區小型漢墓發掘報告〉，《考古學報》1959 年第 2 期（總 24 期），1959 年 2 月。

3. 蘭磊撰，〈陝西長安洪慶村秦漢墓第二次發掘簡報〉，《考古》1959 年第 12 期（總 42 期），1959 年 12 月。

4. 陳直撰，〈秦漢瓦當概述〉，《文物》1963 年第 11 期（總 157 期），1963 年 11 月。

5. 史樹青、許青松合撰，〈秦始皇二十六年詔書及其大字詔版〉，《文物》1973 年第 12 期（總 211 期），1973 年 12 月。

6. 高明撰，〈說文解字傳本考〉，《東海學報》第 16 卷，1975 年 6 月。

7. 咸陽市博物館撰，〈陝西咸陽塔兒坡出土的銅器〉，《文物》1975 年第 6 期（總 229 期），1975 年 6 月。

8. 蘇法昭撰，〈說文解字及其功臣的研究〉，《德明學報》第 3 期，1975 年 11 月。

9. 陳文華撰，〈南昌東郊西漢墓〉，《考古學報》1976 年第 2 期（總 45 期），1976 年 2 月。

10. 楊權喜撰，〈光化五座墳西漢墓〉，《考古學報》1976 年第 2 期（總 45 期），1976 年 2 月。

11. 高明撰，〈說文解字傳本續考〉，《東海學報》第 18 卷，1977 年 6 月。

12. 杜忠誥撰，〈說隸書〉，《藝壇》第 131 期，1979 年 1 月。

13. 劉得禎、朱建唐合撰，〈甘肅靈台發現的兩座西漢墓〉，《考古》1979 年第 2 期（總 161 期），1979 年 2 月。

14. 陝西省考古研究所撰，〈陝西戶縣的兩座漢墓〉，《考古與文物》1980 年第 1 期（總 1 期），1980 年 2 月。

15. 于省吾撰，〈論俗書每合於古文〉，《中國語文研究》第 5 期，香港，中文大學中國文化研究所吳多泰中國語文研究中心，1980 年。

16. 吳白匋撰，〈從出土秦簡帛書看秦漢早期隸書〉，《文物》1981 年第 2 期（總 297 期），1981 年 2 月。

17. 裘錫圭撰，〈讀考古發掘所得文字資料筆記（一）〉，《人文雜誌》1981 年第 6 期，1981 年 6 月。

18. 田懷清、楊德文合撰，〈陝西淳化縣出土漢代銅鏡〉，《考古》1983 年第 9 期（總 192 期），1983 年 9 月。

19. 張遠棟撰，〈漢川南河漢墓清理簡報〉，《江漢考古》1984 年第 4 期（總 13 期）1984 年 11 月。

20. 黃啓善撰，〈廣西貴縣北郊漢墓〉，《考古》1985 年第 3 期（總第 210 期），1985 年 3 月。

21. 楊建東撰，〈山東微山出土「宜秩高官」銅鏡〉，《考古》1988 年第 5 期（總 248 期），1988 年 5 月。

22. 王昌富撰，〈陝西商縣西澗發現漢墓〉，《考古》1988 年第 6 期（總 249 期），1988 年 6 月。

23. 王學理撰，〈始皇刻石與摩崖遺風〉，《成都大學學報（社會科學版）》1989 年第 1 期（總第 25 期），1989 年 1 月。

24. 馮沂撰，〈山東臨沂金雀山九座漢代墓葬〉，《文物》1989 年第 1 期（總 392 期），1989 年 1 月。

25. 黃啓善、李兆宗合撰，〈廣西昭平東漢墓〉，《考古學報》1989 年第 2 期（總 93 期），1989 年 2 月。

26. 銳聲撰，〈徐鍇《說文解字繫傳》的學術成就〉，《天津師大學報（社會科學版）》1989 年第 5 期（總 86 期），1989 年 10 月。

27. 蔡葵撰，〈東漢時期的朱提、堂狼洗〉，《文物天地》1990 年第 4 期，1990 年 7 月。

28. 閃修山撰，〈漢鬱平大尹馮君孺人畫像石墓研究補遺〉，《中原文物》1991 年第 3 期，1991 年 3 月。

29. 馬驥、咏鐘合撰，〈陝西華陰縣發現秦兩詔銅鈞權〉，《文博》1992 年第 1 期（總 46 期），1992 年 1 月。

30. 楊重華撰，〈四川三台發現一座東漢墓〉，《考古》1992 年第 9 期（總 300 期）1992 年 9 月。

31. 林素清撰，〈兩漢鏡銘初探〉，《中央研究院歷史語言研究所集刊》第 63 本第 2 分，

台北，中央研究院歷史語言研究所出版品編輯委員會，1993 年 5 月。

32. 楊力民撰，〈中國瓦當藝術〉，《藝術家》第 38 卷第 2 期，1994 年 2 月。

33. 賀忠輝撰，〈碑額篆書賞析〉，《書法藝術》1995 年第 4 期，1995 年。

34. 戴應新撰，〈陝北東漢畫像石墓題刻文字〉，《故宮學術季刊》第 13 卷第 3 期 1996 年 2 月。

35. 孫稚雛撰，〈《說文解字》與篆書藝術〉，《中山大學學報（社會科學版）》1996 年第 3 期（總 140 期），1996 年 5 月。

36. 吳儀鳳撰，〈論李陽冰刊定《說文》之是非——以大、小徐本中所見引者爲對象〉，《輔大中研所學刊》第 6 期，1996 年 6 月。

37. 梁光華撰，〈《唐寫本說文木部》殘卷略論〉，《貴州文史叢刊》1996 年第 5 期 1996 年。

38. 凌士欣撰，〈漢代碑額篆書藝術鑒賞〉，《美術向導》1996 年第 5 期，1996 年。

39. 楊平撰，〈淺談秦漢十二字瓦當〉，《文物春秋》1996 年第 4 期（總 24 期），1996 年。

40. 周祖謨撰，〈《說文解字》概論〉，《中國文化研究》1997 年春之卷（總 15 期）1997 年 2 月。

41. 蘇鐵戈撰，〈《說文解字》的版本與注本〉，《古籍整理研究學刊》1997 年第 4 期（總 68 期），1997 年 7 月。

42. 史家珍、婁金山合撰，〈新莽墓朱書陶文的書法藝術〉，《中原文物》1998 年第 3 期，1998 年。

43. 王貴元撰，〈《說文解字》版本考述〉，《古籍整理研究學刊》1999 年第 6 期，1999 年。

44. 龐雅妮撰，〈秦漢時期的黃金貨幣〉，《中國黃金經濟》1999 年第 5 期，1999 年。

45. 徐正考撰，〈漢代銅器銘文著錄與研究歷史的回顧〉，《史學集刊》2000 年第 1 期，2000 年 2 月。

46. 李華年撰，〈「繆篆」新證〉，《常州工學院學報》第 14 卷第 1 期，2000 年 3 月。

47. 焦南峰等撰，〈秦文字瓦當的確認和研究〉，《考古與文物》2000 年第 3 期，2000 年 3 月。

48. 馬王堆漢墓帛書整理小組撰，〈馬王堆帛書《式法》釋文摘要〉，《文物》2000 年第 7 期（總 530 期），2000 年 7 月。

49. 吳昕撰，〈段玉裁與他的《說文解字注》——評段玉裁的治學方法〉，《江西社會科學》2001 年第 6 期（總 175 期），2001 年 6 月。

50. 席志強撰，〈馬王堆帛書古隸的美感特徵〉，《湖南農業大學學報》（社會科學版）第 2 卷第 2 期，2001 年 6 月。

51. 張秋娥撰，〈徐鍇的語言文字觀〉，《殷都學刊》2001 年第 4 期，2001 年。

52. 王平撰，〈唐寫本《說文·木部》殘卷與大徐本小篆比較研究〉，《古籍整理研究學刊》2001 年第 4 期，2001 年。

53. 吳公勤撰，〈文字瓦當源流考〉，《徐州教育學院學報》第 17 卷第 4 期，2002 年 12 月。

54. 張春龍、龍京沙合撰，〈湖南龍山里耶戰國——秦代古城一號井發掘簡報〉，《文物》，2003 年第 1 期（總 560 期），2003 年 1 月。

55. 王卉撰，〈東漢青銅器銘文與書法〉，《寧夏社會科學》2003 年第 5 期（總 120 期），2003 年 9 月。

56. 熊昭明等撰，〈廣西合浦縣九只嶺東漢墓〉，《考古》2003 年第 10 期（總 443 期），2003 年 10 月。

57. 王卉撰，〈漢洗文字的特點〉，《寧夏社會科學》2004 年第 6 期（總 127 期），2004 年 11 月。

58. 張春蓉撰，〈漫談瓦當的裝飾藝術〉，《安陽大學學報》2000 年第 4 期（總 12 期），2004 年 11 月。

59. 盛詩瀾撰，〈從簡帛看隸變的歷程〉，《書畫藝術》2004 年第 5 期，2004 年。

60. 沈奇喜撰，〈貨幣文字書法藝術考〉，《江西師範大學學報（哲學社會科學版）》第 38 卷第 6 期，2005 年 11 月。

61. 梁光華撰，〈《唐寫本說文木部》殘卷的考鑒、刊刻、流傳與研究概觀〉，《黔南民族師範學院學報》2005 年第 5 期，2005 年。

62. 王銀忠撰，〈略論漢代碑額文之碑額題尊〉，《鄭州航空工業管理學院學報（社會科學版）》第 25 卷第 1 期，2006 年 2 月。

63. 查明輝等撰，〈漢代貨幣私鑄探討〉，《五邑大學學報（社會科學版）》第 8 卷第 1 期，2006 年 2 月。

64. 王卉撰，〈漢代金文字形特點研究〉，《寧夏社會科學》2006 年第 2 期（總 135 期），2006 年 3 月。

65. 洪燕梅撰，〈秦金文與《說文》小篆書體之比較〉，《政大中文學報》第 5 期 2006 年 6 月。

66. 林鯤撰，〈論漢代建築裝飾中文字瓦當的特色〉，《電影評介》2006 年第 22 期 2006 年。

67. 徐海斌撰，〈「繆篆」考論〉，《南昌大學學報》第 38 卷第 3 期，2007 年 5 月。

68. 錢正盛撰，〈青銅鑄造的王權——中國古代的青銅器〉，《藝苑》2007 年第 3 期，2007 年。

69. 汪錫鵬撰，〈錢幣書法春秋〉，《中國城市金融》2007 年第 5 期（總 246 期），2007 年。

70. 陳道義撰，〈漢代文字瓦當與碑文的裝飾意味及其文化闡釋〉，《藝術探索》第 22 卷第 4 期，2008 年 8 月。

71. 顧翔撰，〈許慎《說文解字》的書法意義〉，《漯河職業技術學院學報》第 7 卷第 6 期，2008 年 11 月。

72. 王書廣撰，〈漫議瓦當書法〉，《中小企業管理與科技》下旬刊 2008 年第 6 期 2008

年。

73. 邵敏撰，〈徐鉉、徐鍇整理《說文解字》之異同〉，《吉林省教育學院學報》2008年第 7 期第 24 卷（總 199 期），2008 年。

74. 錢榮貴撰，〈許慎《說文解字》的編纂思想及其體系〉，《東南大學學報（哲學社會科學版）》第 11 卷第 6 期，2009 年 11 月。

學位論文類（按成書年代排序）

1. 謝宗炯撰，《秦書隸變研究》，台南，國立成功大學歷史語言研究所碩士論文 1989年 7 月。

2. 施拓全撰，《秦代金石及其書法研究》，高雄，國立高雄師範大學國文學系碩士論文，1992 年 5 月。

3. 劉秋蘭撰，《秦代陶文研究》，台北，國立臺灣師範大學國文研究所碩士論文 1994年 6 月。

4. 丁瑞茂撰，《漢鮮于璜碑研究——從鮮于璜碑看漢碑碑形、篆額書風及畫像紋飾問題》，台北，國立藝術學院美術史研究所中國美術史組碩士論文，1996 年 6 月。

5. 蕭世瓊撰，《馬王堆帛書文字研究》，台北，國立臺灣師範大學國文研究所碩士論文，1997 年 6 月。

6. 申云艷撰，《中國古代瓦當研究》，中國社會科學院研究生院博士論文，2002 年 5月。

7. 許仙瑛撰，《漢代瓦當研究》，台北，國立台灣大學中國文學研究所博士論文 2005年 4 月。

8. 陳英梅撰，《兩漢鏡銘內容用字研究》，台南，國立成功大學中國文學研究所碩士論文，2005 年 6 月。

9. 徐海斌撰，《秦漢璽印封泥字體研究》，南昌大學碩士論文，2005 年。

10. 王卉撰，《漢代金文研究》，華東師範大學碩士論文，2006 年 4 月。

11. 林聖峰撰，《大徐本《說文》獨體與偏旁變形研究》，台北，國立台灣師範大學國文研究所碩士論文，2006 年 6 月。

12. 洪阿李撰，《《說文》字形研究以靜嘉堂、汲古閣、平津館、段注本第一卷為對象》，台北，國立臺灣師範大學國文研究所教學碩士班碩士論文，2006 年 8 月。

13. 李新城撰，《東漢銅鏡銘文整理與研究》，華東師範大學博士論文，2006 年 9 月。

14. 李俊憲撰，《戰國秦漢貨幣文字研究》，山東大學漢語言文字學博士論文，2008年。

其它類：

1. 徐在國編，《傳抄古文字編》電子版。

2. 《說文》口部殘卷，中央研究院藏《日本京都東方學報》第 10 冊第 1 分〈說文展觀餘錄〉，出版年月不詳。